Dieter Kühn

Geheimagent Marlowe

Roman eines Mordes

S. Fischer

Wolbert Smidt, Erster Direktor (a. D.) beim BND, Erster Vorsitzender des Gesprächskreises Nachrichtendienste in Deutschland e.V., hat mir bei der Arbeit an diesem Roman geholfen durch Präzisierungen, Ergänzungen, durch Vermittlung atmosphärischer und technischer Details. Dafür sage ich Dank.

Satz: H & G Herstellung, Hamburg
Druck und Bindung: GGP Media GmbH, Pößneck
Printed in Germany
ISBN 978-3-10-041510-3

Wir häufen hier eine historische Unwahrheit auf die andere,
um ein zutreffendes Bild zu bekommen.

Johannes Bobrowski

1

Ich habe Bradley nicht erstochen! Ich hatte Krach mit ihm, so was kommt vor in einer Kneipe, vor allem, wenn jemand glaubt, er könne sich aufspielen – erstochen habe ich ihn aber nicht. Damit das völlig klar ist – ich bin es nicht gewesen, der Bradley erstochen hat!

Hören Sie, Marlowe, mit solchen Wiederholungen werden Sie nicht glaubwürdiger. Wir wissen schließlich, wovon wir reden.

Sie reden davon, ich hätte Bradley umgebracht. Davon kann die Rede aber nicht sein!

Die Fakten sprechen eine andere Sprache: In Ihrer Anwesenheit ist der Gastwirtssohn William Bradley durch zwei Messerstiche beziehungsweise Dolchstöße ermordet worden.

Ja, in meiner Anwesenheit, stimmt ausnahmsweise, aber ich war es nicht, der Bradley den Todesstoß versetzt hat.

Aber den ebenfalls tödlichen Dolchstoß zuvor?

Wenn zwei Personen beteiligt oder zumindest anwesend sind, heißt das noch lange nicht, beide sind schuldig. Sie sollten sich vielmehr Gedanken darüber machen, Sheriff, ob nicht im Gegenteil –

Ich muß auf vollständiger Anrede bestehen: Sheriff von Surrey – Punkt eins! Punkt zwo: Wir haben uns durchaus Gedanken gemacht! Und haben es deshalb gar nicht gern, wenn wir in unseren Gedankengängen unterbrochen werden. Also, halten Sie an sich, sonst müssen wir Nachdruck ausüben. Der junge Mann hinter Ihnen ist in der Lage, höchst wirksame Handgriffe anzuwenden. Sein Spitzname lautet in unserem Hause denn auch: Breakneck. Fast ein Kosename im Vergleich mit weiteren Namen, die zu ihm passen würden.

Hallo, Breakneck … Sir, ich weiß nicht, wie Sie auf den Gedanken kommen – ich meine, wo Sie schon von Gedanken reden, von Ihren sogenannten Gedanken, Sheriff von Surrey, Gedanken, bei denen man wirklich nicht weiß, wie man ausgerechnet bei solchen Gedanken auf den Gedanken kommen kann, sie als Gedanken –

Solche rhetorischen Volten können Sie Ihren Bühnenfiguren vorbehalten, hier geht es um Fakten.

Ja, und es ist nun mal Faktum, daß ich bloß am Rande mit diesem Vorfall zu tun hatte, nur ganz am Rande.

Erstaunlich, daß ausgerechnet Sie sich als Randerscheinung bezeichnen. Sie spielen sich doch sonst so gern auf! Wollen partout immer den Mittelpunkt bilden! Sie waren denn auch keineswegs am Rande beteiligt, sondern zentral. Dafür gibt es Ohrenzeugen.

Ohrenzeugen? Bei dem Krawall in der Kneipe?!

Ja, dort hat man Sie wieder mal über Ihr aggressives Gebrüll identifiziert. Wie Sie in der Szene überhaupt dafür bekannt sind, Mister Marlowe, daß Sie zu Gewalttätigkeiten neigen. Es liegen diverse Anzeigen vor betreffs Ihrer Schlägereien, verstehn Sie? Vor diesem Hintergrund dürfte es Ihnen schwerfallen, die Schuld auf einen anderen zu schieben. Ich denke, es ist an der Zeit, daß wir den Namen dieser zweiten Person auch hier zu Protokoll nehmen: James L. Watson. Weiter sehe ich vermerkt: Es handelt sich um eine Person, die überwiegend mit Gedichten hervorgetreten ist, schwerpunktmäßig mit Liebesgedichten: »Das leidenschaftliche Jahrhundert der Liebe.«

Ich würde eher sagen: Das Jahrhundert der leidenschaftlichen Liebe – so rum wird ein Schuh draus. Ist aber alles nicht auf seinem Mist gewachsen. James ist extrem anlehnungsbedürftig, als Autor; er bedient sich hemmungslos bei Petrarca wie bei –

Daß Sie sich nicht immer grün sind in der schreibenden

Zunft, dieser Umstand ist für uns nicht weiter von Belang, verstehn Sie? Wir können lediglich festhalten: Ganz im Gegensatz zu Ihnen ist Watson noch nicht auffällig in Erscheinung getreten. Es dürfte Ihnen also kaum gelingen, einen derart zurückhaltenden Kollegen als Haupttäter hinzustellen.

Zurückhaltender Kollege …?! Watson noch nicht auffällig in Erscheinung getreten …?! Da hat Ihr Kollege aber schlecht gearbeitet. Es ist schließlich aktenkundig, daß Watson und Bradley schon mal aneinandergeraten waren, und zwar heftigst! Der Fall ist sogar vor Gericht gekommen. Die Unterlagen könnte man sich ja mal besorgen, vorausgesetzt, man ist an objektiver Beurteilung interessiert. Bei diesem zweiten Zusammenprall nun wurde zwischen James und William eine alte Rechnung beglichen. Da schaukelte sich etwas hoch, die Abrechnung wurde zur Schlußrechnung, es wurde definitiv ein Schlußstrich gezogen, und zwar mit Watsons Dolch. Das ist derart evident, hier gibt es nichts zu deuteln. Ergo lassen Sie mich aus dieser Geschichte heraus!

Das ist laut Watson nicht möglich; seine Aussage ist zu Protokoll genommen und von ihm abgezeichnet worden, verstehn Sie? Demnach läßt sich der Tathergang genau rekonstruieren. Ergebnis: Im Gerangel ist der Todesstoß von Ihrer Hand erfolgt. Sie haben Bradley, wie es in Ihren Kreisen wohl heißt: abgestochen. Mit einer anderen Version kommen Sie vor keinem Gericht unseres Landes durch. Schon gar nicht, wenn dem zuständigen Richter die Liste Ihrer sonstigen Übergriffe vorliegt. Ich brauche, zum Beispiel, nur an das Duell mit dem Musiker der Canterbury-Kathedrale zu erinnern.

Aber damals war doch nichts weiter passiert! Ich habe dieses arrogante Schwein nicht, wie es in Ihren Kreisen heißt: abgestochen.

Ersparen Sie sich Sottisen, Marlowe. Damals war nur deshalb kein Blut geflossen, weil rechtzeitig von dritter Seite eingegriffen wurde. Und nicht, weil Sie plötzlich zur Einsicht gekommen wären, sich womöglich Einhalt geboten hätten.

Der Fall mit dem Kirchenmusikus ist doch längst abgehakt. Das sollte langsam auch im Fall Bradley geschehn – soweit es mich betrifft. Quetschen Sie in der Angelegenheit nochmal den Watson aus, da wird sich der Sachverhalt sehr rasch klären. Freund James war in Rage geraten. Dieser Bradley hat sich uns gegenüber Äußerungen erlaubt, die nicht mehr hingenommen werden konnten.

Unfreundliche Äußerungen …?

Beleidigungen …! Er hat uns tief beleidigt, tödlich beleidigt! Ich beglücke Sie jetzt aber nicht mit einem Zitat.

Es genügt, wenn wir zu Protokoll nehmen: Sie fühlten sich tief beleidigt. Da werden Sie sich oder ihm wohl gesagt haben: Deine Tage, nein: deine Minuten sind gezählt. Haben daraufhin bis drei gezählt und zugestochen, kaltblütig.

Kaltblütig …?! Kaltblütig zugestochen – wie stellen Sie sich das vor? Daß man sich in Ruhe einen Punkt aussucht, an dem man am besten reinkommt – statt gleich auf Knochen zu stoßen? Und kühl beobachtet man das Eindringen der Klinge ins Fleisch? Mister Sheriff, Sie haben es laufend mit Morden zu tun, Morde sind hierzulande an der Tagesordnung, ergo hätten Sie längst erkennen müssen, daß kaltblütige Morde nur gedungenen Verbrechern gelingen. Mit solchen Leuten werden Sie mich wohl nicht in ein Verlies sperren wollen!

Sie möchten demnach zu Protokoll geben, Sie hätten nicht kaltblütig gemordet. Wie aber sonst? Heißblütig?

Sie sind auf dem rechten Wege zur Erkenntnis. Falls ich Ihre berufliche Erfahrung ein wenig anreichern darf: Ein

Messer, ein Dolch wird – in unseren Kreisen ist das jedenfalls so – nur gezückt in einem Wutanfall, in einem Anfall von Jähzorn – ja, am ehesten von Jähzorn. Dabei vollzieht sich schlagartig eine Veränderung: Sie hören plötzlich kaum noch was. Schon gar nicht hören Sie warnende Stimmen, hören so was höchstens fern und verworren, wie in einem andren Raum. Aber Raum existiert in dem Moment eigentlich auch nicht mehr, Raum wird zum Rohr. Ja, es ist so, als würden Sie durch ein Kanonenrohr blicken: alles schwarz, ringsum schwarz, es bleibt nur ein kleiner Sichtkreis, in diesem Kreis die verhaßte Person, und Sie können gar nicht anders als auf dieses Subjekt losgehn, losstürmen, als wäre im Arsch ein Pulversatz gezündet. A point of no return. Und schon merken Sie, wie Sie losschlagen, dreinschlagen.

Und zustechen ...

Sir, ich rede von Dreinschlagen, von Zuschlagen.

Und was ändert sich am Grundgefühl, wenn Sie dabei ein Messer, einen Dolch in der Hand halten?

Wollen Sie mich durchs Kanonenrohr jagen, mit kognitivem Pulversatz? Wollen Sie provozieren oder verhören?

Ich verstehe: Noch einmal eine unerwünschte Frage, und alles verengt sich zum Blick durchs Kanonenrohr. Aber bevor Sie losschießen, sind Sie fest im Griff. Immer dran denken: Breakneck ist in Stellung gegangen.

Verschonen Sie mich mit diesem Schreckgespenst.

Schreckgespenst ...?! Seien Sie vorsichtig in Ihrer Wortwahl, auch unser Helfer könnte in Rage geraten. Dann können wir nicht mehr hinschaun, das gibt gar kein schönes Bild ab, nein, wirklich kein schönes Bild, das wollen wir uns doch lieber ersparen. Vor allem, wo zur Zeit keiner im Hause ist, der aufwischen könnte.

Ich merke schon, diese Formulierungen bereiten Ihnen ein gewisses Vergnügen ...

Ich will nur warnen, eindringlich. Im übrigen ist Ihnen hoffentlich bewußt, daß Sie mit Ihrer suggestiven Schilderung einer Handlung im Jähzorn den Mord bereits eingestanden haben, indirekt.

Sir, für das Kanonenrohrsehen ist typisch, daß man nicht mehr vergißt, was man wahrgenommen hat. Das bleibt wie eingebrannt im Hirn.

Und das wäre denn das Bild der Person, auf die Sie losgestürmt sind. Ist im Erinnerungsbild auch eingebrannt, was dabei Ihre Hände getan haben?

Sir, unter Theologen würde ich sagen: Sie werden kasuistisch. Umgangssprachlich: übertrieben spitzfindig.

Ich bin auf derartige Übersetzung nicht angewiesen. Zur Sache: Ich muß erneut konstatieren, daß Ihre intensive Beschreibung des anfallartigen Verlaufs nur den Rückschluß zuläßt, und dies zwingend, daß Sie die Tat begangen haben, in einem Anfall von Jähzorn.

Und wenn auch Watson durchs Kanonenrohr geblickt hat? Er ist ja nicht grundlos festgenommen worden. Und eingebuchtet. Halten Sie sich doch an den!

Was wir zu tun haben, das können Sie getrost uns überlassen. Marlowe, ich muß sagen, es sieht verdammt finster aus für Sie. Wenn wir Sie dem Common Law Court überstellen, ist völlig sicher, worin das Strafmaß bestehen wird: auf Sie wartet der Galgen, verstehn Sie? Es wird Ihnen vor Gericht in keinster Weise gelingen, den Kopf aus der Hanfschlinge zu ziehen. Watson hat Sie aufs Schwerste belastet.

Wenn der nochmal vor mir aufkreuzt, da fahr ich aber schweres Geschütz auf, da schieß ich volle Breitseiten ab!

Das Pulver können Sie sich in dem Fall sparen, es gibt weitere Personen, die Sie belastet haben, und zwar erheblich. Das ist zu den Akten genommen, aber nicht ad acta gelegt. Ich entnehme den Unterlagen zum Beispiel noch, daß Sie sich vor dem Justice of Peace unter Eid verpflichten mußten, künftig auf Gewaltanwendung zu verzichten. Das spricht ja wohl Bände! Mit solch einer Vorgeschichte wären Ihre Aussichten vor einem Common Law Court denkbar schlecht, verstehn Sie? Falls Sie nicht gehängt oder geköpft werden, sondern einen gnädig gestimmten Richter finden, so können Sie sich für den Rest Ihres Lebens darauf einstellen, in einem lichtlosen Kerker auf verpisstem, verschissenem, von Ratten überhuschtem Stroh zu verbringen bei bekannt unzureichender Ernährung. Ist Ihnen das klar? Ihre einzigen Gesprächspartner wären dann Steinquader, vor denen Sie Ihre hochgerühmte Kunst des Monologs vollenden könnten. Keine erheiternden Aussichten, muß ich sagen. Mein Amt zwingt mich dazu, den einen oder anderen Gefangenen in den Verliesen des Tower aufzusuchen im Rahmen weiterer Befragung. Da Sie ja auch volkstümliche Redeweise lieben: Dort ist es zappenduster! Zappenduster, verstehn Sie? Vor solch einer Zukunft kann Sie nur ein Wunder retten! Wir haben es schließlich mit einem Kapitalverbrechen zu tun. Ich denke, es wäre an der Zeit, daß in Ihrem Kopf so langsam –

Mir geht soeben störend durch den Kopf, daß Sie alles auf den Kopf stellen, damit alles nach Ihrem Kopf –

Lassen Sie mich gefälligst ausreden, Marlowe! Wenn Sie sich weiterhin so aufführen, werden Sie ein paar Tage in ein finsteres Loch gesteckt, damit Sie die nötige Hellsicht gewinnen, verstehn Sie? Hier ist nicht der Ort, wo Sie in gewohnt lautstarker Weise auftreten können.

Aha, so soll das also laufen. Und wer gibt Ihnen das Recht, mich noch länger einzusperren? Mir mit Dunkelarrest zu drohen? Sie sind Sheriff, pardon, Sheriff von Surrey, aber Sie sind kein Richter. Ich würde nur einen ordentlichen Richtspruch akzeptieren. Das kann ich mit Fug und Recht verlangen. Soweit kenne ich England mittlerweile ja nun doch!

Sie können durchaus Gelegenheit erhalten, England noch genauer kennenzulernen. Sozusagen von unten, von ganz unten her. Dies zum ersten. Und zwotens: Sie werden wohl nicht wünschen, daß wir Ihnen eine Art Maulkorb verpassen; unser spezieller Freund hinter Ihnen schafft so was im Handumdrehn.

Das ist meines Wissens nicht der Ton, in dem eine vorläufige Vernehmung in einem Polizeiamt Ihrer Majestät der Königin Elisabeth erfolgen soll.

Ah, eine patriotische Regung, wie schön ... Nehmen wir gern zu Protokoll. Vielleicht kommen wir auf dieser Basis doch mal so langsam zu einem sinnvollen Verlauf des Gesprächs. Und nicht immer diese Rösselsprünge ... Wir spielen hier nicht Schach, Sie spielen mit Ihrem Leben. Der Urteilsspruch bliebe selbstverständlich einem Gericht des Common Law überlassen, im Namen der Königin. In Anbetracht Ihrer Hartnäckigkeit muß ich aber noch einmal betonen: Sie haben letztlich nur die Option zwischen Hinrichtung und lebenslangem Kerker, verstehn Sie? Und Kerker hieße Haft in einem der Tower-Verliese, sprich: unter Bedingungen, die ich bereits dezent angedeutet habe. Da wäre es aus und vorbei mit der Schreiberei. Da können Sie sich auch an keinem mehr vergreifen, auf die eine oder andre Weise, verstehn Sie?

Nein, versteh ich nicht. Durchaus nicht, verstehn Sie?

Sie haben keinen Anlaß, sich zu mokieren. Sie kämen dem Ende der Vernehmung entschieden näher, wenn Sie sich endlich kooperativ verhalten würden! Sie zwingen mich zu Wiederholungen, die führen nicht weiter. Ich tret nicht gern auf der Stelle, ja? Ich habe für den Rest des Tages noch einiges vor, das mir sinnvoller erscheint, als mich rhetorisch mit Ihnen herumzubalgen. Das sind wir in diesem Raum nicht gewohnt. Schon gar nicht bei Ermittlungen in einem derart gravierenden Fall, verstehn Sie? Der läßt sich auch durch wiederholtes Leugnen nicht aus der Welt schaffen.

Wer wiederholt die Wahrheit sagt, kann nicht als Leugner bezeichnet werden. Ich habe den Eindruck, Sie folgen einem Vorurteil, einem massiven Vor-Urteil. Ergo steht für Sie von vornherein fest, ich hätte Bradley erstochen. Ich habe ihn aber nicht erstochen! Ich habe ihn, verdammt nochmal, nicht erstochen! Befragen Sie nochmal den James! Mich aber lassen Sie aus dem Spiel: Ich habe Bradley nicht erstochen!

Ihr lautstarkes Verhalten bestätigt mal wieder, was längst aktenkundig ist, Mister Marlowe! Wir befinden uns hier aber nicht in einer der Schenken, in denen Sie so gern den Ton angeben. Schon gar nicht befinden wir uns hier in einem Etablissement, in dem unter Umständen gleich der Dolch gezückt wird.

Können Sie mir mal verraten, wie ich in diesem Etablissement hier einen Dolch zücken soll? Wo ich eingangs untersucht wurde bis unter die Klöten?

Es sind auch Übergriffe ohne Dolch möglich. Sie haben bereits das eine und andre Mal mit bloßer Faust zugeschlagen – wenn das auch nur Zähne und nicht gleich ein Leben gekostet hat. Dagegen müssen wir uns schützen, verstehn Sie? Bei Personen wie Ihnen muß man mit allem rechnen. Deshalb der stumme Teilnehmer hinter Ihnen. Schenken Sie ihm ruhig nochmal einen Blick – eh Sie auch nur zwei Schrittchen zu meinem Tisch gemacht haben, sind zwei bis drei Knochen geknackt. Womöglich in der Hand, mit der Sie schreiben. Reizen Sie uns also nicht aufs Äußerste, Marlowe! Wir lassen uns die Verhandlungsführung nicht diktieren, verstehn Sie?! Sie haben in keiner Weise Anlaß zu aggressivem Verhalten. So, und jetzt nehmen Sie endlich Platz auf dem Stuhl da. Ich hab es nicht gern, wenn Sie vor dem Tisch so herumfuchteln. – Falls Sie sich nicht augenblicklich setzen, tritt unser Mitarbeiter in Aktion. – Na bitte. – Und jetzt benehmen Sie sich mal ein bißchen – schon in Anbetracht der Tatsache, daß Ihre Lage aussichtslos ist. Ihr Kollege hat unter Eid, ich betone: unter Eid ausgesagt, daß Sie den entscheidenden Stoß mit dem Dolch ausgeführt haben.

Ah ja, und das wurde ohne jegliche Anwendung von Druck und Gewalt aus James herausgekitzelt, wie?!

Diese Art von Repliken behalten Sie sich besser für Ihre Stücke vor. Soweit Sie noch in der Lage sein werden, künftig fürs Theater zu schreiben.

Schon wieder eine Drohung! Auch noch verbunden mit dem Stichwort Folter! Darum geht es doch wohl. Anders kann es ja auch nicht zum sogenannten Geständnis von James gekommen sein.

Zuweilen wird gewisser Nachdruck notwendig, um der Wahrheit auf die Sprünge zu verhelfen. Bringen Sie uns nicht so weit, daß wir auch in Ihrem Fall Nachdruck solcher Art ausüben müssen. Davor schützt Sie nur ein Geständnis. Andernfalls wird Ihnen im »Freudenzimmer« eine spezielle Behandlung zuteil. Dies zum ersten.

Und gleich zum zweiten: Ich singe nicht gern. Ihr werdet mich nicht zum Singen bringen. Zum Singen zwingen. Ah, Scheißreime – stellen sich manchmal ungewollt ein.

Stört uns nicht weiter ... Also, nicht wahr, wir nehmen zu Protokoll, daß Sie sich der Schwere Ihrer Tat bewußt sind. Mit einem formellen Abschluß dieser Art könnte ich die Vorvernehmung nämlich abschließen und Sie einem anderen Amt überstellen. Dort wäre die eine oder andre Voraussetzung gegeben, Ihnen so etwas wie eine Brücke zu bauen.

Eine Hänge-Brücke aus Holz und Hanf ...?

Immer zu launigen Bemerkungen aufgelegt, wie? Nun unterschreiben Sie schon diesen Revers, und wir können die Akte schließen. Wir müssen sicherstellen, verstehn Sie, daß

Sie sich Ihren nächsten Gesprächspartnern gegenüber nicht wieder herausreden. Da muß eine klare Verhandlungsgrundlage geschaffen sein. Gestehn Sie die Beteiligung im Mordfall Bradley, und Sie haben vorerst den Kopf aus der Schlinge gezogen.

Wie soll denn das gehn? Eine sogenannte Tat zugeben und zugleich den Kopf aus der Schlinge ziehn?

Sie werden einem Amtsbereich überstellt, in dem andere Spielregeln gelten. Diesem Umstand sollten Sie dem sicheren Tod am Galgen oder auf dem Schafott den Vorzug geben.

Ich verstehe nicht, verdammt nochmal, worauf Sie hinauswollen!

Leisten Sie Ihre Unterschrift, und es könnte sich eine neue Perspektive eröffnen.

Ich tappe im Nebel ...

Das sind wir hier in London gewöhnt. Marlowe, ich sage noch einmal, und ich habe keine Lust, das zum x-ten Mal zu wiederholen, wir haben schließlich noch andres zu tun: Bestätigen Sie durch Ihre Unterschrift, daß Sie am Mordfall Bradley zumindest beteiligt waren, daß Sie sich in dieser Hinsicht schuldig bekennen, und Sie kommen eventuell an einer Gerichtsverhandlung vorbei, an deren Ende nur die Verkündung Ihres Todesurteils stehen kann.

Das wäre ja fast die Quadratur des Kreises ...!

Na wenn schon. Nun zieren Sie sich nicht weiter, leisten Sie Ihre Unterschrift.

2

Mit vorliegender Abschrift des Vernehmungsprotokolls wurden wir – in bewährter Zusammenarbeit mit dem Sheriff von Surrey – über die prekäre Lage des Christopher »Kid« Marlowe informiert. Nach umgehend erfolgter Rücksprache hat man uns den (in echt britischer Amtshilfe hinlänglich weichgeklopften) Häftling überstellt. Bereits einen Tag nach der Zuführung fand eine erste Unterredung mit dem Untersuchungsgefangenen statt.

Ich lasse für dieses Dossier die Präliminarien und Einleitungsformeln weg, es geht schließlich um eine Dokumentation für den internen Gebrauch in Her Majesty's Secret Service. Ich gebe das Gespräch wieder auf Grundlage des von mir angefertigten Protokolls, übertrage freilich in direkte Rede, was streckenweise in indirekter Rede festgehalten ist, bzw. in raffender Zusammenfassung.

Das Gespräch fand statt in Anwesenheit von Sir William Walsingham, wobei sich »Chef« hinter der Spanischen Wand aufhielt. Die Gesprächsführung übernahm Ressortleiter Mountfelton (»Monty«). Das Protokoll führte meine Wenigkeit.

Gez. Richard »Jeremy« Wilkinson

* * *

Mister Marlowe, bevor Sie wieder mal aufbrausen: Seien Sie sich darüber im klaren, daß wir Ihr Schuldgeständnis in Händen haben – zumindest in Form eines Teilgeständnisses. Immerhin aber von Ihnen abgezeichnet. Nehmen Sie des weiteren zur Kenntnis, daß sich dieses Teilgeständnis bei entsprechender Interpretation leicht zu einem umfassenden Geständnis ausbauen läßt.

Die Unterschrift ist mir vom Sheriff abgeluchst worden, unter falschen Vorzeichen. Ich habe gedacht, ich könnte mich damit aus der Affäre ziehn. Ich hatte einfach keine Lust mehr. Keine angenehme Lage, so in der Klemme zu stecken zwischen einem oberschlauen Sheriff und einem Genickbrecher. Ich wollte nichts wie raus da. Konnte ja nicht ahnen, daß ich womöglich vom Regen in die Traufe gerate!

Sie haben nun mal Ihre Unterschrift geleistet. Für den Fall also, daß Sie wieder der Polizeibehörde überstellt werden, wartet auf Sie der Common Law Court. Wie dort das Urteil lauten wird, dürfte der Sheriff von Surrey hinreichend klargestellt haben. Er war es auch, der uns den Hinweis zukommen ließ, Sie stünden mit dem Rücken zur Wand. Falls Sie nicht hängen oder wortwörtlich den Kopf verlieren wollen, muß verhindert werden, daß Sie vor Gericht kommen. Wir haben Sie überstellen lassen, um gemeinsam mit Ihnen einen Ausweg aus der verfahrenen Situation zu suchen. Dabei wollen wir einvernehmlich vorgehen; wir sind nicht geneigt, Druckmittel anzuwenden. Wir deuten den Vorgang so: Sie haben mit Ihrem Teilgeständnis einen gewissen Schlußpunkt gesetzt, der zugleich Doppelpunkt ist, hinter dem sich neue Perspektiven eröffnen. In diesem Zusammenhang entsinnen wir uns der Dienste, die Sie vor wenigen Jahren der Krone geleistet haben, und bieten Ihnen die rettende Hand. Vorausgesetzt, Sie sind bereit, Gegenleistungen zu erbringen.

Darf ich mal die Frage stellen, wo ich mich hier überhaupt befinde?

Sehen Sie keinen Ansatz zu einer Antwort? Keine Erinnerung an frühere Aktivitäten?

Sie sprechen in Rätseln, Mister –

Nun, ich nehme an, im Verlauf unserer Gespräche wird Ihnen die eine oder andere Ihrer Aktivitäten schon noch einfallen, und damit eine Erklärung für die gegenwärtige Konstellation.

Sie machen es spannend …

Das entspricht durchaus Ihrer Lage. Ich sage noch einmal, damit Sie ganz klar sehen, wovon auszugehen ist: Gesetzt den Fall, Sie kommen vor den Common Law Court, so werden Sie kurz darauf gehängt oder geköpft. Das ist so sicher wie das Amen in unserer Kirche. Noch einmal: Sie müssen dem Zugriff des Gerichts entzogen werden, sonst ist es um Sie geschehn. Dies setzt allerdings, wie schon angedeutet, Ihrerseits eine gewisse Bereitschaft voraus. Damit Sie sich innerlich darauf einstimmen, wird Sie »Jeremy«, unser Protokollführer, zu Ihrem Zimmer geleiten. Der Aufenthalt im Keller des Sheriffs von Surrey dürfte nicht sonderlich angenehm gewesen sein, jetzt sollen Sie erst mal zur Ruhe kommen. Das kann der Fortsetzung unseres Gesprächs nur dienlich sein. Ich unterbreche es für zwei Stunden. Solange sind Sie Gast im Hause; für Ihr leibliches Wohl wird gesorgt. Wir haben allerdings weder Kaninchenfrikassee noch Schwanenpastete zu bieten, Sie müssen sich eher mit Stockfisch und Salzgurke zufriedengeben – Sie sollen vom Nachdenken ja auch nicht abgelenkt werden …

3

Als nächstes folgt in diesem Dossier die Stellungnahme von Ressortleiter Mountfelton zum Fall Marlowe, verfaßt mit der Intention, sich nach oben hin abzusichern mit Blick auf den weiteren Verlauf der Verhandlungen.

Gez. Jeremy

* * *

Im folgenden fasse ich Eindrücke und Erkenntnisse zusammen, die sich beim ersten Gespräch mit Christopher Marlowe ergeben haben. Ich formuliere folgende Ausführungen unter dem Gesichtspunkt: Wie weit ist der Kandidat geeignet zur Lösung unserer Aufgabenstellung? Welche Faktoren lassen sich als nutzbar herausarbeiten für die Erlangung seiner Bereitschaft? Von welcher Interessenlage können wir ausgehen?

Unsere Forderungen und Richtlinien erfüllen sich in diesem Fall durchaus: Daß der Kandidat geistig rege sein muß; daß er über Lebenserfahrung verfügt; daß er in der Lage ist, gegebene Instruktionen gewissenhaft umzusetzen; daß er selbständig erkennen kann, welche Erscheinungen relevant sind; daß er seine Erkenntnisse sachlich richtig zur Darstellung bringen kann; daß er bereit ist zur strikten Einhaltung der Konspiration.

Während des Studiums hat er dies durch seine Tätigkeit als Agent überzeugend unter Beweis gestellt. Marlowe war nach Reims entsandt worden, um relevante Interna über Sinnen und Trachten katholischer Studenten zu übermitteln, die unser Land verlassen hatten, um im neu gegründeten Jesuitenkolleg Theologie zu studieren, dabei eventuell Vorbereitungen treffend zur offiziellen Wiedereinführung der katholischen Religion und somit zum Sturz unserer Regierung. Seine Feststellungen und Beobachtungen übergab Marlowe vor Ort an »Secretary«, seinen damaligen Verbindungsmann; diese Berichte waren, unter dem Aspekt der Weiterleitung, mit dem Decknamen »Cornelius« unterzeichnet.

Obwohl folgende Tatbestände im Hause noch präsent geblieben sind, darf ich sie der Vollständigkeit halber kurz in Erinnerung rufen. Marlowe hat sich besonderes Verdienst erworben mit der frühzeitigen Meldung, ein Trupp junger Katholiken, ausgebildet und instruiert im Jesuitenkolleg, solle, unterstützt von einem Dutzend kampferprobter spanischer Soldaten, mit einer Galeere zur Ostküste Irlands verfrachtet und bei Bré, wenige Meilen südlich von Dún Laoghaire, eingeschleust werden. Die Soldaten hatten den Auftrag, einen Brückenkopf zu bilden und zu halten, auch als mögliche Retraite; die jungen Priester, allesamt zum Martyrium bereit, sollten ausschwärmen und irische Landesbewohner zum Kampf aufwiegeln gegen englische Siedler und Händler im Osten Irlands, speziell in Dublin und Umgebung. Gegenmaßnahmen unserer Seite konnten rechtzeitig eingeleitet werden, da auch diese Aktion von König Philipp im Alcázar oder Escorial geprüft, genehmigt und sein Plazet per Kurier übermittelt werden mußte. In der Zwischenzeit konnte ein Trupp in Dún Laoghaire ausgebootet werden und bei Bré einen Hinterhalt beziehen. Die Emigranten und Söldner gingen in die Falle und wurden zur Strecke gebracht – die »Rebhuhnjagd« von Bré. Danach stellte sich Erleichterung ein, doch wurden wir uns dringlicher denn je der ständig drohenden Gefahr seitens der katholischen Koalition bewußt, was wiederum Sinn und Notwendigkeit der Tätigkeit unseres Geheimen Dienstes bestätigte.

Durch den längeren Aufenthalt in Reims war Marlowe allerdings mit seinem Studium in Verzug geraten, und so weigerte sich der Rektor des Benet College zu Cambridge, ihn nach seiner Rückkehr zu graduieren.

Was die Entscheidung des Rektors in erheblichem Maße beeinflußte, war der Skandal, den Marlowe in Canterbury ausgelöst hatte. Marlowe unterhielt eine offenbar sodomitische Beziehung zu P., einem Musiker der Kathedrale. P. war indes verheiratet, war Vater zweier kleiner Töchter. Marlowe drängte darauf, daß P. sich von der Familie trennen und mit ihm eine große, womöglich jahrelange Reise unternehmen solle, sei es in unsere neue Kolonie Virginia, sei es in Asien, wo ihn geheimnisvolle Städte wie Persepolis oder Samarkand zu locken schienen. P., nach gravierendem Zerwürfnis mit seiner Frau seelisch äußerst belastet, erklärte, er wolle sich vom ebenso gewalttätigen Verhalten wie von den »verschrobenen Plänen« Marlowes nicht weiter verrückt machen lassen; er liebe »Kid« in der Tat, doch wenn es ihm nicht binnen einer Woche gelinge, sich wieder mit seiner Frau zu verständigen, schieße er sich »eins ins Maul«. Unter dieser Androhung kam es zu einer besonders heftigen Auseinandersetzung mit ausgesucht groben Beleidigungen von seiten Marlowes, die von P. freilich nicht mit Tätlichkeiten beantwortet wurden, vielmehr mit der Forderung, sich am nächsten Morgen einem Duell mit Degen zu stellen. Was von Marlowe prompt angenommen wurde.

Der Vorfall sprach sich in Canterbury rasch herum, die Familie Marlowes geriet in helle Aufregung. Mutter Joane machte »Kid« lautstark Vorhaltungen: Er wolle doch wohl nicht zum Mörder werden! Als sie merkte, daß dies beim ansonsten hellhörigen Sohn auf taube Ohren stieß, unternahm sie etwas Ungewöhnliches: Sie schrieb einen Brief an P., das heißt, sie bestimmte Tonlage und Inhalt des Schreibens, das ihr Gatte ausfertigte, Schuster und zugleich Kirchenschreiber. Man flehte P. an, auch im Namen dessen eigener Mutter, die Forderung zurückzunehmen. Eine der drei Töchter des Hauses mußte P. den Brief überbringen. Die Intervention war vergeblich, es erfolgte das Degenduell, das allerdings durch Einschreiten eines unserer Mitarbeiter zum rechten Zeitpunkt abgebrochen wurde.

Ich vermerke diesen Vorfall und Vorgang, weil hier eventuell ein Ansatzpunkt sein könnte für gezieltes Einwirken auf Marlowe, falls gewünschte oder geforderte Leistungen von ihm nicht erbracht werden: ein Schwachpunkt, an dem mit Aussicht auf Erfolg angesetzt werden könnte. Dies unter dem Aspekt, daß man bei uns im Hause keinerlei Verständnis für Marlowes geschlechtliche Fixierung hat, ja, daß jene Form der Pervertierung generell auf Ablehnung stößt. Könnte Marlowes getarnte Tätigkeit nicht weiterhin von Nutzen sein für unser Land, so hätte sein Hang zur Sodomie längst Folgen gehabt, und zwar einschneidend!

Ich fahre fort: Diskrete Intervention einiger Lords of Her Majesty's Most Honourable Privy Council bewirkte, daß Marlowe trotz dieses Skandalfalls, trotz seiner lückenhaften Präsenz im College, trotz seiner nicht ausreichenden Leistungen zum Bachelor of Arts graduiert wurde – mit Blick auf seine (nur intern erwähnten) Verdienste für die Krone. Er ist sich dieser Intervention allerdings nicht bewußt. Auch nicht der Tatsache, daß wir die erste Aufführung seines Bühnenstücks »Tamerlan« diskret gefördert haben. Der große Erfolg zeitigte allerdings die Nebenwirkung, daß er seine Agententätigkeit für definitiv beendet hielt.

Da seine damalige Aufkündigung der Mitarbeit Einfluß haben dürfte auf die Methode, die Marlowe gegenüber zur Anwendung gelangen muß, auch hierzu eine kurzgefaßte Darstellung.

Nach rund anderthalb Jahren getarnter Beobachtung in Studentenkreisen kam es zu einem jähen Ende der kameradschaftlich-freundschaftlichen Verbindung mit »Secretary«. Einleitende Äußerung von Marlowe: »Ich weiß jetzt, wie das geht, so geht das aber nicht weiter.« Er weigerte sich, künftig auch nur eine einzige Äußerung eines der Studenten in Reims weiterzugeben und sei sie noch so unverfänglich. Er berief sich dabei (ziemlich überraschend, bei seinem Fach jedoch einigermaßen plausibel) auf Tugenden: Aufrichtigkeit, Ehrlichkeit, Wahrhaftigkeit. Er sprach, in neuem Wortverständnis, von einem »Erweckungserlebnis« – als Erkenntnis der Folgen einiger seiner Mitteilungen an »Secretary«. Zwei Studenten waren daraufhin nämlich aus dem Jesuitenkolleg verschwunden – der eine konnte sich, nach rechtzeitiger Warnung, in die Bretagne absetzen, der andere wurde entführt, hier in London vor Gericht gestellt und abgeurteilt als Staatsfeind, bereit zu Umsturz von Kirche und Regierung. Mit derart gravierenden Folgen hatte Marlowe offenbar nicht gerechnet. Als ihm dieser Fall zu Ohren kam (eher in Form eines Gerüchts als eines Berichts), erfolgte eine heftige Auseinandersetzung mit seinem Verbindungsmann. Der Hauptvorwurf lautete: Er, Marlowe, sei betrogen worden, niemand hätte ihm gesagt, daß ein Kommilitone gleich als Staatsfeind behandelt würde, nur weil der sich mal negativ geäußert habe, und dies eher fahrlässig. (Randnotiz: Die Folgen seines Hinweises auf die geplante Aktion bei Bré haben Marlowe offenbar nicht so sehr belastet – was auch dadurch zu erklären ist, daß er über den blutigen Verlauf der »Rebhuhnjagd« nicht näher informiert wurde.) »Secretary« forderte weitere Beobachtungs- und Ermittlungsberichte an, doch Marlowe leistete einen pathetischen Schwur: Nie mehr wolle er etwas mit derart »schmutzigen Geschäften« zu tun haben, nie mehr werde er sich »dazu hergeben«, derartige »Dienste« zu leisten. Als »Secretary« dieser Suada die weiterhin gültige Dienstverpflichtung entgegenhielt, kam es zu einem der notorischen

Anfälle von Jähzorn und damit zu Tätlichkeiten, die von »Secretary« allerdings handfest beantwortet wurden.

Damit wurde eine Art Freundschaft beendet, die sich im Verlauf der Zusammenarbeit entwickelt hatte: gemeinsame Aufenthalte in Kneipen, gemeinsame Angelpartien, gemeinsamer Besuch von Theatern, und, wie es heißt, gemeinsamer Besuch auch eines Bordells (das übrigens von einem Theaterprinzipal geleitet wurde); es wird gemunkelt, Marlowe und »Secretary« hätten sich gelegentlich eine Frau »geteilt«. Vor diesem Hintergrund: In seiner Enttäuschung, ja Verletzung schwor »Secretary« Rache – die aber nicht vollzogen, sondern (in seiner Perspektive) auf Unbestimmt verschoben wurde. Marlowe gilt schließlich als gefährlich, wird im Jähzorn unberechenbar. Seine Härte läßt sich zum Teil auch dadurch erklären, daß man sich in der Theaterwelt nördlich wie südlich der Themse in oft sehr direktem Sinne durch-schlagen muß. Theaterwelt und Unterwelt sind auf vielfältige Weise liiert.

Ergänzend sei noch vermerkt: Marlowe gilt als herausragender Bühnenautor. Damit ergeben sich Einkünfte, die allerdings schwer zu bemessen sind – sie scheinen eher dem taktischen Geschick des Autors zu entsprechen als Regelungen unterworfen zu sein. Es hat den Anschein, als lebe Marlowe über seine Verhältnisse. Von seinem Vater (kinderreiche Familie eines kleinen Handwerkerbetriebs) wird er kaum (weitere) Zuwendungen erhoffen können. So sehe ich auch im materiellen Anreiz einen geeigneten Ansatzpunkt zum Versuch, ihn erneut an unser Organ zu binden.

Marlowes Bereitschaft zur Mitarbeit muß von Grund auf neu erwirkt werden. Die früher bestehende Zusammenarbeit (dazu per Handschlag verpflichtet als »Cornelius«), sie soll unter neuem Decknamen reaktiviert werden. Der voraussichtlich wirksamste Ansatzpunkt zeigt sich im Mordfall Bradley – hier kann und muß der Hebel angesetzt werden. Auf die Anwendung strafrechtlicher Maßnahmen soll verzichtet werden, falls Marlowe sich in freiwilliger Verpflichtung erneut zu ehrlicher Zusammenarbeit bereiterklärt.

Um mich in der politischen Einschätzung des Kandidaten abzusichern, habe ich ein Gutachten über ein Werk in Auftrag gegeben, das für unsere Erwägungen und Planungen aussagekräftig sein könnte.

David Murray Mountfelton

4

Bei der in Auftrag gegebenen Begutachtung des vorgelegten Dramas muß ich von folgender Fragestellung ausgehen: Zeigt der Verfasser (unabhängig vom Niveau der Darstellung) Unsicherheiten in der erwünschten oder vorausgesetzten Grundhaltung, kommen unausgereifte Auffassungen zum Ausdruck oder werden womöglich fragwürdige Positionen vertreten? Es geht, um die Grundfrage zu präzisieren, darum, ob die Entwicklung des Verfassers positiv oder negativ verlaufen ist.

Unter diesen Prämissen erfolgt meine eingehende Prüfung. Sie setzt bereits an bei einer Abwägung des Titels: »Das Massaker von Paris.« Hier zeigt sich mit wünschenswerter Klarheit, daß der Pogrom gegen unsere französischen Glaubensbrüder als großangelegtes Verbrechen verstanden wird, das geahndet werden müßte. Das Wort »Massaker« impliziert weiterhin, daß die Opfer nicht im Kampf mit einem gleichwertigen Gegenüber ihr Leben verloren haben, daß vielmehr ein verabscheuungswürdiger Übergriff auf einen Teil der französischen Bevölkerung erfolgt ist. Das titelgebende Wort »Massaker« zeigt des weiteren an, daß es hier keine Form des Verstehens geben kann, die eine indirekte Annäherung an die Position des Feindes einschließen könnte. In einem Verstehen steckt schließlich, zumindest keimhaft angelegt, ein Vergeben. Davon kann angesichts der Klarheit der Titelgebung die Rede nicht sein.

Unter dieser erst einmal positiven Vorgabe erfolgt die penible, zugleich neutrale Lektüre des Dramas – eine Lesehaltung, die in meiner Position als königlicher Zensor unabdingbare Voraussetzung ist. Ich kann mit Fug und Recht erklären, daß ich geistigen Unrat, ja Unflat oft schon nach wenigen Zeilen zu riechen imstande bin, habe auf diese Weise versteckte Angriffe auf die segensreiche Regierung unserer Königin bereits in Ansätzen erkannt, habe sodann durch Hinweise an die zuständige Dienststelle notwendige Maßnahmen in die Wege geleitet. Dazu besteht hier jedoch kein Anlaß.

Da Sie, verehrte Kollegen des Royal Secret Service, auf prägnante Nachweise drängen, will ich das eine oder andere Detail des besagten Dramas hervorheben, in der sicheren Erwartung, daß Sie meine positive Einschätzung der Grundhaltung des Verfassers teilen werden. Wobei ich mich allerdings nicht verbürgen kann für gegenwärtiges oder künftiges Verhalten der Person als solcher – hier wirken bekanntlich viele Faktoren auf das Verhalten ein. Ich kann mich lediglich an den mir zugestellten Text halten.

Bevor ich den Befund im einzelnen erörtere, vorweg eine allgemeine Bemerkung: Marlowe hat gleichsam an den Ereignissen entlanggeschrieben, oder, anders formuliert: er hat mit ständigem Seitenblick auf das aktuelle Geschehen geschrieben. Kaum war Henry III von aufgehetzten Katholiken ermordet, wurde das Schauspiel mit der Ermordung Henrys beendet. Die Ereignisse und deren Gestaltung erfolgten also im selben Jahr. Das Stück ist freilich noch nicht zur Aufführung gelangt, möglicherweise, weil sich in dieser turbulenten Zeit andere Ereignisse in den Vordergrund geschoben haben – ich nenne nur unseren Sieg über die Armada.

Es ist uns gelungen, in den Besitz einer Abschrift des gut gehüteten Bühnentextes zu kommen, eines Textes, an den offenbar noch nicht die letzte Feile –

5

Die Fortsetzung des Gutachtens ist verlorengegangen; der Text bricht mitten im Satz ab. Ich hege die Vermutung, daß Sir Walsingham die anschließenden Seiten des Gutachtens entfernt und vernichtet hat. Erstens hat er sich über die etwas eitle Selbstdarstellung des Zensors geärgert; zweitens hat er kollegiale Amtshilfe erwartet, statt dessen wurde das Elaborat von einer Geldforderung begleitet (»Für die Anfertigung eines Gutachtens über … wurden 3 Pfund verausgabt; ich bitte um baldige Erstattung«); drittens schien ihm mit der Erörterung der Titelfrage bereits die erneute Gewinnung Marlowes als Agent gerechtfertigt.

Nach Abschluß des ersten (durch eine Pause unterbrochenen) Gesprächs sowie einer anschließenden zweitägigen Denk- und Verhandlungspause wurde die Verhandlung mit dem Adepten fortgesetzt, eingeleitet mit freundschaftlichem Hinweis auf dessen äußerst bedrohliche Lage. Nach den üblichen Präliminarien setzte »Monty« in Verfolg der (selbstverständlich mit dem Chef abgesprochenen) Zielsetzung wie folgt an.

Gez. Jer.

* * *

Dämmert Ihnen so langsam, weshalb Sie hier sind und nicht weiterhin beim Sheriff von Surrey? Daß unsere Einladung keineswegs zufällig ist? Daß wir sehr wohl an einen Tisch, an diesen Tisch gehören?

Auf dem Ohr hör ich schlecht, Sir …

Dann ist offenbar notwendig, Sie daran zu erinnern, daß bereits eine Form der Zusammenarbeit bestanden hat. Nicht mit diesem Hause, das dürfte für Sie bisher nur ein

Name gewesen sein, aber Sie standen fast zwei Jahre lang in Kontakt mit »Secretary«, haben ihm wiederholt Bericht erstattet, und zwar durchaus erfolgreich, ich nenne nur das Stichwort Bré. Die daraus resultierende positive Einschätzung Ihrer Person bedingt unsere Einladung.

Sie meinen: Vorladung.

Nennen Sie es, wie Sie wollen, wir sind hier, um Übereinkunft zu erzielen. Sprich: Wir möchten die frühere Zusammenarbeit mit Ihnen fortsetzen, allerdings auf breiterer Basis.

Kommt nicht in Frage! Das Kapitel ist beendet, ein für allemal! Ich habe in Reims einen heiligen Eid geschworen: Mit mir nicht mehr! Nicht mehr mit mir! Auf keinen Fall mehr mit mir!

Und der Grund für dieses Nein?

Auch wenn ich mir damit eine Blöße gebe: Ich hatte – ja, ich hatte Angst. Die Angst, aufzufliegen, die Angst, entlarvt zu werden – mit den bekannten Folgen in solchen Fällen.

Marlowe, Sie müssen sich keineswegs genieren, wenn Sie in unserem, nun sagen wir: Club so etwas wie Angst eingestehn. Agenten, die Angst haben, wenigstens zeitweilig, sind uns allemal lieber als Agenten, die unbefangen losziehen und naßforsch drauflos agieren. Wer Angst hat, bleibt auf der Hut, unternimmt also eher das Richtige zum Schutz seiner Person und damit unseres Dienstes. Je länger man »in deep cover« tätig ist, desto größer werden erfahrungsgemäß die Risiken; Aktionen in falscher Identität müssen demnach zeitlich begrenzt bleiben. Das wird auch für Ihre künftige Tätigkeit gelten. Sie werden da kein Moos ansetzen.

Ich werde da überhaupt nichts ansetzen! Wahrscheinlich war ich schon viel zu lang mit meiner Mission in Reims geblieben. Oder bin zwischenzeitlich sonstwie aufgefallen. Ich fühle mich jedenfalls seit kurzem beobachtet! Schon deshalb kommt Ihre Offerte zum falschen Zeitpunkt. So viel weiß ich noch von den Instruktionen, die mir damals mit auf den Weg gegeben wurden: Äußerste Vorsicht, sobald man sich beobachtet fühlt! Und es ist leider so, daß mich jemand im Visier – ja, ganz eindeutig im Visier hat.

Einzelheiten bitte!

Es handelt sich um einen Gentleman, nach italienischer Mode gekleidet – fällt bei uns ja auf: italienische Eleganz! Ich fühlte mich von der anderen Straßenseite her beobachtet oder wie sagt man: im Blick behalten. Als er merkte, daß mir dies auffiel, hob er an einem Stäbchen eine Halbmaske, so eine venezianische Halbmaske vors Gesicht und verschwand im Gedrängel.

Vielleicht war der Herr an Ihrer körperlichen Erscheinung interessiert …

So was läuft anders! Der hat mich nicht abtaxiert, der hat mich ausgespäht. Daß er nicht erkannt werden wollte, hat ganz klar diese Halbmaske gezeigt. Also, mir ist die Sache unheimlich.

Seien Sie unbesorgt: Falls wir uns verständigen, und davon gehen wir unbeirrt aus, holen wir Sie umgehend aus dem Gesichtsfeld oder Aktionsbereich dieses Phantoms heraus. In zwei Tagen bereits werden Sie aufs Land verfrachtet; in gut einer Woche können Sie die Meerenge von Dover überquert haben und sich auf dem Weg nach Paris befinden. Damit dürfte Ihr Signore ins Leere laufen – was sowieso der Fall ist. Marlowe, das wissen Sie doch selber: Keiner vom Fach verhält sich derart auffällig – allein schon in puncto Kleidung! Sie können das Intermezzo getrost vergessen …

Ich weiß nicht, ob mir das so leicht gelingen wird. Irgendwie hat sich das eingeprägt oder eingebrannt – ja, wie mit einem Brandeisen. Ich lass' mir das eine Warnung sein! Ich verstehe das als Wink des Schicksals! Ergo: Ich mach in eurem Verein nicht nochmal mit, mach ganz einfach nicht wieder mit!

Sie lieben offenbar die rhetorische Figur der Wiederholung. Dem kann ich nur entgegenhalten: Alles umsonst, alles völlig umsonst! Ihre Lage hat sich mit dem Mord an Bradley von Grund auf geändert. Es gibt für Sie nur eine Fluchtrichtung: die zu uns. Sie können sich nicht absetzen, nicht zurückziehn – so was könnte Folgen haben, die für Sie schwer zu kalkulieren sind. Es soll schon vorgekommen sein, daß einer mit dem Ruf, »Spitzel« zu sein, eines späten Abends in stiller Straße eine Abreibung erhielt. Leider kriegt man in solchen Fällen nie heraus, wem man die dikken Beulen und blauen Augen zu verdanken hat.

Sonst haben Sie weiter nichts anzubieten? Ein paar Knochenbrüche …? Oder Messerstiche, Dolchstöße in Weichteile …?

Uns können Sie so rasch nicht in Verlegenheit bringen. Wenn Sie von Ihrer früheren Mitarbeit nichts mehr wissen wollen, müssen wir uns um so entschiedener Ihrer Verstrikkung in den Mordfall Bradley zuwenden. Hier gibt es letzten Endes nur zwei Optionen. Es könnte zum einen darauf hingewirkt werden, daß Ihre Karriere als Theaterautor ein jähes Ende findet. Dabei ist von nebensächlichem Interesse, ob Watson den tödlichen Dolchstoß versetzt hat oder nicht – Beweise für Ihre Mordtat könnten absolut überzeugend aufbereitet werden. Was besonders leicht wäre mit Blick auf Ihren erheblich angeschlagenen Ruf. Doch damit schleunigst zur anderen Option: die führt in eine entschieden hellere Zukunft! Nehmen Sie in diesem Zusammenhang zur Kenntnis, daß auch ich einen Beitrag dazu leisten kann, Ihre Zukunft positiv zu gestalten. Dies, zugegeben, mit einem gewissen Hintergrund: Es gibt eine ranghohe Persönlichkeit, der daran liegt, daß Ihr Kopf auf den Schultern bleibt. Dies nicht, weil man Ihren Querkopf, manchmal auch Wirrkopf wertschätzend hochhält, sondern weil man glaubt, daß dieser Kopf geeignet ist, in entscheidender Hinsicht erwünschte Beiträge zu liefern.

Sie drücken sich recht nebulös aus …

Sie werden gleich erkennen, daß mein Vorgehen sonnenklar ist. Vor allem, wenn ich auf eine Ihrer Arbeiten zu sprechen komme. Sie haben als protestantischer Sohn eines protestantischen Kirchenschreibers ein Schauspiel verfaßt über das Massaker in Paris.

Das war mehr als ein Massaker, das war ein Pogrom! Bei drei- bis zehntausend Glaubensbrüdern!

Hier können wir genauere Zahlen nennen. Etwa zehntausend Todesopfer waren es allein in Paris. Was dort vor dem Tag des heiligen Bartholomäus begann, drei Uhr früh, das setzte sich in den nächsten Wochen fort – in Bordeaux wie in Bourges, in Lyon wie in Toulouse; insgesamt waren es, nach unseren Erhebungen, etwa dreißigtausend Todesopfer. Die Zahl derer, die nach dem »massacre« fluchtartig auswanderten, betrug ein Mehrfaches. Damit dürften Ihre Vorstellungen erheblich übertroffen sein. Wie auch immer – man sagt sich: Jemand, der diesen einmaligen Vorgang derart überzeugend zur Darstellung bringt, muß überzeugter Protestant sein, muß damit den Umtrieben der katholischen Fronde von Spanien, Italien, Frankreich ablehnend, ja feindlich gegenüberstehen. Der wird vor vier Jahren also auch mit patriotischer Freude zur Kenntnis genommen haben, daß die von König Philipp geplante Invasion gescheitert war mit dem Sieg der Royal Navy über die Armada.

Drakes Artillerieschiffe gegen Sidonias veraltete Enterschiffe – es war auch ein Triumph der Breitseiten!

Das haben Sie in der Tat auf den Punkt gebracht! Natürlich hat zum Sieg auch beigetragen, daß unsere Schiffe wendiger sind. Macht vor allem der verschlankte Rumpf – das Verhältnis von Länge über alles zu Kiellänge zu Breite liegt bei 5:3:1. Die größere Manövrierfähigkeit war also ein wichtiger Faktor. Zudem sind unsere Geschützmannschaften besser ausgebildet. Hier wäre überhaupt ein Wort zu sagen über unsere Schiffsartillerie – aber das alles, so interessant es ist, müssen wir leider zurückstellen. Ich verweise noch einmal auf Ihr – noch nicht aufgeführtes, uns dennoch bekanntes – Schauspiel: Sie haben damit Partei ergriffen, das wissen wir zu würdigen. Nun zur Lage: Die spanische Gefahr ist seit Dezimierung und Vertreibung der Armada vorerst gebannt. Auch an der schottischen Grenze ist es bis auf weiteres relativ ruhig. Venedig und Genua konzentrieren sich auf den Seehandel. Unmittelbare Gefahr droht derzeit nur von Frankreich – leider auch von Studenten unseres Landes, die es für notwendig erachten, in Reims oder Paris auf jesuitische Kollegien zu gehen – im Land unseres Feindes! Was eine Grundhaltung voraussetzt, die einige Überlegungen unsererseits notwendig machen. Und entsprechende Schlußfolgerungen nach sich ziehen ... Um meinen gleich folgenden Ausführungen den rechten Hintergrund zu verschaffen, darf ich Ihnen mitteilen, in welcher Funktion ich vor Ihnen sitze. Ich bin Ressortleiter in Her Majesty's Secret Service, einem Ausschuß des Kronrats. Im Zusammenhang damit bin ich von einem der Lords of Her Majesty's Most Honourable Privy Council beauftragt worden, einen Vorschlag zu unterbreiten, der Ihnen den Weg in den Kerker oder zum Galgen erspart, Ihnen statt dessen die Perspektive eröffnet in eine erfreulichere Zukunft. Sie sind sprachgewandt und nicht gerade ängstlich, Sie könnten Unserer Majestät der Königin erneut so manchen willkommenen Dienst erweisen.

Ich soll also wieder nach Frankreich?

Wir schätzen Ihre rasche Auffassungsgabe. Das bestätigt unsere hochgesteckten Erwartungen. Mister Marlowe, was jetzt zu besprechen ist, unterliegt dem höchsten Grad der Geheimhaltung. Sollten Sie, etwa unter dem Einfluß von Bier und Gin, irgendwo irgendwem auch nur die geringste Andeutung machen, dürfte es Ihnen ergehen wie dem armen William Bradley: auch bei Ihnen könnte es ins Auge gehn. Wir müssen uns schützen, also haben wir gewisse Aspekte zu beachten. Wollen Sie mir verbindlich zusichern, daß Sie über unser Gespräch absolutes Stillschweigen wahren?

Falls sich alles zu meiner Zufriedenheit regelt, ja.

Was wir Ihnen zu eröffnen haben, gibt zu jeder Hoffnung Anlaß. Kann unser »Jeremy« also zu Protokoll nehmen, daß Sie das Versprechen gegeben haben, in dieser Angelegenheit striktes Stillschweigen zu wahren?

Von mir aus soll er das schreiben.

Und Sie zeichnen das am Rande ab?

Falls Sie darauf bestehn.

Ich bestehe darauf. Hier, bitte.

Ich vollziehe das aber nur mit innerem Vorbehalt.

Das verkraften wir schon ... Sehn Sie, es klappt ja. Von nun an gehören Sie, die Verpflichtungserklärung noch vorausgesetzt, zu unserem, na ja: Club. Eigentlich könnten Sie wieder per Handschlag verpflichtet werden, das würde Ihrer Bedeutung entsprechen, aber wir haben nun mal zur Kenntnis nehmen müssen, daß Sie seinerzeit abgesprungen waren, da müssen wir uns absichern, indem wir notfalls Ihre schriftliche Erklärung geltend machen. Mister Marlowe, die spanische Invasion, zumindest der Versuch einer Invasion, die wortwörtlich ins Wasser fiel, der eine und andere Attentatsversuch auf unsere Königin, zumeist im Namen der Erzfeindin Maria Stuart – dies alles zeigt in der Tat hinlänglich, woher die Hauptgefahr droht: aus katholischen Bereichen. Daß die Armada weitgehend vernichtet, daß die schottische Königin mittlerweile enthauptet wurde, sichert noch nicht den Frieden, den sich Königin Elisabeth im Namen unseres

Landes so innig wünscht. Um richtig reagieren und agieren zu können, muß sie gut informiert sein. Sie können dazu beitragen. Dies unter Konditionen, die Ihnen sehr entgegenkommen dürften. Sie erhalten Ihre zweite Reise nach Frankreich und den Aufenthalt in Paris in vollem Umfang vergütet. Da Sie, nach der Landung in Calais, schon auffallen könnten, wenn Sie allzu viel Geld mit sich führen, werden wir Ihnen einen mit unsichtbarer Tinte ausgestellten Kreditbrief mitgeben, der im Futter Ihrer Brieftasche eingenäht wird. Sollten Sie mit dem Kredit nicht auskommen, auf Dauer, so schreiben Sie, der Kautabak wäre Ihnen ausgegangen, und ein Mitarbeiter unserer Botschaft wird das Weitere regeln. Sie brauchen sich über die Finanzierung Ihres Aufenthalts in Paris demnach keine Gedanken zu machen, können sich unbelastet, damit unbefangen unter katholischen Studenten umhören, können neue Informationsquellen erschließen. Ihr Hauptaugenmerk werden Sie dabei auf eventuell geplante Aktionen gegen unser Land richten – wir denken dabei an bewaffnetes Vorgehen. Wir wollen und müssen Überraschungen auf militärischem Gebiet verhindern. Schon geringste Anzeichen in dieser Richtung müssen zur Meldung gebracht werden; wir legen größten Wert darauf, schon im Planungsstadium informiert zu werden. Da Sie aber nicht unablässig mit dem Abschöpfen von Informationen beschäftigt sein können, dürfen Sie weiterhin tun, was Ihnen offenbar besonders wichtig ist: dichten. Wir könnten später eventuell sogar helfen, mit bewährter Diskretion, angemessene Konditionen für die Aufführung eines neuen Stücks zu finden, etwa durch eine großzügige Spende für Kostüme und sonstige Ausstattung.

Klingt hübsch, nur: Soll ich in Paris als Verfasser des Schauspiels über den Hugenotten-Pogrom auftreten? Um dann zu fragen: Was hat man in euren Kreisen übrigens weiter im Sinn mit Blick auf uns Protestanten?

Hier stößt Ihre Phantasie offensichtlich an eine Grenze. Glücklicherweise verfügen wir ebenfalls über Phantasie – unser Protokollführer könnte das am besten bestätigen, wäre er nicht derzeit zu stummem Mitschreiben verpflichtet. Selbstverständlich werden Sie unter neuem Namen, mit neuer Identität nach Paris fahren, mit neuer Legende. Gleichzeitig werden Sie sozusagen aus dem Verkehr gezogen. In einer fingierten Gerichtsverhandlung werden Sie als Mitschuldiger im Mordfall Bradley zu mehreren Jahren Haft verurteilt und verschwinden damit vorerst von der Bildfläche. In diesem Sinne wird denn auch eine Zeitungsnotiz veröffentlicht, die Nachfragen überflüssig macht.

Überzeugendes Verfahren. Bloß vergessen Sie, was Sie selbst betont haben: Nur als überzeugter Protestant konnte ich das Schauspiel über das Massaker schreiben. Wie aber soll ich als protestantischer Studiosus das Vertrauen katholischer Kommilitonen gewinnen?

Jetzt haben Sie offenbar wieder das Gefühl, Sie hätten eine Planungslücke entdeckt – Fehlannahme! Sie werden von einem abgefallenen Priester der Stuart-Fronde über einige Grundregeln des Katholizismus informiert. Nach Ihrem Studium der Theologie dürften Sie rasch realisieren, worauf es hier ankommt, das gemeinsame Grundvokabular kennen Sie bereits. Sobald Sie unsere hausinterne Verpflichtungserklärung unterschrieben haben, werden Sie aufs Land gebracht, gemeinsam mit »Charon«. Klingt etwas düster, dieser Tarnname, zumindest für Kenner der Antike, aber keine Sorge: Er wird sich umgehend als Freund erweisen! In einem Cottage wird sodann der nach einiger Haftzeit unter verschärften Bedingungen einsichtig gewordene Kaplan angeliefert. Als frischgebackener Katholik können Sie in Paris dann wieder mal ein neues Leben beginnen. Ihnen wird also geboten, was manch einer sich wünscht, sich aber nie erfüllen kann.

Dieses »neue Leben« wird allerdings einen Haken haben, an dem könnte man mich aufhängen im Feindesland: mein Französisch hat noch immer einen verdammt britischen Akzent.

Auch das wird in Ihrer neuen Legende berücksichtigt, wir sind ja keine heurigen Hasen. Einzelheiten werden von »Jeremy«, unserem Experten diesbezüglich, in bewährter Weise ausgeführt – er hat bereits einige Punkte angedacht. Soviel kann ich Ihnen schon mal verraten: Sie werden eine lupenrein irische Identität erhalten. Vor allem im Westen dieser Insel ist man ja leider noch verdammt katholisch. Als katholischer Ire sodann im katholischen Paris – Sie werden dort wohl nicht gleich mit offnen Armen empfangen, mit Iren hatte man es bisher weniger zu tun, Sie können aber damit rechnen, daß man Ihnen Sympathie, ja Wohlwollen entgegenbringt, zumindest in Kreisen, in denen man weiß, wie sehr englische Truppen im Osten Irlands »gewütet« haben und weiterhin »wüten«, wie »rücksichtslos« – laut Feindessprache – die Insel »ausgeplündert« wird nach allen Regeln der Eroberungskunst. Was uns Engländern in Frankreich an Verachtung, ja an Haß entgegengebracht wird, das kann mit dem Stichwort Irland nur intensiviert werden. Es werden sich Ihnen Herzen öffnen und so mancher Mund wird sich auftun. Sie können dabei ja auch förderliche Stichworte einbringen, gezielte Fragen stellen – Sie kennen das noch aus Ihrer Zeit in Reims. – Das alles muß sich bei Ihnen jetzt erst mal setzen. Ich schlage vor, Sie nehmen in unsrem gastlichen Hause das wohlverdiente Lunch ein, ziehen sich danach in Ihr Zimmer zurück, denken in Ruhe über meinen Vorschlag nach. Dies unter dem Leitgedanken: Unseren Antrag anzunehmen ist der einzige Weg, der Ihnen eine Gerichtsverhandlung mit Todesurteil erspart – wir haben Möglichkeiten, so was unter der Hand zu regeln. Andererseits hätten wir nichts davon, wenn Sie als Mörder geköpft würden. Um etwas pathetisch zu werden, und dafür haben Sie ja einen gut entwickelten Sinn, wie sich in Ihren Stücken zeigt: Der erneute Weg nach Frankreich ist für Sie der Weg in die Freiheit. Somit der einzig gangbare Weg. – Mit diesem Stichwort sollten wir unser Gespräch fürs erste beenden und das Protokoll abschließen. Unser Protokollführer wird Sie zu Ihrem Zimmer begleiten, wird sich in Rufnähe aufhalten. Sollten Sie einen zündenden Einfall haben, einfach »Jeremy!« rufen – wir nennen ihn halb spaßhaft so, weil er schon mal Jeremiaden von Agenten zu Protokoll nehmen muß, die vor unser Geheimgericht gestellt werden, weil sie Abmachungen nicht eingehalten oder Auflagen nicht erfüllt haben. Versuchen Sie also, die positiven Aspekte unserer Unterredung zu sehen, die neuen Perspektiven. Noch einmal, weil entscheidend wichtig: Dort Kerkerhaft für immer, beziehungsweise den Kopf verlieren, sehr direkt; hier abenteuerliche Tätigkeit in neuer Lebensform und damit Erfüllung des wohl jedem Menschen innewohnenden Wunsches, sich mal anders zu sehen, anders zu fühlen. Wäre ich noch so jung wie Sie, es gäbe für mich hier überhaupt keine Frage. Und somit: Wir setzen unser Gespräch morgen fort. Bis dahin dürfte genügend Zeit bleiben zur inneren Klärung.

6

Bevor ich in dieses Dossier die erste der hausinternen Einschätzungen von Mitarbeitern einordne, eine notwendige Vorbemerkung.

Ich stelle diese Dokumentation zusammen für den Fall, daß die Akte Marlowe noch einmal geöffnet wird, etwa nach einer wesentlichen Änderung von Regierung, Politik oder offizieller Religion – eine Änderung, die eine Neubewertung auch dieser Vorgänge nach sich ziehen könnte. Unter diesem Aspekt sehe ich, Richard (»Jeremy«) Wilkinson, Protokollführer und Sachbearbeiter Legenden, meine vornehmliche Aufgabe in umfassender Darstellung.

Ich darf bei dieser Gelegenheit anmerken, daß die Initiative zum Anlegen des Dossiers auf meine Person zurückgeht, daß ich mit meinem Vorschlag bei Sir Walsingham sofort Resonanz und Akzeptanz gefunden habe. Auslösend für meine Anregung war ein nachhaltig wirkender Eindruck: Ich war Zeuge, wie auf dem Honoratioren-Friedhof an der Westminster Abtei eine Exhumierung stattfand; die Leiche – schon ziemlich matschig, um es dezent auszudrükken – wurde an einem außerhalb der Friedhofsmauer errichteten Galgen gehängt. Drastischer konnte die wechselnde Beurteilung einer Person nicht vor Augen geführt werden. So schien mir auch denkbar, daß jemand, der auf heute fast übliche Weise gehängt, entdärmt, gevierteilt wird, später einmal in effigie ein Nobelgrab in der Abtei erhält.

Unter diesen übergeordneten Aspekten also lege ich das genehmigte Faszikel an, ordne hier eine erste der hausinternen Beurteilungen ein, wie sie von Sir Walsingham in unregelmäßigen zeitlichen Abständen angefordert werden. Es ist keine unzulässige Selbstbetonung, wenn die erste dieser

Stellungnahmen aus meiner Feder stammt; es liegt ohnehin nah, an dieser Stelle eine Beurteilung des Vorsitzenden des Ausschusses vorzulegen. Die folgende Abschrift ist selbstverständlich wortgetreu.

* * *

In der bescheidenen, somit meiner Person angemessenen Stellung als Protokollführer und Administrator erfülle ich nur mit innerem Vorbehalt den Auftrag, einen hausinternen Bericht vorzulegen über die Tätigkeit meines Ressortleiters David Murray Mountfelton, im Hausgebrauch: Mr. Monty. Ich muß allerdings gleich betonen, daß die Erarbeitung eines umfassenden Persönlichkeitsbildes hier nicht möglich ist, ich kann nur einzelne Punkte hervorheben, die zur Charakterisierung geeignet sind oder geeignet sein könnten.

Einlaufende Agentenberichte analysierend, zusammenfassend, auswertend, hegt »Monty« zuweilen die Befürchtung, seine Stellungnahmen und Schlußfolgerungen fänden »in den oberen Rängen« nicht die rechte Beachtung, ja, sie könnten schlichtweg auf die hohe Kante gelegt werden. Dies sind Anfechtungen, denen gelegentlich auch andere Mitarbeiter unseres Hauses ausgesetzt sind.

Hervorzuheben ist indes die Fähigkeit meines unmittelbar Vorgesetzten, bei internen Auseinandersetzungen die Wogen zu glätten. Er kennt sich bestens aus mit den Problemen des Geheimen Dienstes, was er bereits mehrfach durch Entscheidungen bzw. durch seine Tätigkeit unter Beweis gestellt hat. So gilt er im Hause als ruhig und besonnen, als klug und standfest. Zwar deutet sich zuweilen an, daß er stark von sich eingenommen ist, doch ist er, und das weiß er selbst, der geeignete Mann in seiner Position – dies auch, ja vorrangig, bezüglich der Festigkeit seiner Glaubenshaltung.

Es darf in diesem Zusammenhang vermerkt werden, daß seine streng protestantische Position von der Familie seiner

Herkunft nicht vorbehaltlos unterstützt wird. Sein Bruder Jonathan hatte offenbar Verbindungen zum rigoros katholischen Kreis um Maria Stuart unterhalten, was im Hause Mountfelton zu oft heftigen Auseinandersetzungen geführt hat, von denen Monty zuweilen mit allen Zeichen der Erregung berichtete. Diese Differenzen innerhalb der Familie Mountfelton scheinen noch immer nicht endgültig beigelegt zu sein, auch nicht nach der überfälligen Hinrichtung der widersetzlichen schottischen Königin. Die wiederholt aufflackernden, ja aufflammenden Auseinandersetzungen (der »Bruderzwist im Hause Mountfelton«) tragen mit dazu bei, daß Monty eine ebenso dezidierte wie rigide Haltung einnimmt, um sich von seinem Bruder deutlich genug abzusetzen, vor allem, was Glaubensfragen betrifft und damit Fragen der Loyalität.

Was Jonathan Mountfelton trotz zweifelhafter bis verdächtiger Haltung schützt, ist seine Kompetenz als Schiffsbauer, speziell als Fachmann für den Bau der Achterdecks von Kanonenschiffen (Kastell-Aufbau mit Plattheck). In Zusammenhang mit dieser Tätigkeit steht Jonathan mit hohen Offizieren der Admiralität in (nicht nur beruflicher) Verbindung. Fasziniert von allem, was mit Marine zusammenhängt, hat sich Monty hier gleichsam angeschlossen. Er fühlt sich geschmeichelt durch den partizipierenden Umgang mit reich betreßten Herren. Am liebsten hätte Monty ein Schiff ausgerüstet, das sich unter seiner Leitung an der Seeschlacht gegen die Armada hätte beteiligen sollen; er ist in diesem Punkt von der Admiralität jedoch durch eine Absage enttäuscht worden, möglicherweise, weil seit jeher gewisse Animositäten, ja Aversionen bestehen zwischen Royal Navy und Secret Service, basierend auf wechselseitigen Mißverständnissen, die an dieser Stelle nicht weiter erörtert werden müssen, die Monty jedoch belasten und zu deren Überwindung er einen bescheidenen Beitrag leisten möchte – dies auch, ohne Zweifel, um Anerkennung zu finden bei den hohen Herren in Blau, die das Haus des Bruders frequentieren, wozu opulente, auf Silbertellern zelebrierte Mahlzeiten beitragen, dies oft in sechs bis sieben Gängen, zu denen Wein in Strömen fließt, wodurch einige Herren gleichsam unterspült werden, wie sich schließlich an höchst unsicherer, staksender Gangart zeigt.

Zu Monty als Privatperson darf ich Folgendes anmerken: Einen Ausgleich zur Arbeit findet er auf dem kleinen Gut, das zu seinem Erbteil gehört. Dort widmet er sich vorwiegend der Zucht von Pfauen, dem für ihn königlichsten aller Vögel. Ihm schwebt vor: Ein besonders schönes Exemplar, das er (selbstverständlich nach Absprache mit der Kanzlei) der von ihm so sehr verehrten Königin zuführen möchte, zwecks Verschönerung der Parkanlage, in der sie sich zuweilen ergeht, um Abstand zu gewinnen zum oft so ereignisreichen Geschehen unserer Zeit. Zuweilen bringt er eine besonders schöne Pfauenfeder ins Büro mit – aber nur, wenn sie sich von selbst aus dem Pfauenrad gelöst hat; er brächte es nicht übers Herz, sie auszurupfen.

In der freien Zeit, sofern sie ihm verbleibt, liest Monty alles, was ihm Aufklärung verschaffen kann über die Verfolgung unserer Glaubensbrüder in Frankreich. Keine an Hugenotten verübte Grausamkeit scheint sich seiner Aufmerksamkeit zu entziehen, wobei insbesondere Praktiken des Schindens, Pfählens, Vierteilens seiner Registrierung gewiß sind. Möglicherweise bereitet er ein Schwarzbuch vor, in dem Verfehlungen und Verbrechen der katholischen Fronde zur Darstellung gelangen. Dabei kann er zurückgreifen auf eigene Eindrücke und Erfahrungen während des Massakers – er stand seinerzeit als Mitarbeiter unter dem besonderen Schutz unserer Botschaft.

Wiederholt nannte er in Gesprächen den Namen Saint Germain-l'Auxerrois, wo das Massaker eingeläutet wurde, benannte er den Seine-Quai, an dem die Metzelei begann. Nach Montys Darstellung zerschmetterte man Köpfe an Steinquadern, stach Opfer nieder, warf andere, an Händen und Füßen gefesselt, in die Seine, auch von Brücken herab; Dutzende, schließlich Hunderte von Leichen in der Seine; die an Brückenpfeilern aufgestauten Leichen begannen in den Tagen darauf zu stinken, die Zahl der Raben wuchs auffällig an, von überall her flogen sie ein, hockten vor allem auf dem Dach des Louvre, Raben, Raben, krächzende Raben. Von Ratten hat er nicht gesprochen, aber es dürfte selbstverständlich sein, daß sich wahre Heerzüge von Ratten in das von Leichen verpestete Paris begaben.

Weiteres Stichwort seiner Ausführungen zum Massaker: Leichenfledderei. War ein Hugenotte besser gekleidet, demnach von höherem Stand, wurde er kurzerhand ausgezogen. Überall lagen schließlich nackte Leichen herum. Als das Massaker vorüber war, zumindest in Paris, zogen viele Stadtbewohner umher, um Leichen zu besichtigen – auch Damen vom Hof waren mit von der Partie. Hier einer seiner persönlichen Eindrücke: Drei Damen interessierten sich speziell für die Leiche des Guillevé de Pontivy, von dem sich die Frau getrennt hatte – die Hofdamen befingerten eingehend das Gemächt der Leiche, suchten nach Anzeichen dafür, daß der junge Mann womöglich nicht zeugungsfähig gewesen sei.

Sollte ich mit diesen Ausführungen nicht Ihre Erwartungen erfüllt haben, so bitte ich um Nachsicht. Ich bin nur ein kleines Rad in dieser Institution; die großen Bewegungen und Umschwünge vollziehen sich außerhalb meiner Sphäre, und so bin ich vielleicht, trotz langjähriger Zuarbeit, doch nicht in der Lage, ein rechtes Bild meines Vorgesetzten zu vermitteln.

Gez. Richard »Jeremy« Wilkinson

7

Im Bewußtsein dessen, daß dieses Dossier im Hause deponiert bleibt, ordne ich hiermit das folgende Dokument ein: die Beurteilung meiner Person, Sir Walsingham vorgelegt von Mr. Mountfelton. Zwar sähe ich manchen Punkt gern anders formuliert, doch gebe ich diese Einschätzung in wortgetreuer, vollständiger Abschrift wieder.

Gez. Jer.

* * *

Für die Zuverlässigkeit und Vertrauenswürdigkeit meines Protokollführers und Administrators »Jeremy« kann ich mich weiterhin verbürgen. Er übt diese Tätigkeit seit nunmehr acht Jahren aus und wird sie hoffentlich noch viele Jahre gewissenhaft fortführen. Seine Protokollführung ist akkurat, ja gilt als vorbildlich. Nur selten müssen Korrekturen erfolgen – am ehesten als Kürzungen. »Jeremy« geht bei seinen kommentierenden Erweiterungen von der Vorstellung aus, ergänzende Notizen seien notwendig zu eventuellem späterem Verständnis.

Die stille Tätigkeit gleichsam im Windschatten des Geschehens kommt seiner Person entgegen. Die Bindung an den Geheimen Dienst wird zudem dadurch verstärkt, daß er auf die Gehaltszahlungen angewiesen bleibt, da sein (einziger) Sohn nicht in der Lage ist, einen Beitrag zur Familienkasse zu leisten, indem er an einer Krankheit leidet, um deren Heilung sich Ärzte bisher vergeblich bemüht haben. Gelegentlich, dabei aber zurückhaltend, macht »Jeremy« dies zum Gesprächsthema. Ich habe anschließend jeweils ermutigenden Zuspruch geleistet, habe ihm, nach besonders gewissenhafter Pflichterfüllung seinerseits, auch pekuniär etwas ausgeholfen. Um das unangemessen, doch zutreffend auszudrücken: er frißt mir aus der Hand. Diese Hand wird sich ihm nicht entziehen.

Zu uneingeschränkter Aufrichtigkeit verpflichtet, komme ich allerdings nicht umhin, einen merkwürdigen Tatbestand zu vermelden. »Jeremy« hat panische Angst vor Ratten. Diese Angst verbindet sich mit der zuweilen skurrilen Fähigkeit, jede Ratte weit und breit auf Anhieb zu sichten. Auch versucht er, in seinem bescheidenen Häuschen alles auf die hohe Kante zu legen, was von Ratten angenagt werden könnte – Schuhe, Ledertaschen, Lederkappen. Auch hieraus resultiert der Spitzname »Jeremy«: seine zeitweiligen Jeremiaden über Rattenplagen, Pestilenzen, Kriege (die ihrerseits Rattenplagen und Pestilenzen fördern). Richard Wilkinson hat sich diesen Spitznamen übrigens längst zu eigen gemacht. Den Tarnnamen »Spider« benutzt er kaum, auch nicht im Schriftverkehr.

Zum gerechten Ausgleich jedoch muß hervorgehoben werden, daß er eine fast unerschöpfliche Phantasie entfaltet in der Erfindung neuer Identitäten. »Jeremy« hat im Verlauf der Jahre eine exorbitante Fähigkeit entwickelt, neue Lebensformen zu legendieren. Hinter seiner unauffällig anmutenden, sogar ein wenig fliehenden Stirn kommt er auf die frappierendsten Einfälle. Wir haben schon mehrere Agenten ins feindliche oder zumindest feindlich gesinnte Ausland geschickt, die, ausgestattet mit »Jeremys« perfekter Legende, geschützt blieben wie in einer sorgsam geschmiedeten Rüstung – es ist noch niemand entlarvt worden, der von »Jeremy« getarnt worden ist; die neuen Identitäten erwiesen sich als hieb- und stichfest. So hat er Leben geschützt im Kreis unserer Mitarbeiter, hat damit indirekt die Entwicklung verläßlicher Verbindungen zu Personen gefördert, die abgeschöpft werden konnten.

Gez. David Murray Mountfelton

(8)

Vorliegendes Dokument muß ergänzt werden durch einen Fund in einem Dossier mit dem täuschenden Vermerk »Erledigt«. Demnach hat Jeremy (»Spider«) bei der Zusammenstellung des Marlowe-Dossiers entgegen seiner schriftlichen Beteuerung doch redigierend eingegriffen, vor allem in obiger hausinterner Beurteilung seiner eigenen Person durch den (damaligen) Vorgesetzten Mountfelton. So hat er Ausführungen zu drei Punkten aus dem Konvolut herausgelöst und in seinem Pultschreibtisch deponiert. (Das Innere dieses Nußbaummöbels ist mit einem System von Schubladen ausgeklügelt angelegt; auch Geheimfächer fehlen hier nicht; in einem von ihnen fanden sich die folgenden Ergänzungen.)

Gez. D. Kühn (»Writer«)

* * *

Erste der aussortierten Sequenzen: »Es sollte in diesem Zusammenhang allerdings in Erinnerung gebracht werden, auf welchem Umweg Jeremy zu seinem Amt als Protokollführer und Administrator gekommen ist – es scheint dies mittlerweile in Vergessenheit zu geraten angesichts seiner zuverlässigen, ja peniblen Arbeit.

Jeremy war in jüngeren Jahren unter dem Tarnnamen ›Spider‹ eingesetzt zur Beschaffung von geheimen Materialien. Er entwickelte dabei zuweilen ein beträchtliches Ausmaß an Initiative. So genügte schon die eher beiläufige Frage. ›Du kennst doch X. – wie schätzt du den ein?‹, und er trat sogleich in Aktion: ausspähen, aushorchen, ausforschen. Mit wem die betreffende Person Umgang hat … Wen sie näher kennt … Wo und wie sie wohnt … Wie ihre wirtschaftliche Lage ist … Und aufzeichnen, einreichen, aufzeichnen, einreichen …

Am deutlichsten überzogen hat er seinen Auftrag, als er auf einen Mitarbeiter angesetzt wurde, der im Verdacht stand, Interna durchzustechen, womöglich an einen anderen Dienst: ein ›Maulwurf‹, den es auszubuddeln galt. Der Verdacht war allerdings recht vage, von Anfang an, doch Jeremy packte das Jagdfieber. Dies wohl nach dem Motto: ›Hol dir, was du kriegen kannst – wer weiß, wozu man das in Zukunft brauchen wird.‹ Also mal wieder Anhäufung von Wissen, das bei Bedarf nutzbar gemacht werden soll. Hier handelte es sich allerdings in zunehmendem Maße um Intimitäten aus dem Leben seines Opfers: Ehestreitigkeiten … Beziehung mit einer Dienstmagd … Besuche im Freudenhaus … Hier beobachtete Spider durch ein Wandloch sein Objekt beim Geschlechtsverkehr – er kannte in der Observation weder Maß noch Ziel. Was indes die vermutete Leckage betraf, so ergab sich diesbezüglich nicht das geringste Indiz. ›Spider‹ produzierte einen Wust von Pseudoberichten. Schließlich führte er sogar Protokoll über Sondierungsgespräche, die nie stattgefunden hatten. Somit wechselte er über ins Reich der Fiktion.

Als er in dieser Sache zum ersten Mal zur Rechenschaft gezogen wurde, reagierte er ausweichend: ›Man muß das mal ein bißchen auseinandernehmen.‹ Also: Der Auftrag sei nur vage gewesen; man hätte ihn nicht näher darüber informiert, weshalb er auf den Mann angesetzt sei; er hätte letztlich nur den Auftrag erhalten: Finde was raus – und wehe dir, du findest nichts. Also die üblichen Erklärungen von Agenten, die im Außendienst nicht den erwarteten Erfolg aufzuweisen haben. Es wurde denn von Sir Walsingham entschieden, Jeremys Arbeitskraft nutzbringender einzusetzen, auch in Anbetracht seiner sehr lesbaren Handschrift.

Ich erwähne dies alles, weil es zeigt: Seine vielgerühmte Zuverlässigkeit hat einen etwas schwankenden Untergrund. Woraus sich wiederum schließen läßt: Es könnte auch künftig etwas ins Schwanken geraten bei Jeremy. Dies sollte mitbedacht werden bei der Einschätzung seiner Tätigkeit im Hause.«

* * *

Zweite aussortierte Sequenz. »Nicht unerwähnt bleiben sollte eine spezifische Form der Belebung seiner Arbeit: Gelegentlich stellt Jeremy am Kopfende seines Schreibpults einen kleinformatigen Kupferstich auf. Die Blättchen zeigen jeweils kopulierende Paare in diversen Positionen, wobei die Stellung der knienden, von hinten genommenen Frau offenbar Vorrang hat. Es ist auf diesen höchst dubiosen Kupferstichen jeweils penibel Wert darauf gelegt, daß noch ein Stück des in die Frau eingeführten Gliedes sichtbar bleibt – offenbar ein Grundmuster dieser speziellen Darstellungsbranche. Meine gelegentlichen Hinweise auf die Verwerflichkeit solcher Illustrationen haben bei ihm kaum Wirkung gezeigt. Vielmehr sieht sich Jeremy in seiner Obsession dadurch bestärkt, daß zu Zeiten, in denen er solch einen Kupferstich postiert hat, so mancher Mitarbeiter des Hauses sich davon gleichsam magisch angezogen fühlt. Wie mit diesem besonderen Umstand zu verfahren ist, muß ich Ihnen, Sir William, überlassen, möchte aber nicht versäumen, auf diese Begleiterscheinung hinzuweisen, zumal wir dazu angehalten sind, jegliche Form von Auffälligkeit zu registrieren.«

* * *

Dritte aussortierte Sequenz. »Anläßlich eines Besuchs von Mitarbeiter ›Charon‹ (Poley) bei Jeremy wurde festgestellt, daß sich dessen besondere Fähigkeit, falsche Identitäten zu entwickeln, selbständig gemacht zu haben scheint. Poley hat, während Jeremy anderweitig beschäftigt war, einen Schrank geöffnet, der sich als angefüllt erwies mit Utensilien für Rollentausch oder Identitätswechsel. Sofort in die Augen fallend: eine Kollektion äußerst unterschiedlicher Kleidungsstücke – von Matrosenkleidung mit starken Gebrauchsspuren bis zu Lederwams und Lederkappe eines Lastträgers oder zur vorschriftsmäßigen Uniform eines Sergeanten. Des weiteren: Männer-Perücken, zum Teil auf hölzernen Perückenköpfen; Brillen in unterschiedlichen Ausführungen, mit Glaseinsätzen statt Linsen; falsche Bärte. Poley listete weiter auf: Hilfsmittel wie Schminke, Pinselchen, Leim; Modelliermasse in Hautfarbe. Dazu ein Bord voller Gipsabdrücke von Nasen- wie von Kinnformen. (In einem eher verborgenen Winkel auch Wachsmodelle männlicher Geschlechtsteile in verschiedenen Abmessungen – offenbar Fingerübungen nach Vorlagen des ebenfalls aufgefundenen ›Discourse on St Cosmo's Big Toe‹.) Eher charakteristisch für die ursprünglichen Intentionen dürfte ein Bündel (durchweg unbedarfter) Zeichnungen sein, auf denen – von jeweils gleicher Gesichtsform ausgehend – verschiedene Formen des Aussehens entworfen wurden, vor allem durch Auftragen von Falten bis hin zu weitgehender Durchfurchung. Erste Ausführungen wurden offenbar ausprobiert an drei Frisierköpfen, auf die (völlig getrocknete, damit bereits rissige) Modelliermasse aufgetragen war, überwiegend im Bereich von Wangen und Nasen. Ein Barteisen sowie zwei geeignete Scheren zeigen an, daß Jeremy das Zurechtschneiden und Formen von Bärten eingeübt hat.

Ergänzt werden die einigermaßen überraschenden Funde durch gelegentliche Äußerungen Jeremys zur Notwendigkeit der optischen Erweiterung von Personenlegenden durch Haartracht oder Falschbart, durch Modelliermasse im Nasen- oder Kinnbereich, durch Hinzufügen von

Gesichtslinien bis hin zur Vortäuschung einer Narbe oder eines Furunkels in ›blühendem Violett‹. Er sei auf solchen Einsatz bestens vorbereitet, auch wenn derartige Hilfeleistung bis dato nicht angefordert wurde.«

9

Zwischenbericht über wiederholte Kontrollbeobachtungen des Adepten Marlowe während der Entscheidungsphase.

M. zeigte starken Bewegungsdrang, lief im Zimmer auf und ab, »tigerte herum«, sprach lautlos vor sich hin, sprang mehrfach aus dem Stand aufs Bett, warf sich hin. Einmal Ansatz zu Masturbation, doch nach wenigen Griffen folgenlos abgebrochen. Erneutes »Herumtigern«, erneut lautloses Selbstgespräch – durch das Türholz waren nicht einmal Stichworte zu vernehmen. Weitere Benutzung des Türauges erfolgte jedoch in zunehmenden Zeitabständen, da die Erregung bei M. erkennbar nachließ.

Als er zur Ruhe kam (oder diente das Folgende der endgültigen Beruhigung?) holte er aus seinem Reisebündel ein Kästchen, entnahm einen dicken Stapel Karten, mischte sehr ausführlich, teilte den Packen in drei Päckchen auf, hob mit der linken Hand vom ersten Päckchen ein kleineres Päckchen ab, legte es auf das zweite Päckchen, legte das rechte Päckchen wiederum auf das mittlere Päckchen, dies dann auf das linke Päckchen. Die Karten jeweils mit Bildseite nach unten. Nun begann er, mit der rechten Hand eine Karte nach der anderen abzuheben, sie mit der Bildseite nach oben in einem Muster auszulegen, das sich bald als Kreuzform erwies, wobei der Schnittpunkt doppelt belegt wurde, vertikal wie horizontal. Weitere Karten wurden waagrecht gereiht, quasi als Sockel des Kreuzes. Waren diese Karten gelegt, verharrte er in Reglosigkeit, das Muster betrachtend (und deutend?).

Erfolgversprechende Fortsetzung der Verhandlungen scheint laut Gesamteindruck gewährleistet.

Gez. Jeremy

10

In Anbetracht der außergewöhnlichen Umstände, die den Fall Marlowe begleiten, erachte ich es als notwendig, folgenden Auskunftsbericht einzurücken.

Gez. Richard »Jeremy« Wilkinson

* * *

Auslösend die Frage, wie weit Marlowe in der Lage sein wird (trotz starker Betonung seines Ichs), eine neue, von mir entwickelte Identität zu übernehmen, ja sich zu eigen zu machen. Ich habe Erkundigungen eingezogen über Marlowes Formen der Selbstdarstellung wie der Darstellung seiner Herkunft, seiner Familie. Als Zeuge diente vor allem James L. Watson, den ich, mit Genehmigung von Sir Walsingham, im Marshalsea Prison aufsuchte. Der Untersuchungsgefangene hat sich als durchaus kooperationswillig erwiesen.

Nach wiederholtem Beisammensein mit Marlowe in diversen Kneipen konnte er verläßliche Aussagen machen. Demnach stellt sich die Disposition zur Übernahme einer neuen Identität wie folgt dar: Kandidat Marlowe zeigt durchaus spielerischen Umgang mit Lebensmustern. Spielfigur ist vor allem sein Vater John. Aus dem Schuster, dem ehrenamtlich tätigen Kirchenschreiber seines Sprengels macht der Sohn mal einen Seilermeister, mal einen Schulmeister. Wobei das eine so wahrscheinlich klingt wie das andre, das eine auch so folgenlos bleibt wie das andre – weder wurde aus dem Sohn des Seilermeisters ein Henker noch aus dem Sohn des Schulmeisters der Verfasser eines Lehrgedichts. Hier entwickelte sich freies Spiel: Ein milder Vater hier, brutaler Vater dort … Vater, den er liebt, Vater, unter dem er leidet ... Immer neue Einzelheiten werden ausgeheckt mit einer Nonchalance, als wäre das alles, in der Tat, feder-leicht.

Zwei charakteristische Details, Stichworte: Trinkschuh und Holzlöffel. Mit Stolz berichtete er, daß er für seinen Herrn Vater eines jener Trinkgefäße auftreiben konnte, die aussehen wie Schnabelschuhe – schwarzes Oberleder, schwarze Sohle, Schnabelspitze aus Silber, erst nach oben, im weiteren Verlauf nach innen gebogen; dort hängt das obligate Glöckchen. Weiter: die Oberkante des Schuhgefäßes von Silber eingefaßt – Platz für eine Gravur: Dem verehrten Vater gewidmet ... Und die mündlich vorgetragene Bitte: Nicht Bier in den Schnabelschuh kippen, sondern Wein aus Frankreich einflößen ... Und bei jedem Schluck: klingbimmelkling – Musik in den Ohren des Vaters ...

Und wiederum, wenig überraschend: Daß er den Vater zuweilen ein wenig lächerlich macht, unter Freunden. John Marlowe hatte vor etlichen Jahren bei einem Raubüberfall die Vorderzähne eingebüßt; nach und nach sind – freilich von selbst – erst weitere, dann sämtliche Zähne gefolgt. Marlowe, anzüglich: Das könne ihn bei einigen Männern des engeren Kreises eigentlich nur beliebter machen ... Andererseits habe der Barbier mehr Arbeit: muß Vater John den Holzlöffel in den Mund schieben, um die eingefallnen Wangen auszuwölben, damit er das Rasiermesser ansetzen kann. Ja, als kleine Lachnummer der hagere Vater mit den eingefallnen Wangen, aus seinem Holznapf »Greisenbrei« löffelnd – mit demselben Löffel, den ihm der Barbier hochkant unter die Backen schiebt ...

Das Verhältnis zum Vater erscheint durchaus zwiespältig. Ungeteilte Zuwendung hingegen zur Mutter; auf die läßt er, laut Watson, »nichts kommen«. Besonders gern erzählt Marlowe vom gemeinsamen Brotbacken. Schwere Arbeiten wie Teigkneten behielt sie sich vor, der Bub aber durfte Portionen, die sie ihm auf dem Tisch zuschob, zu kleinen Broten formen oder zu Küchlein. Auch durfte er im Backofen Holzscheite nachlegen – das erledigte er mit Feuereifer. Die Arbeit wurde begleitet von munteren Sprüchen wie: Der Teig muß gehn, darf aber nicht fortgehn. Das Brot zeichnete sich aus durch ein spezifisches Gewürz – den Namen des Gewürzes (oder der Gewürzmischung) hat Marlowe nie verraten: das Geheimnis der Bäckerin ... Er konnte da zuweilen ins Schwärmen geraten: Mit diesen Gewürzen im Brot der Vorgeschmack auf eine Ferne und Fremde, deren Sprache er wohl nicht mehr verstehen würde ...

11

Fortsetzung des Zwischenberichts. Ich suchte Kandidat M. auf; er saß am Fenster, in Lektüre vertieft. Mich interessierte weniger Art und Inhalt der Lektüre, ich wollte das Geheimnis der Karten lüften, die auf dem Boden in Kreuzform mit horizontalem Sockel gelegt waren. Aha, Tarot ...

Ja, er führe die 78 Karten stets bei sich, wenn er unterwegs sei.

Ich fragte scheinbar unwissend, wer ihm die Karten gelegt hätte.

Antwort: Er mische die Karten sehr sorgfältig; dann lasse er zu, daß der Teufel die Hand im Spiel habe, im Spiel behalte. Anhaltendes Lachen, zuletzt lautlos. Dann ergänzte er: Natürlich bleibe er stets beim Muster des Keltischen Kreuzes und der begleitenden Grundlinie.

Und was, fragte ich, was habe der Teufel in diesem Fall gelegt?

Auskunft: Im Kreuz-Schnittpunkt der Narr mit den Stäben, überkreuzt von der Karte des Ritters.

Und was bedeutet das für Ihre Zukunft? Ein hoffentlich gutes Vorzeichen?

Da nickte er, hob zugleich die Schultern. Ich konnte das Thema wechseln, verstrickte ihn (scheinbar einem freien Impuls folgend, jedoch mit Blick auf die Grundierung seines neuen Lebensbildes) in ein Gespräch über seine literarische Tätigkeit. Ich gab mich als Bewunderer seines Werkes aus, soweit bisher im Druck oder auf der Bühne erschienen. Als Stichwort nannte ich Königin Dido aus dem Schauspiel, das er gemeinsam mit einem Kollegen verfaßt hatte. Ich hob hervor, welch nachhaltigen Eindruck auf mich diese Königin mache, die, in ihrer leidenschaftlichen Liebe zu Aeneas zutiefst enttäuscht, sich selbst einen Scheiterhaufen errichte, um auf demselben ihr Leben zu beenden.

Etwas sarkastisch merkte Marlowe an, er plädiere inzwischen für eine einfachere Lösung: Aeneas entzieht sich der beinah erdrückenden oder erstickenden Liebe der Dido und verschwindet ganz einfach … Und kein Scheiterhaufen, rief er aus, ergo kein Scheiterhaufen – Dido zieht es vor, sich wieder in der Männerwelt umzuschaun, umzutun … Folgte gutturales Gelächter, zuletzt wieder lautlos. Sic transit gloria amoris, fügte er hinzu.

Überraschenderweise nutzte er die Gelegenheit, mich als Mitarbeiter des Hauses anzusprechen. Er beklagte sich über die undurchsichtige Situation der Theater vor allem an der Bankside: Jemand bringe über einen Strohmann Theaterstücke an die Öffentlichkeit, »die uns so ziemlich das Wasser abgraben«. Er habe den Eindruck, und den teile er mit Kollegen wie Jonson, Kyd und Nash, es handle sich da um einen potenten Konkurrenten mit weitreichenden Beziehungen, hoher Protektion. Er würde zu gern erfahren, was da im Hintergrund ablaufe, um zu wissen, wie er sich im Vordergrund künftig verhalten solle.

Er richtete sodann die Bitte an mich, dies womöglich in der Zeit seiner Abwesenheit zu eruieren – ein »Spider« hätte doch bestimmt ein ebenso weites wie engmaschiges Netz von Informanten, dies sicherlich auch im Theaterbereich.

Ich versprach ihm, mich um die Angelegenheit zu kümmern – aus hausinternen Gründen allerdings über einen Mitarbeiter, den ich bei nächster Gelegenheit ansprechen würde. Damit gab sich Marlowe zufrieden. Wir ließen das Gespräch im eher Beiläufigen ausklingen.

12

Das folgende Schreiben, hier ebenfalls abschriftlich, wurde mir vom Büro Walsingham übermittelt. Es handelt sich um eine Stellungnahme des Dichterkollegen James L. Watson. Es wurde verfaßt während der fortgesetzten Untersuchungshaft im Marshalsea Prison.

Gez. Jer.

* * *

Beauftragt mit einer schriftlichen Aussage über Christopher Marlowe, sehe ich mich lediglich in der Lage, einen einzigen Punkt zu benennen: seine zumindest zeitweilige Teilnahme am Geheimzirkel »School of Night«.

Auf Grund eher beiläufiger Anmerkungen Marlowes kann ich Ihnen zwei der Mitglieder dieser Runde benennen, die primär mit dem Namen unseres gefeierten Seefahrers und Dichters Sir Walter Raleigh in Verbindung gebracht werden, dem Spiritus rector dieser Gruppierung von Freidenkern. Mitteilungen über Sir Raleigh dürften sich hier in Anbetracht der Bekanntheit seiner Person erübrigen. Nur am Rande sei vermerkt: Er soll zur Zeit einigermaßen damit beschäftigt sein, den Vorwurf zu widerlegen, in der School of Night würden »informers« und »spys« rekrutiert. Er scheint eine Ehrenerklärung für die Runde zu erarbeiten, was nicht ganz leicht sein dürfte, da meines Wissens Geheimzirkel nicht immer grundlos in eine gewisse Verdachtzone geraten oder geraten können.

Damit wieder zum eigentlichen Anlaß meines Schreibens. Über Raleigh gelangte Thomas Harriot in besagten Kreis. Er ist Mathematiker (Koeffizienten und Wurzeln!) und Astronom (Oberflächenformen des Mondes sowie

Jupitermonde!). Dieser junge Wissenschaftler war zuständig für die Navigation auf Raleighs Expedition in die Neue Welt des amerikanischen Nordens und Südens. Harriot hat nach dieser Erkundungs- und Eroberungsfahrt ein (illustriertes) Buch über die Indianer von Virginia und Brasilia publiziert. Der Verfasser scheint demnach auffällig fasziniert von Lebensformen, die zu unserer Lebensart in eklatantem Widerspruch stehen. So scheint er sich für einen Häuptling Athore zu begeistern, der seine Mutter zur Frau genommen und mit ihr mehrere Kinder gezeugt hat. Auffällig detailliert, damit verdächtige Neigungen verratend, schreibt und spricht Harriot vom Kannibalismus unter Indianern Brasilias, schildert in unappetitlichen Details, wie ein auserwählter Krieger einen Gefangenen tötet, wie Frauen sodann den Toten enthäuten, wie er tranchiert wird, wie Fleisch und Innereien separat gekocht werden, wie sehr hier vor allem Hirn und Zunge als Lekkerbissen gelten – gekochte Menschenzungen werden meist unter Kindern aufgeteilt, dies verbunden mit magischen Vorstellungen, die wahrlich nicht in unsere Welt passen.

Eine noch fragwürdigere Erscheinung, meines Erachtens reif für den Tower, ist Henry Percy, neunter Graf von Northumberland, auch er ungefähr in Marlowes Alter. Sir Percy spricht wenig, hört schlecht, denkt rasch, jedoch vorzugsweise in falsche Richtungen. So sympathisiert er offensichtlich mit dem Katholizismus, scheint demgemäß erhebliche Probleme zu haben mit der Einführung der protestantischen Landesreligion unter der Schirmherrschaft unserer verehrten Königin. Er wäre – unter bestimmten, mir nicht näher bekannten Bedingungen – einverstanden mit einer Restauration der katholischen Monarchie, ja er scheint mit Blick darauf bereits Verbindungen zu knüpfen. Falls ich einen bescheidenen Vorschlag einbringen darf, so schiene es mir sinnvoll, besonderes Augenmerk auf besagten Herrn zu richten.

Ich nenne im Folgenden einige Stichworte zu Themen, die im Geheimzirkel mit oft verdächtiger Ausführlichkeit erörtert werden.

Ad eins: Magie, vor allem Saturnmagie, Planetenmagie und die Kristallkugelmagie des Sir Bacon.

Ad zwei: Hermetik. Von zentraler Bedeutung hier: Die siebzehn Bücher des Hermes Mercurius Trismegistus, jenes kryptischen Verfassers des »Corpus Hermeticum«. Ich möchte darauf hinweisen, daß dieser »dreifach große Hermes« als Begründer der Alchemie gilt und daß Alchemie gemäß unserer Kirchenlehre eine Form der Häresie darstellt, ersetzt sie doch die göttliche Trinität durch eine Pseudo-Trinität von König, Sohn und Merkur.

Ad drei: Machiavelli. Wie die sogenannt kritischen, in Wirklichkeit jedoch zynischen Gespräche der Teilnehmer des Kreises auf Marlowe eingewirkt und in ihm nachgewirkt haben, zeigt sich an seinem projektierten Schauspiel über den »Jüd von Malta«. Hier gewährt Marlowe dem Philosophen der Macht die Möglichkeit, gleich im allerersten (bereits geschriebenen) Auftritt einen ausführlichen Monolog zu halten. Ich bitte zu registrieren, welche Äußerungen dabei fallen: Religion sei für ihn nur eine Kinderei … Allein Macht zähle für einen König … Es gälten nur Gesetze, die mit Blut geschrieben seien … Dies als Äußerungen, die er zwar der Bühnenfigur zuschreibt, die dennoch Rückschlüsse zulassen auf die innere Verfassung des Autors. Würde Marlowe in diesem (übrigens mal in kleinem Kreise vorgelesenen, oder eher: schwungvoll vorgetragenen) Eingangsmonolog in eigenem Namen sprechen, und zwar aufrichtig, so könnte er sich nur wie folgt äußern: Ich bin durch die harte Schule des Machiavelli gegangen … Ich bin gegen jede Form des Einspruchs gewappnet … Mit moralischen

Ermahnungen kann man mir nicht kommen … Gesetze jucken mich nicht weiter … Wahr und gut ist nur, was mir und meinem Lande von Nutzen ist. Also halten wir uns nicht länger mit Skrupeln auf, das ist bloß verlorene Zeit …

Ad vier: Giordano Bruno, den man mit Recht verbrannt hat, schließlich leugnete er Jesus Christus, versteckte zudem Gottvater unauffindbar in einem »unendlichen« Weltall – eine perfide Version des Atheismus! Nähere Ausführungen unter diesem Stichwort kann ich mir ersparen, der Geheime Dienst hatte Gelegenheit, besagten Herrn zu observieren, solange er sich in unserem Lande aufhielt, zuerst in Oxford, anschließend hier in London – versteht sich: als Gast im Haus des französischen Botschafters!

Wie Marlowe das halb scherzhaft formuliert hat, fanden (und finden) in besagtem Nacht-Kreis Diskussionen statt über Gott und die Welt, doch eher über Gott als über die Welt, während er selbst lieber über die Welt als über Gott diskutiert hätte, denn Gott halte sich in einem »Nirgendwo« auf. So wird gegen Marlowe mit Fug und Recht der Vorwurf der Gotteslästerung erhoben. Dazu könnten einige Formulierungen passen, die ich zwar nicht direkt von ihm vernommen habe, die ihm jedoch nachgesagt oder zugeschrieben werden. Drei Beispiele, die charakteristisch sein dürften: Es sei Hauptzweck der Religion, die Menschen einzuschüchtern … Man könne das Sakrament getrost in eine Tabakspfeife stopfen … Ein Dummkopf, wer nicht Tabak, Gin und Knaben liebe … Äußerungen dieser Art erstaunen um so mehr, wenn man sich bewußt macht, daß Marlowe Theologie studiert hat. Es läßt sich aber wohl auf ihn übertragen, was er seinem Doktor Faustus in den Mund legt (wie ich bei privater Rezitation des einleitenden Monologs vernahm): »Du bist graduiert, doch sei Theolog zur Show«… Sein Faustus hat für Theologie denn auch nur abschätzige Wörter übrig: unerfreulich, grausam, verachtenswert, widerlich …

Ich darf in diesem Zusammenhang in aller Bescheidenheit die Meinung vortragen, daß Marlowe in diverser Hinsicht mit dem Feuer spielt. Dabei dürfte ihm noch bewußt sein, daß einer seiner College-Freunde dem Feuer übergeben werden mußte wegen einer Form der Freigeisterei, die nicht mehr hingenommen werden konnte, da evident ist: Wer am Göttlichen zweifelt, stellt auch irdische Ordnung in Frage. (Ich darf hier anmerken, daß nicht nur die Grundpositionen solcher Produkte fragwürdig sind, es muß generell auch mal konstatiert werden, daß die literarischen Elaborate des Marlowe entschieden überschätzt werden.)

Mit obigen Zitaten dürfte bereits der Übergang der Denkweise zum Verhalten markiert sein. Es zeigt sich hinlänglich, daß Marlowe ohne jenseitige Bindungen agiert, somit ohne regulierenden Einfluß von außen oder oben. Auf diese Weise kann es wiederholt zu ungehemmten Ausbrüchen von Gewalttätigkeit kommen. Dies ist mir verschiedentlich zu Ohren gekommen, dies habe ich selbst auch miterleben müssen beim Streit in der Schenke von Bradley Senior & Junior. Schnell aufbrausend, ja entzündbar wie Schießpulver schlägt Marlowe zu oder zückt, wie in besagtem Fall, den Dolch, den er stets bei sich führt.

Ich darf hierzu einige übergeordnete Gesichtspunkte einbringen. Im Gegensatz zu unsereinem entstammt Marlowe einer Familie, in der man ständig das Küchenmesser und den Schusterhammer in Händen führt. Das muß ja Spuren hinterlassen! Andererseits leben wir ohnedies in einer Zeit, in der fast unablässig Gewalt ausgeübt wird. Ganz zu schweigen von den nicht enden wollenden Kriegen: die Inquisition foltert auf Teufel komm raus, Katholiken ermorden zahllos Protestanten, Protestanten verbrennen gelegentlich Katholiken. Kurzum, wohin man auch schaut, was auch immer man hört: Gewalt wird angewendet. Davon scheint sich Marlowe gelegentlich anstecken zu lassen – im Fall Bradley mit leider tödlicher Auswirkung.

Ich schließe diesen Beitrag mit der Erwartung, daß die Zusage eingehalten wird, mir würde bei gewissen Formen des Entgegenkommens die angedrohte Anwendung rigider Befragungsmethoden (auch zum Stichwort »School of Night«) erspart bleiben. Zudem hege ich die nun wohl berechtigte Hoffnung, daß sich für mich in der Sache Bradley Gerechtigkeit mit Nachsicht verbinden wird. –

Sincerely yours, James L. Watson

13

Wiederaufnahme des Gesprächs mit Marlowe, unter Vorsitz von Mountfelton. Das Protokoll weiterhin von mir geführt. Zur Form der Wiedergabe siehe frühere Anmerkungen.

J.

* * *

Nun, Mister Marlowe, haben sich die Rauchschwaden verzogen, innerlich, und Sie sehen klar?

Ich bin bereit zur Mitarbeit, generell. Es müßte allerdings noch über einige Punkte gesprochen werden.

Selbstverständlich. Das ist schließlich der Sinn unserer Verabredung. Sie werden nichts dagegen haben, wenn Jeremy auch diesmal Notizen macht, die wir zu den Akten nehmen. Nur ein paar Punkte – könnten zu späterem Zeitpunkt nützlich sein. Also, Sie wollen Ihre kurze Erklärung sicherlich erläutern und begründen. Was naturgemäß Einfluß haben wird auf die Form unserer künftigen Zusammenarbeit, sprich: Ihrer Tätigkeit für unser Land.

Also, ich möchte erst mal zu Protokoll geben, daß ich aus Überzeugung handeln werde, aus Liebe zu meinem Land, aus Verehrung für unsere Königin. Ich will erklären, weshalb ich so denke – mir ist im Turmzimmer so einiges klargeworden. Sie hatten letztes Mal die Armada erwähnt. Ich darf hier einflechten, daß ich zu denen gehört habe, die damals den Aufmarsch der Pötte beobachten konnten. Zufall oder Fügung – von Zeit zu Zeit brauche ich Küste, einfach ein bißchen Küste, und das war genau zum rechten Zeitpunkt.

Wie soll ich das verstehen: Sie brauchen Küste …?

Ja manchmal, nach einem Besuch bei den Eltern in Canterbury, schließe ich einen Abstecher nach Westgate an. Dort stell ich mich ans Ufer, ohne Angel, einfach so, schau hinaus aufs Meer und wie dort Welle nach Welle heranzieht, Welle um Welle wie Zeile um Zeile eines Gedichts, dessen Ende unablässig, Welle um Welle, Zeile um Zeile, zum Anfang zurückkehrt: Zeilen bauen sich auf, Zeilen lösen sich auf, Wellen gehen hoch, Wellen brechen sich, Zeilen bauen sich auf, Zeilen lösen sich auf, ein Meergedicht, das sich seit Jahrmillionen formuliert, sich auslöscht, formuliert … Weil es in der Nacht vor jenem Ereignis ziemlich spät geworden war, lag ich noch im Bett, im Gasthof, als zu früher Morgenstunde alarmierendes Geschrei zu hören war, die Sturmglocke zu läuten begann. Alles hastete zum Ufer, ich hinterher, und schon sah ich, mit Hilfe eines ausgeliehenen Teleskops, am Horizont das riesige Geschwader: zehn Dutzend Galeonen, in meilenbreiter Formation – es sah ungeheuer bedrohlich aus! Erst recht, als die Flotte etwa auf unserer Höhe vor Anker ging. Doch dann war es eine Freude zu sehen, wie in der folgenden Nacht von den unsrigen kleine Schiffe in Brand gesetzt wurden und mit einsetzender Ebbe in hellen Flammen auf die Flotte zutrieben – da konnten gar nicht schnell genug die Anker gelichtet werden, vielfach mußten die Ankerketten gekappt werden, unter wildem Gebrüll, aber da war es oft schon zu spät, Feuer sprang über von den Brandern – ja, und dann ging es jeweils rasend schnell bei all dem Holz, Hanf, Segeltuch. Zusätzlich der Beschuß durch unsere wendigen Artillerieschiffe, schließlich die Flucht der Rest-Armada nordwärts. Freudenfeuer, Glockenläuten – Bann gebrochen, Furcht genommen, Jubel!

Ich habe den Eindruck, Mister Marlowe, hier hat sich bei Ihnen etwas selbständig gemacht. Streng genommen ist es ein Ding der Unmöglichkeit, daß Sie all dies so gesehen haben. Das Zentrum der Seeschlacht befand sich vor der französischen Küste, bei Gravelines, die Vorgänge dort können Sie beim üblichen Dunst nicht mit dem besten aller Teleskope beobachtet haben, schon gar nicht von Westgate aus. Auf Ihren »Augenzeugenbericht« sollten wir also eher Verzicht leisten, nicht wahr?

Na ja, die Koordinaten der Seeschlacht waren eher von Wind und Zufall abhängig, aber in Wirklichkeit ist alles so verlaufen, wie ich's angedeutet habe. Auch wenn ich das nicht unbedingt direkt so gesehen habe – ich habe mich eingehend kundig gemacht, habe deshalb alles ziemlich genau vor Augen.

Diese Fähigkeit mag für Sie beruflich günstig sein, hier ist anderes entscheidend. Ich denke, Sie sind uns die nähere Begründung Ihrer Bereitschaft zur Mitarbeit noch schuldig.

Da muß ich nochmal anknüpfen beim Stichwort Armada. Der Aufmarsch liegt nun vier Jahre oder so zurück, aber mir ist stets bewußt geblieben, wie groß damals die Gefahr war, wie berechtigt unsere Angst. Unter spanischer Herrschaft, unter einem Despoten wie Philipp alias Felipe hätten uns Protestanten böse Zeiten erwartet. Ich habe des öfteren ein Stoßgebet zum Himmel geschickt: Dieser Philipp möge sich endlich, wie sein Vater, in ein Kloster zurückziehn; es wäre ein Segen für die protestantische Welt, wenn dieser Waffenbruder des Papstes seine restlichen Gedanken gefälligst auf Gott richten würde ... Er kann seine Klosterzelle ja mit südamerikanischem Gold täfeln lassen, so was sei ihm vergönnt, wenn er nur endlich abtreten würde von der großen Bühne, auf der bei jedem seiner Auftritte zehn, zwölf Trompeten geblasen werden, wie man so hört. Wäre eigentlich schon Stoff für ein Theaterstück: Wie ein Herrscher mit riesigem Machtbereich – der Atlantik als Hausmeer –, wie der sich zuletzt mit einem einzigen Raum bescheidet, der drei, vier Schritte breit, vier, fünf Schritte lang ist – dafür aber unermeßlich die Räume, die Philipps Gebete durchfliegen …

Wenn Sie vielleicht mit Blick auf die Protokollführung etwas faßlicher formulieren würden, was Sie bewegt …

Da kann ich generell nur sagen: Wir Engländer, zumindest hier in London (weiter nördlich mag das etwas anders aussehn), wir wollen das nicht: römisch-katholische Gesetze und Vorschriften, die über die schroffen Alpen, durch das platte Frankreich, über den abweisend stürmischen Kanal zur Insel gebracht werden. Und noch ein Punkt: Ich habe in Reims, im neu gegründeten Collège, einige Herren der Gesellschaft Jesu kennen- aber nicht schätzengelernt. Das Kollegium als Zentrum, in dem man versucht, Bürgersöhne und Adelsnachwuchs für die römische Kirche zurückzugewinnen. Im fanatischen Kampf gegen die Reformation ist diesem Orden jedes Mittel recht, sogar die Inquisition, zu der man sich lauthals bekennt. Es muß der Satan persönlich gewesen sein, der – natürlich in Spanien, wo sonst? – diesen Kampforden gestiftet hat. Keiner der Jesuiten, die ich in Reims kennengelernt habe, hat auch nur den kleinsten Ansatz zu christlicher Demut gezeigt; sie gebärdeten sich allesamt anmaßend, diese Pharisäer, diese Scheinheiligen, die Himmel und Hölle in Bewegung setzen, um unsere verehrte und geliebte Königin zu ermorden, etwa bei einer Hetzjagd, dabei reitet sie ja oft weit, weit hinaus, allen voran, bringt sich damit in Gefahr in Wäldern, in denen getarnte Jesuiten unterkriechen. God protect our beloved Queen! Einzig und allein Königin Elisabeth kann uns schützen vor einer Rückkehr der Katholiken auf breiter Front, allein Königin Elisabeth steht zwischen ihrem gelehrigen Volk und dem unbelehrbaren Papst. Mit geschickter Hand steuert sie – klug beraten vom Privy Council – das Staatsschiff zwischen Scylla und Charybdis hindurch, zwischen machtgierigen Katholiken und eifernden Puritanern. Ja, Königin

Elisabeth hat den Kampf aufgenommen gegen die Katholiken, die am liebsten allen Protestanten den Garaus machen würden, und gegen die Puritaner, diese humorlosen Gotteseiferer, die nur auf den Moment lauern, da sie sämtliche Theater nördlich wie südlich der Themse schließen, alle Konzerte verbieten können, gleich noch die Volksfeste dazu und sonstige Formen der Geselligkeit, weil all dies bekanntlich nur ablenkt von der Anbetung Gottes, die schließlich reich belohnt wird im Paradiese. Ja, unsere verehrte Königin bläst den puritanischen Mief und den katholischen Weihrauchgestank weg, sie reinigt mit Blitz und Donner die Luft, wir können wieder tief durchatmen, frei artikulieren. Ich wäre jederzeit bereit, einen Hymnus auf unsere hymengesegnete Königin zu verfassen, in einer alchemistischen Purifizierung der Sprache, die sich, von allen Schlacken gereinigt, aufschwingt zu einer gloriosen, einer apotheotischen, einer –

Nun lassen Sie's mal gut sein, Sie müssen sich nicht weiter echauffieren. Sie haben Ihrer Gesinnung beredt genug Ausdruck verliehen. Es dürfte genügen, wenn im Protokoll vermerkt wird: Christopher Marlowe verehrt unsere Königin und steht, wie es sich gehört, vorbehaltlos zur offiziellen Kirche. Oder so ähnlich. Bei Ihren weitschweifigen Ausführungen würde sich unser Jeremy ja die Finger wundschreiben. Machen Sie ihm die Arbeit etwas leichter, versuchen Sie einfach mal, Ihre Grundeinstellung kurz und bündig zu rekapitulieren.

Je nun, ich sehe in Ländern mit katholischer Regierung eine Gefahr für uns. Was sich seinerzeit ja bestätigt hat mit der Verschwörung im Kreis um Maria Stuart. Mit der Usurpation unseres Throns durch die erzkatholische Schottin hätte sich wiederholt, womöglich in weitaus schlimmerer Form, was ich in meinem Stück eindringlich und eindrucksvoll dargestellt habe: The Massacre at Paris. Wenn Sie so wollen, habe ich mit diesem Drama Zeugnis abgelegt für die gerechte Sache des Protestantismus. Und für meine berechtigte Furcht vor weiteren Umtrieben und Aktionen der katholischen Fronde. Deshalb möchte ich meinen bescheidenen Beitrag dazu leisten, unser Land, somit unsere königliche Majestät vor weiteren Angriffen zu schützen. Das wollte ich generell gesagt haben. So kann das auch zu Protokoll genommen werden.

Danke, Marlowe, wir sind uns damit den entscheidenden Schritt nähergekommen. In der Tat, wir führen seit Jahren einen Glaubenskrieg, meist versteckt, manchmal offen: unser neuer Protestantismus gegen den alten Katholizismus oder eher: der alte Katholizismus gegen unseren neuen Protestantismus. Wenn Sie Ihre künftige Tätigkeit unter diesem Aspekt sehen, wird sich richtiges Verhalten wie von selbst einstellen. Und damit: Würden Sie Ihre Erklärung im Protokoll abzeichnen, hier rechts am Rand? – Sehr schön, sogar einigermaßen lesbar … Dieses Dokument bleibt selbstverständlich unter Verschluß, bei uns im Hause. Wir legen Ihnen später noch die Verpflichtungserklärung vor, die ebenfalls bei den Akten verbleibt. – Vor dieser formellen Unterzeichnung aber schon mal eine Vorbemerkung zu Ihrer neuen Aktionsform. Wir haben uns von einer wiederholenden Variante des Tätigkeitsfeldes »Jesuitenkolleg Reims« von vornherein verabschiedet, haben uns für einen Arbeitsbereich entschieden, der für unser Haus wie für unser Land sehr viel relevanter sein dürfte. Ich habe es bereits angedeutet: Ihr Aktionsbereich wird Paris sein. Unsere Ohren dort sind entweder taub geworden oder nicht mehr spitz genug. Wir brauchen unbedingt wieder einen eigenen Mann dort. Sie werden diese Position übernehmen und Ihr Hauptaugenmerk auf eventuelle Kriegsvorbereitungen richten. Wir möchten nicht nochmal erleben, daß französische Kriegsschiffe an einem ruhigen Sonntagmittag plötzlich vor Portsmouth auftauchen, frechweg in den Hafen einfahren und womöglich wieder ein Admiralsschiff versenken. Schon geringste Anzeichen derartiger Planungen werden Sie zu eruieren versuchen und umgehend melden. Wie letzteres technisch abgewickelt wird, erfahren Sie im Verlauf der nächsten Tage.

14

Nach Ablauf der vorgesehenen Pause wurde die Verhandlung fortgeführt. »Monty« leitete sie, bei deutlich entspannter Lage, mehr und mehr über in ein Gespräch. Damit ergab sich zwang- und formlos, daß es meine Wenigkeit war, die in dieser Sitzung die Wortführung übernahm. So setze ich an bei meinen Ausführungen, die vom Ressortleiter gelegentlich ergänzt und kommentiert wurden.

Gez. Richard »Jeremy« Wilkinson

* * *

Sie können sich nicht früh genug daran gewöhnen: Die neuen Lebensdaten müssen Ihnen in Fleisch und Blut übergehn, Sie müssen die notfalls im Halbschlaf runterrasseln können. Ich habe, in Abstimmung mit Mr. Monty, bereits einige Details vorbereitet. Doch vorab: Sie brauchen für Kontakte mit anderen Mitarbeitern, auch für internen Schriftverkehr einen neuen Tarnnamen, Ihren »Cornelius« sollten wir in Reims begraben. Hätten Sie einen Vorschlag parat?

Darüber habe ich mir noch keine Gedanken gemacht. Aber wenn ich mir den Namen einer Figur ausleihen darf, mit der ich mich hin und wieder beschäftige, fleißig reimend, so wäre das Leander. Ja, doch: Leander würde zu mir passen.

Dann wäre das schon mal geklärt und ich komme zur neuen Personallegende. Wir machen es uns nicht leicht und übertragen auf Sie eine geliehene Identität, etwa von jemandem, der hopsgegangen ist, Sie erhalten einen fiktiven Namen: Red Hugh O'Donnell. Dürfte irisch genug klingen … Ein entsprechender Paß wird in unserer Werkstatt mit gebotener Sorgfalt ausgestellt. Damit bewaffnet werden Sie als Student aus Irland auftreten. Mit der neuen Legende werden wir Ihr wertes Erscheinungsbild allerdings nicht weiter verändern, obwohl ich dazu Möglichkeiten genug hätte, etwa mit der Anfertigung einer rothaarigen Perücke, mit dem Anbringen eines falschen Vollbarts in gleicher Tönung, mit dem Auftragen von Modelliermasse, mit der Ihre wenig prägnante Nasen- und Kinnform endlich mal vorteilhaft verändert werden könnte – das alles wäre nur sinnvoll, wenn ich Sie maskenbildnerisch begleiten würde, es müßte ja ständig nachgearbeitet werden. Aber dies nur nebenbei. Was Ihren neuen Vornamen betrifft: Die Aussprache von »Red« wird Franzosen leichtfallen, bei »Hugh« dürfte es hörbare Schwierigkeiten geben. Dieser zweite Vorname weist Sie in Schriftform allerdings unübersehbar als Iren aus. Ich habe Irland als Herkunftsland vorgeschlagen, weil Iren im katholischen Paris unverdächtig sind. Ich habe des weiteren den Vorschlag eingebracht, daß Sie von einem irischen Castle stammen. So wird auf denkbar einfachste Weise begründet, weshalb Sie nach Paris ziehen, um Befestigungsbaukunst zu »studieren«, Architectura Militaris. Sehr spezielles Fach!

Muß ich allerdings auch sagen. Für einen Schusterssohn aus Canterbury: total überraschend!

So überraschend dürfte mein Vorschlag auch wieder nicht sein, wir kennen schließlich Ihre Vorliebe für Begriffe aus dem Militär, speziell der Marine, da habe ich mir gedacht, es wäre ebenso naheliegend wie sinnvoll, hier anzuknüpfen. Damit wird Ihnen der Wechsel in die andere Lebensform leichter fallen. Bei diesem Fach werden Sie ganz von selbst mit Personen in Kontakt kommen, die indirekt oder direkt an militärischen Entwicklungen beteiligt sind.

Aber vielleicht komme ich mit katholischen Studenten eher ins Gespräch, wenn ich bei meinem Fach bliebe. Ließe sich doch auch begründen: Nach dem Bachelor will ich den Doktor der Theologie machen. Dies am renommierten Collège von Paris …

Jeremy, sorry, ich muß mich hier doch mal einschalten. Mister Marlowe, diese Option wäre zu riskant. Theologische Diskussionen wären da auf Dauer kaum zu vermeiden, dabei könnten Sie sich versehentlich als Protestant zu erkennen geben. Unsere Hausregel lautet aber nun mal: keine Auseinandersetzungen! Sie dürfen sich nicht exponieren. Dazu gehört übrigens auch: kein persönlicher Streit! Das sollten Sie sich hinter die Ohren schreiben: kein persönlicher Streit! Sobald sich in der Richtung was anbahnt, müssen Sie sich zurückpfeifen – gerade mit Blick auf Ihre Neigung zu gewalttätigen Auseinandersetzungen. So was würde man bei einem angehenden Festungsbauer übrigens eher hinnehmen als bei einem Theologen. Insofern würde Sie unsere Legende auch in dieser Hinsicht vor sich selbst schützen. Und vor Entlarvung. Sie merken schon: Wir haben intensiv über all dies nachgedacht, auf der Grundlage des Konzepts von Jeremy. In Ihrer neuen Identität als Student der Militärarchitektur können Sie, wie er das schon angedeutet hat, leichthin Informationsquellen erschließen. Dabei liegt uns nicht nur daran, von Plänen über eventuelle Neubauten von Festungsanlagen zu erfahren. Zum Beispiel könnte durchsickern, daß bei dieser oder jener Fortifikation eine Reparatur oder Erweiterung notwendig wird. Selbst, wenn das als Flickwerk erscheinen mag, uns muß auch so etwas zur Kenntnis gebracht werden, hier sind Rückschlüsse möglich auf den Zustand einer Anlage, damit auf den Grad der Verteidigungsbereitschaft respektive auf weitergehende Vorbereitungen. Melden Sie alles, was Ihnen irgendwie auffällt – die Auswertung können Sie getrost unseren Experten überlassen. Aber jetzt soll Jeremy erst mal weiter sein Konzept erläutern.

Ja, also die Entscheidung für das Fach Fortifikationsbau läßt sich umstandslos dadurch begründen, daß Sie als Sohn eines Burgherrn – somit als künftiger Burgherr – lernen wollen, wie man bestehende Anlagen sichert und eventuell ausbaut. Dies unter dem Zeichen der ständigen Gefahr, daß England, nachdem es sich schon an der irischen Ostküste eingenistet hat, eine Invasion der gesamten Insel durchführt. Schon mit solch einem Hinweis werden Sie unter Mitstudenten wie Dozenten Resonanz und Vertrauen finden.

Danke, Jeremy. Ich meine auch: Herkunft von einem irischen Castle, damit Studium der Militärarchitektur – das wird plausibel erscheinen. Sie sollten aber gleich noch ergänzen, welchen Namen Sie für das Castle ausgeheckt haben.

Danke für den Hinweis, Sir. Ja, ich schlage als Ort Ihrer Herkunft vor: Ballymote Castle in der Provinz Connacht. Das liegt derart weit im Westen, da dürfte es in Paris keinen geben, dem zu diesem Namen etwas einfällt. Der Hinweis auf ein Castle mit einem derart klangvollen Namen macht zudem erklärlich, wie Sie es sich leisten können, Paris als Studienort zu wählen. Beim Sohn eines Schusters in Dublin würde man das so ohne weiteres nicht vermuten, also würden Fragen aufkommen, und die könnten lästig werden. Zu Ihrem neuen Status werde ich noch einiges Material vorbereiten, damit Sie auf Befragen Genaueres anbieten können über den geheimnisvollen Ort Ihrer Herkunft sowie über Ihre Eltern. Es reicht ja nicht, wenn Sie in Paris erwähnen, Sie hätten einen original irischen Vater, und neugierige Gesprächspartner oder professionelle Lauscher kriegen nur zu hören, daß dieser Vater aussieht wie ein Vater, daß er handelt wie ein Vater von irischem Schrot und Korn, und er trinkt reichlich, was aus Kornmaische und Moorwasser destilliert wurde, bevattet infolgedessen alle Naslang die Mutter – mit derartigen Allgemeinheiten kämen Sie nicht weit, so würde man Ihnen keinen echt irischen Vater abnehmen, bei dem erwartet man zumindest, daß er andauernd angelt oder fischt, daß er auf Beizjagd oder Hetzjagd geht, daß er insgesamt unberechenbar ist und manchmal grausam auf typisch irische Art. Gerade, wenn man aus Irland kommt, erwarten die Leute Geschichten, die sich gewaschen haben. Es müssen zum Grundkonzept also Details kommen, und die werde ich mir in Kürze aus dem Kopf kratzen und Ihnen gesammelt vorlegen. Ich muß aber auch gleich betonen: Legendierung muß fortgesetzt erhalten und bestätigt werden. Schließlich müssen Sie damit rechnen, daß man ein wachsames Auge auf Sie wirft. Als Ire werden Sie unter französischen Katholiken zwar grundsätzlich willkommen sein, es wird aber auch Personen, Kreise oder Einrichtungen geben, in denen man sich sagt: Dieses Irland liegt verdammt nah bei England, ob es nicht doch Verbindendes gibt? Schließlich sitzen etliche Protestanten an der Ostküste, Königin Elisabeth gründet dort ein College ... Auch unter diesen Aspekten siedeln wir Sie im Westen an, dort wird das katholische Fähnlein, wird die katholische Fahne, wird das katholische Banner hochgehalten ... Soviel zu Ihrem Hintergrund, und damit zurück zum Vordergrund Ihrer Legendierung. Sie müssen damit rechnen, daß Briefe angehalten und geprüft werden. In diesem Zusammenhang ist wichtig, daß Sie gelegentlich einen »Brief nach Hause« schicken. Und zwar so, daß eventuelle Zweifel an Ihrer neuen Identität ausgeschaltet bleiben. Berichten Sie also Ihren »Eltern« auf Ballymote Castle vom Leben in Paris, vermitteln Sie Eindrücke von dem, was Sie dort zu sehen bekommen, vor allem an Gebäuden, und hier dürften festungsartige Bauten für einen Studenten der Militär-Architektur primär interessant sein. Fragen Sie sodann nach einem bestimmten Pferd oder nach einer bestimmten Tante. Und weil man sich in Irland bekanntlich mit jahrzehntealten, oft jahrhundertealten Familienfehden die Zeit vertreibt, sicherlich auch zwischen den O'Donnells und irgendwelchen schlimmen Nachbarn, so werden Sie auch hier nach dem Stand der Entwicklung fragen: Entspannung oder neue Krise? Sind mal wieder Kühe geraubt worden? Hat man überfallartig ein Getreidefeld abgeerntet? Wurde ein Knecht entführt und versklavt? Wurde eine Magd vergewaltigt? Sie haben hier freies Spiel, nur muß alles überzeugend klingen, so recht aus dem Leben gegriffen, dem irischen, das an der Westküste besonders rauh sein dürfte, allein schon unter Einwirkung atlantischer Winde und Stürme. – Ihre Briefe an die Pseudo-Eltern werden natürlich von uns abgefangen, werden aufbewahrt, die können Sie später zur Erinnerung an Ihre Mission in Verwahrung nehmen. – So, und damit darf ich das Wort wieder Mr. Monty übergeben.

Ja, hier muß ich gleich eine Warnung aussprechen, und zwar mit Nachdruck: Der französische Geheimdienst wird Sie mit Sicherheit beobachten – jeder Fremde ist erst mal verdächtig, vor allem in diesen Zeiten der Religionskämpfe, des Religionskrieges. Seien Sie aber genauso vorsichtig gegenüber Spaniern! Ich übertreibe kaum, wenn ich sage, daß es hier in London wie drüben in Paris von spanischen Kundschaftern nur so wimmelt. Die Burschen vom Servicio de Inteligencia schrecken nicht mal vor Versuchen zurück, sich an Agenten des Special Service heranzumachen und sie womöglich für eigene Dienste zu verpflichten. Mit Doppelagenten machen wir aber kurzen Prozeß, da kennen wir keine Gnade. – Zu den Vorsichtsmaßnahmen gegenüber Spitzeln der Gegenseite (Agenten des Feindes heißen bei uns immer nur Spitzel!), mit Blick auf diese Kreaturen möchte ich Jeremy in einem Punkt ergänzen: Sie müssen aufpassen auf den Klang, den Sound Ihrer Sprache. Wenn Sie, wie seinerzeit in Reims, Französisch sprechen mit britischem Akzent, dürfte kaum ein Problem entstehen. Aber Vorsicht, wenn Sie etwas auf Englisch sagen! In Paris wird es zwar keinen geben, der irischen Sprachklang im Ohr hat – Franzosen reisen nur ungern in fremde Länder –, aber man wird im Ohr haben, wie Englisch klingt, und davon sollte Ihr Englisch deutlich abweichen. Nun könnte man sagen: Je verwaschener oder verknorpelter, desto irischer wird das für Franzosen klingen, aber ein bißchen irisch muß Ihr Irisch dennoch wirken. So wird Sie ein Mitarbeiter von Sir Raleigh aufsuchen, der sich im Auftrag der Königin um irische Belange kümmert. Er wird Sie einstimmen auf den spezifisch irischen Klang des Englischen dort, auf typische Redewendungen. Ich will hier nicht vorgreifen, der Vermittler wird Ihnen das alles darlegen, eventuell auch mit dem einen oder anderen Wort der vollends unverständlichen gälischen Sprache, die vor allem in »Ihrer« Region gesprochen wird, im Stil von »saindán« oder »saincherdd«. Mit solchen Kostproben können Sie unter Franzosen mächtig Eindruck schinden, und Ihre irische Herkunft wird absolut überzeugend erscheinen. Vielleicht bringt es der »Intonator« auch fertig, Ihnen ein irisches Lied beizubringen, Sie singen ja gern in der Öffentlichkeit. – Soviel zu diesem Punkt. Damit Sie schon mal wissen, was für die nächsten Tage und Wochen ansteht: Sie befinden sich offiziell in Haft wegen der Untersuchung eines Mordfalls, also werden Sie in einem geschlossenen Gefährt aufs Land gebracht, zu einem abseits gelegenen Cottage. Unser Mitarbeiter »Charon« – für Sie mit Klarnamen Robert Poley – wird Sie begleiten, wird weiterhelfen, soweit nötig. Sie werden von einem eingeweihten Hausherrn erwartet, werden sodann von jenem reuigen Pater aufgesucht, der aus dem Kreis der Stuarts stammt, nach längerem Aufenthalt in lichtlosem Verlies aber den rechten Weg zur wahren Kirche gefunden hat. Nach diesem Privatissimum werden Sie Techniken des Chiffrierens und Dechiffrierens erlernen. Der Sekretär unseres Chefs wird das persönlich übernehmen. Diskreter Hinweis: Erschrekken Sie nicht über seine extrem ausgeprägten Pockennarben, die nur teilweise vom rotblonden Bart verdeckt werden – Thomas Phelippes gilt als unser bester Chiffriermann. Im Verschlüsseln und Entschlüsseln ist er kaum zu überbieten, solche Verfahren beschäftigen ihn selbst an Fest- und Feiertagen. Bei ihm sind Sie in besten Händen. Ja, und dann wird es bald schon heißen: zu Schiff nach Frankreich! Und weiter nach Paris! Da Ihre Tätigkeit besonderen Schutzes bedarf, brauchen Sie mehr als ein Zimmer, das Sie womöglich mit einem anderen Studenten teilen, Sie erhalten über die Botschaft eine Wohnung mit separatem Eingang. Auch unter diesem Aspekt ist es sinnvoll, daß Sie sich als Sohn eines Burgherrn ausgeben – die Finanzierung einer eigenen Wohnung dürfte denn keine weiteren Fragen nach sich ziehn, Ballymote Castle als Schlüssel- und Zauberwort. Prägen Sie sich, wie gesagt, die Namen schon mal ein – die Personenlegende muß Ihnen in Fleisch und Blut übergehn, die müssen Sie, da hat Jeremy völlig recht, die müssen Sie notfalls herunterbeten können, selbst wenn jemand Sie aus dem Schlaf reißt.

15

Auszug aus der Ansprache von Mountfelton anläßlich der Unterzeichnung der Verpflichtungserklärung des Einschleusungskandidaten »Leander«. Devise: Getarnte Leute schützen unser Land an der unsichtbaren Front.

J.

* * *

Sie müssen Eis und Flamme sein! Flamme der Begeisterung für unsere Sache, Flamme im Zorn auf unsere Feinde solange Sie sich in einer Umgebung befinden, in der Sie offen sein dürfen. Sie müssen Eis sein, sobald Sie sich im Land des Feindes befinden, mit Personen Umgang pflegen müssen, die auf der Feindseite stehen. Da gibt es nur eine Form des Verhaltens: ruhig bleiben, höflich bleiben, sich auf keine Weise verraten. Und vor allem, hüben wie drüben: Stillschweigen über Ihre Tätigkeit, auch vertrauten Personen gegenüber – wir sind ein Geheimdienst, da wird über die Arbeit nicht gequatscht. Daran müssen Sie sich halten, bedingungslos. Sonst ist Ihr Verbleib auf Erden nicht mehr gesichert.

* * *

Nachtrag. Marlowes Bitte, wenigstens bei diesem Termin dem Chef vorgestellt zu werden, mußte abschlägig beschieden werden. Erklärung auch in diesem Fall: Auf Grund einer zurückliegenden, doch nachwirkenden Erfahrung müsse der Chef konsquent abgeschirmt werden.

(Notwendige Ergänzung. Es war und ist nicht der Drang, sich interessant zu machen durch Undurchschaubarkeit, es ist die angemessene Reaktion auf einen Entführungsversuch vor acht Jahren: drei Agenten in spanischen Diensten sollten den Chef zur Geisel nehmen. Die Planung wurde erleichtert durch einen Maulwurf in unserem Hause, einen Mitarbeiter, der Zeitpunkt und Ziel einer Dienstreise verriet und damit den Zugriff ermöglicht hätte. Übrigens derselbe Mitarbeiter, der als Registrator die Liste mit den Tarnnamen und Klarnamen der Agenten im Außendienst aufstellte. Diese Liste will Poley entdeckt haben, er ließ sich das jedenfalls zuschreiben, es muß aber doch mal festgehalten werden, daß es meine Wenigkeit war, dem sie aufgefallen, in die Hände gefallen war. Meine Entdeckung führte zu einer Abmahnung des Registrators; zu einer Entlassung sah man damals keinen Grund; das sieht man heute in einem anderen Licht. Wie der Mitarbeiter zum Maulwurf geworden war, kann hier nicht weiter erörtert werden. Nur dies noch: Im »Freudenzimmer« gab er die Namen und den Aufenthaltsort der Agenten bekannt, sie wurden gefaßt und gevierteilt. Auch den Maulwurf ereilte die gerechte Strafe, er wurde entdärmt und gehängt.)

Die Erfahrung hat ihn gelehrt, im Umgang mit Personen, die ihm nicht vertraut sind, äußerst vorsichtig zu sein; in einer fremden Person sieht er leicht ein Gefahrenmoment. Die Identität auch im eigenen Organ zu tarnen – zumindest außerhalb des allerengsten Kreises von Mitarbeitern – diene dem Schutz vor weiteren feindlichen Aktionen, sei es Entführung, Nötigung oder Attentat … Je weniger Personen ihn von Namen und Angesicht her kennen, desto geringer die Gefahr, daß er für Feinde angreifbar wird. Unter diesem Aspekt wurde »Leander« nur der Deckname (»Mohr«) anvertraut, nicht jedoch der Klarname des Chefs. Auch innerhalb des »Clubs« generell: Es werden nur diejenigen Informationen vermittelt, die ein Mitarbeiter unmittelbar für seine Tätigkeit braucht.

Gez. Jeremy

16

In der Zusammenstellung von Dokumenten des Marlowe-Dossiers halte ich es für sinnvoll, hier eine Beurteilung über Poley einzurücken, der mit Begleitung und indirekter Bewachung von Marlowe (»Leander«) beauftragt wurde. Die hausinterne Einschätzung wurde weisungsgemäß von Mitarbeiter Fraser (»Secretary«) verfaßt.

J.

* * *

Anbei meine unmaßgeblichen Notizen zu Robert Poley, Tarnname »Charon«. Beim Stichwort Tarnname darf ich gleich anmerken, daß Poley einen Mißstand im Hause aufgedeckt und damit zur Beseitigung beigetragen hat: Ein übereifriger Registrator hatte eine Liste unserer Mitarbeiter im Außendienst angefertigt und dabei den Klarnamen jeweils neben den Tarnnamen gesetzt. Wäre die Liste in die Hände eines Gegenspions gefallen, so hätten wir etliches neu organisieren müssen! Auch dieser Fall beweist die Notwendigkeit gegenseitiger Kontrolle, wie sie sich vor allem in diesen schriftlichen Einschätzungen dokumentiert.

Auch Poley hat, wie zahlreiche Landsleute, der früheren katholischen Vergangenheit abgeschworen, hat sich form- und fristgerecht zur offiziellen Kirche bekannt. Dennoch habe ich den Eindruck gewonnen, daß die Haltung des Konvertiten gegenüber dem Katholizismus nicht immer konsequent genug ist. Was auch jemandem schwerfallen dürfte, der (in deep cover?) zur Gruppe Babington gehört haben soll, die im Namen der schottischen Königin Maria ein Attentat auf unsere hehre Königin plante – was wiederum unter Mitwirkung von Poley aufgedeckt wurde; er war es schließlich, der einen chiffrierten Text in einem Faß aufspürte. Mir scheint es vor diesem kontrovers beurteilten Background bezeichnend, daß Poley monatelang eingesperrt war, wenn auch, wie er mir schilderte, unter kommoden Bedingungen in einem der Turmzimmer des Tower. In diesem Zusammenhang sollte daran erinnert werden, daß Poley die Haftzeit eigenmächtig abgekürzt hat: Vom Tower in das Fleet Prison verlegt, gelang es ihm, zwei Gitterstäbe der Luft- und Lichtöffnung seines Verlieses zu durchsägen. Wobei freilich anzumerken wäre, daß er nicht allzu scharf bewacht war und daß auf Verfolgung verzichtet wurde. Dies aus naheliegenden Gründen: Die formelle Haft sollte ihm das Eindringen in katholische Kreise erleichtern, unter dem Vorzeichen: Auch ich wurde verfolgt …

Sein Name läßt sich allerdings auch mit einer »nassen Sache« in Verbindung bringen. Da ich nicht weiß, ob dies in den Unterlagen zur Person angemessene Berücksichtigung fand, will ich den Vorgang oder Vorfall zumindest andeuten. Bei seinem Aufenthalt in Rom (nicht nur der Observation von Landsleuten, sondern der Fortsetzung des Studiums der Rechte dienend) trug er wesentlich dazu bei, daß ein Agent enttarnt wurde, der für unser Land arbeitete, dennoch einem Spitzel des Vatikans Informationen vermittelte, die unsere Interessen wesentlich berührten. Es war allerdings nicht realisierbar, den Doppelagenten unter geeignetem Vorwand nach England zu locken, um ihn vor unser Geheimgericht zu stellen, es war auch nicht möglich, ihn von Rom nach London zu entführen, und so hat ihn Poley (auf Weisung) vor Ort der gerechten Strafe zugeführt. »Charon« bramarbasierte zuweilen von der Erfahrung, wie leicht es sei, einer von hinten gepackten Person die Kehle zu durchschneiden – »da flutscht die Klinge wie durch Butter«. Und er pflegte zu ergänzen: »So weit muß man im Dienst an der Sache gehn können.«

Dies zur Einschätzung seiner Grundhaltung. Im persönlichen Umgang habe ich festgestellt, daß er weiterhin der Leidenschaft des Billardspiels huldigt, verbunden mit Wetten um meist hohe Beträge; seine Partner sind vor allem reisende Billardspieler, die auf gleiche Abenteuer aus sind. Zwar spricht Poley nur über Billard und nicht über Wetten, die so oft vor Spielen auf der grünen Fläche abgeschlossen werden, doch es wiederholt sich die Situation, daß er in kurzer Zeit eine runde Summe erstatten muß, fristgerecht; dabei wendet er sich gelegentlich auch an mich. Er sagt nie, wozu er das Geld so rasch braucht, verbindet seine dringlichen Bitten nur mit Bemerkungen wie: Das Leben spiele nun mal so … Es ist jedoch evident, daß es sich bei runden Summen mit kurzen Zahlungsfristen um Spielschulden handelt.

Er scheint übrigens auch (worüber er sich mir gegenüber freilich nie direkt geäußert hat) eine private Sammlung von Informationen anzulegen über Personen, mit denen er Umgang pflegt – bis hin zu Gestalten, mit denen er in lokkerer Verbindung steht: sein »Giftschrank«. Ich kann nicht ausschließen, daß er solche Kenntnisse nutzt, um notfalls Druck auszuüben mit Blick auf die Gewährung von Darlehen, und zwar zu Konditionen, wie er sie bestimmt. Selbstverständlich bringe ich dies mit gebotener Vorsicht und angemessenem Vorbehalt zur Sprache.

Gez. Ingram Fraser, »Secretary«

17

Abschriftlich folgt hier der Rechenschaftsbericht von Poley über die Fahrt nach und den Aufenthalt in Wembley.

J.

* * *

Kandidat »Leander« traf gestern in meiner Begleitung im avisierten Cottage ein. Mein Eindruck auch während der Fahrt: er wirkte erstaunlich gefaßt, beinah gelassen. Er ging nur aus sich heraus, als ich meinen Aufenthalt in Rom erwähnte, damit meine Verbindung zu Landsleuten, die dort katholische Theologie studierten. Dies löste eine Kette lateinischer Fachbegriffe aus, Wörter freilich, die sich für M. mit entschieden genauerem Sinn verbanden als für mich, der ich in Theologie lediglich hineingehorcht hatte, im Sinne meines damaligen Auftrags. Wie beim Hallentennis hoher Herrschaften spielten wir uns wechselseitig Begriffsbälle zu, was die Fahrtzeit erheblich verkürzte und für die Umgebung nur wenig Aufmerksamkeit übrigließ.

Am Ziel angekommen, zog sich M. sogleich in seine Kammer zurück. Ergebnis meiner verdeckten Beobachtung: Er begann sogleich mit der Suche im offensichtlich hastig zusammengestellten Gepäck, breitete Inhalt aus, fand ein Buch, setzte sich ans Fenster, begann zu lesen. Dies offensichtlich nicht als Zerstreuung oder zur Ablenkung, vielmehr konzentriert.

Ich nutzte das Lunch, um das Buch zu prüfen. Es handelt sich um Holinsheds »Chronicles«. Aufgeschlagen war etwa die Mitte eines umfangreichen Kapitels über König Richard den Zweiten. Offenbar keine Erstlektüre, ich fand (frühere?) Markierungen am Textrand. Einer der hervorgehobenen Sätze: »He was prodigal, ambitious, and much given to the pleasure of the bodie.«

Bei dieser kleinen Inspektion fiel mir auf, daß Marlowe zwischenzeitlich Tarot-Karten gelegt hatte, und zwar in Form eines Kreuzes; im Schnittpunkt lagen zwei Karten verkantet übereinander. Vier Karten waren zudem unter dem Kreuz gereiht. Zwar habe ich schon einigemal Tarot-Karten gesehen, habe mich jedoch nie über die Bedeutung der rätselhaften Bilder kundig gemacht; um so günstiger war für mich, daß einige Karten handschriftlich mit Hinweisen versehen waren (in Anbetracht der großen Kartenzahl kein Wunder!). Im Schnittpunkt der Kreuzform eine hohepriesterliche Frauenfigur; über ihr, quergelegt, eine rätselhafte, majestätisch wirkende Erscheinung, »The Hierophant«. Selbstverständlich habe ich Marlowe nicht weiter befragt, ich hätte sonst zu erkennen gegeben, daß ich während seiner Abwesenheit im Zimmer war.

Nach dem Lunch räumte er die Kartenfiguration wieder ab, setzte die Lektüre fort mit begleitenden Notizen – allerdings, wie sich später zeigte, in schwer lesbarer Schrift. Beim Dinner stellte er keine weiteren Fragen zum geplanten Verlauf des Aufenthalts – er läßt alles auf sich zukommen. Auf die Nervenstärke des Kandidaten dürfte Verlaß sein. Er schlang das Essen in sich hinein, und danach, um das stilgerecht auszudrücken, haute er sich hin.

18

Laut Bericht aus der Feder des Robert Poley erfolgte am nächsten Tag die vorgesehene Instruktion durch den konvertierten (oder zumindest neutralisierten) Priester der ehemaligen Stuart-Fronde. Ich rekonstruiere den Verlauf anhand mündlicher Mitteilungen sowie schriftlicher Notizen von »Charon«, der am Gespräch indirekt teilnahm.

Gez. Jeremy

* * *

Über den Sinn dieser Exkursion bin ich nur andeutungsweise informiert. Sofern ich beiläufige Hinweise recht verstanden habe, soll ich Sie in Glaubensfragen beraten. Sitze ich etwa vor einem Heidenkind?

Ich bin Protestant, aber ich werde es mit Katholiken zu tun haben. Darauf soll ich eingestimmt werden.

Da müßte ich ein klein wenig mehr wissen, auf daß ich den rechten Ansatzpunkt finde. Es scheint höheren Orts nicht beabsichtigt zu sein, daß Sie grundlegend unterwiesen werden, dazu wäre dieser eine Termin in der Tat zu knapp. Sie sollen lediglich mit allernötigstem geistigem Marschproviant ausgestattet werden? Ja, mich wird eine besondere Aufgabe nach Irland führen, das nun mal sehr katholisch ist, besonders im Westen. Es geht um die Erkundung neuer Handelswege: Transport von Leinen aus der Provinz Connacht. Ergo wäre es nicht eben förderlich, wenn ich als Protestant aufträte.

Gut, ich verstehe. Damit gleich auch ein nützlicher Hinweis: In Irland beruft man sich bei jeder Gelegenheit auf den heiligen Patricius sive Patrick. Wenn Sie diesen Heiligen nennen, öffnen sich zwar nicht gleich alle Herzen, aber sicherlich schon mal viele Türen. Dies erst recht, wenn Sie mit folgenden Worten grüßen: »Gott, Maria und Patrick seien mit dir.« Reicht das oder wollen Sie Näheres über Patrick erfahren, mein Sohn?

Doch, ja, durchaus, aber machen Sie's kurz.

Darauf erfolgten Hinweise wie: Patrick stammt nicht, wie man vermuten könnte, aus Irland, er wurde durch eine Räuberbande aus Britannien nach Irland entführt, wurde dort als Sklave verkauft, mußte als Hirte dienen, konnte nach einigen Jahren jedoch in seine Heimat entfliehen. Über eine Erleuchtung im Traum erging an ihn der Auftrag, nach Irland zurückzukehren und das Wort des Herrn zu predigen. Darauf bereitete er sich durch Studien vor, in Italien.

Das Stichwort Italien wurde von M. begierig aufgegriffen: »Sie Glücklicher!« Der Ex-Priester mußte vom dortigen Aufenthalt berichten. Demnach hatte er einen Auftrag der Königin Maria Stuart zu erfüllen: In Murano erlesene Stücke der Glasbläsereien zu erwerben. Ein Geistlicher wird in Italien einigermaßen akzeptiert, das könnte den Nebeneffekt haben, daß man ihm bei der Preisgestaltung entgegenkommt. Dies war offenbar mitbedacht, als man ihn auf die Lagune von Murano schickte. Dort erwarb er kostbare Faden- und Flügelgläser. Als besonders schönes Exemplar: eine Schale mit Schuppenmuster in Blattgold und Email. »Ja, ich habe schnell gelernt, worauf es in der Branche ankommt. Und vor allem: was der Königin gefallen könnte. So habe ich in Venedig auch eine Kollektion Münzen erworben, auf denen Päpste geprägt sind, die meisten im Profil. Es gibt in der Nähe der Piazza San Marco einen Laden, der vor allem Münzen im Angebot hat; dort bin ich rasch fündig geworden.

Italien ...! Nach Italien würd ich verdammt gern mal reisen! Vielleicht verdiene ich bei meiner irischen Mission so viel, daß ich mir einen Ritt über die Alpen leisten kann.

Aber vorher – ich könnte Ihnen stundenlang zuhören, wenn Sie von Italien erzählen!

Leider ist mein hiesiger Aufenthalt zeitlich begrenzt, da will ich rasch noch ein wenig zu Sankt Patrick sagen. Falls ich den mir gestellten Auftrag nicht erfülle, können die derzeit einigermaßen akzeptablen Haftbedingungen erneut verschärft werden und ich komme vom Erdgeschoß wieder in ein Kellerverlies. Also bitte, laß uns vom heiligen Patrick sprechen. Er studierte, wie gesagt, in Italien, aber das Studieren war seine Stärke nicht, also wurde er früher als vorgesehen nach Irland geschickt, und zwar in den äußersten Westen, in den noch nie zuvor ein Missionar vorgedrungen war. Entsprechend groß waren die Widerstände, vor allem seitens diverser Stammesfürsten und Druiden. Als man Patricks Worten wieder einmal keinen Glauben schenken wollte, schon gar nicht seinen Ausführungen über Hölle und Höllenstrafen, da stieß er seinen Wanderstab so heftig auf den Boden, daß sich eine Öffnung auftat, aus der Höllenflammen emporstiegen und mit ihnen Klagerufe, Schmerzensschreie von Verdammten. Das verlieh ihm durchschlagende Überzeugungskraft. Ich bin sicher, es wird auch dir Überzeugungskraft verleihen, wenn du in prekärer Situation erwähnst, wie Patrick den Wanderstab auf den Boden stieß und es öffnete sich so etwas wie ein abgrundtiefes Brunnenloch hinab zur Hölle, aus der Flammen und Schreie aufstiegen.

Ich habe verstanden, Sie müssen das nicht wiederholen. Aber schön, ich werde mich an Ihren Patrick halten.

Ein Heiliger allein wird allerdings nicht genügen. Er wird Ihnen ein guter Begleiter sein, aber wenn Sie in Irland neue Handelswege erkunden wollen, werden Sie nicht daran vorbeikommen, an Gottesdiensten teilzunehmen. Und da solltest du das eine und andre Gebet wenigstens mimisch mitsprechen können. Ganz wichtig ist auch, daß du weißt, wie eine Messe verläuft, also, wann du aufstehen mußt und dich wieder setzen kannst … Wenn du willst, werde ich dir die Liturgie skizzieren, mit Hinweisen, was jeweils zu tun ist, um den Schein zu wahren. Die Skizze kannst du auf der Reise nach Irland ja hin und wieder studieren. Vor der Landung würde ich das Blatt allerdings vernichten.

Der heilige Patrick möge mich im rechten Moment daran erinnern … Aber jetzt zur Abwechslung mal zu Ihnen. Abgesehen vom Kauf der Gläser und Münzen – haben Sie die Stuart näher gekannt?

Ich war nicht ihr Hauspriester oder Beichtvater, ich war eher für die Verwaltung der auf Reisen mitgeführten geistlichen Bücher zuständig. Auch das erklärt meine Reise nach Italien: Mir wurde eine Wunschliste seltener Titel mitgegeben. Vor allem sollte ich Ausgaben von Predigten des Cusanus und des Thomas von –

Oh nein, über Bücher reden wir jetzt lieber nicht, schon gar nicht über theologische! Mich würde im Moment viel mehr interessieren, wie Sie im Kerker gelandet sind.

Nun denn: Als die sogenannte Verschwörung gegen Königin Elisabeth aufgedeckt wurde, glaubte man, auch mich verdächtigen zu müssen, und ich wurde gleichfalls verhaftet. Ich wurde ausführlich befragt, oder, wie man in dem Fall wohl besser sagt: ausgequetscht. Äußerst schmerzhafte Prozeduren. Mein Rücken war bald blau und schwarz. Heute ist das alles dick vernarbt. Auch an weiteren Körperstellen: Narben, Narben, Narben …

Na ja, das Übliche. Erzählen Sie rasch noch, in welcher Form die Verschwörung stattgefunden hat. Ich habe möglicherweise auch in Schottland zu tun, da dürfte es förderlich sein, wenn ich mitreden kann, falls die offenbar noch immer verehrte Königin Maria zur Sprache kommt.

Gern folge ich dieser Bitte. Ich sage aber gleich im voraus: Es wird mir nahegehn, wenn ich davon spreche. Kann sein, daß ich mich dabei der Tränen nicht immer erwehren kann. Aber du wirst dann vielleicht auf eher direkte Weise über Katholi –

19

Der zweite Teil dieses Gesprächsprotokolls ist entfernt und höchstwahrscheinlich vernichtet worden – sicherlich im Büro von Walsingham. Das würde erneut beweisen, wie sehr »Chef« von Haß erfüllt ist auf Katholiken im allgemeinen und auf Maria Stuart im besonderen.

Ich lasse die zweite Zwischenmeldung folgen, die Poley unserer Dienststelle weisungsgemäß zugehen ließ.

J.

* * *

Einführung des »Leander« in Kryptologie, wie vorgesehen durch »Albert den Großen«. Er fühlte sich überrascht durch den Gruß des »Leander«: »Gott, Maria und Patrick seien mit dir.« So kam man erst einmal auf den Umgang mit Katholiken zu sprechen; Thomas Phelippes berichtete, wie er seinerzeit, als Referent in Diensten von Sir Walsingham, den (zum Teil von mir im Faß entdeckten) Briefwechsel zwischen Maria Stuart und ihrem Kreis (samt Verbindungsleuten in Frankreich) dechiffrierte, damit die Verschwörung gegen Königin Elisabeth auffliegen ließ. Er erging sich dabei in ausführlicher Darstellung; hier genügt die Angabe des Gesprächsthemas.

Ich habe, den Spielraum eigener Initiative nutzend, an der Instruktion Marlowes teilgenommen und zur Begründung betont, ich würde mich seit der Entdeckung jener Geheimschreiben speziell für Kryptographie interessieren. Phelippes hat mich beim Wort genommen, hat mir, gleichsam zur Probe aufs Exempel, den Vortritt gelassen, und so habe ich kurz über zwei Verfahren der Codierung gesprochen. Chiffrier-Doppelscheibe: Klartext-Buchstaben am

Außenrand der größeren Scheibe, Chiffrier-Buchstaben, Zahlen oder Zeichen am Rand der kleineren Innenscheibe … Schablonentechnik: Pappfläche … Leerfelder … beliebige Buchstabenfolge der Unterlage … Klartext ablesbar in Leerfeldern …

Phelippes hat diese Ausführungen herablassend kommentiert, bezeichnete das Buchstaben-Ersatzverfahren als Kinderei, mit der man sich nicht weiter aufhalte, »das mochte zu Caesars Zeiten noch seine Geltung haben, inzwischen hat man in der Kryptologie dazugelernt, die Methoden des Chiffrierens und Dechiffrierens sind erheblich verfeinert worden, auf beiden Seiten, darauf müssen wir uns einstellen«. Außerdem: Die Mitnahme einer Chiffrierscheibe oder Pappschablone sei, selbst bei besonders gutem Versteck, viel zu gefährlich; als Ausländer, wenn auch in Gestalt eines Iren, habe »Leander« mit der Möglichkeit einer Haussuchung zu rechnen, dabei würden Scheibe oder Schablone mit Sicherheit aufgespürt und sein Aufenthaltsort würde sich erheblich verschlechtern.

Unser Experte instruierte »Leander« über das derzeit mit besonderem Erfolg praktizierte Verfahren der Verschlüsselung und Entschlüsselung. Er hatte die Arbeitsunterlagen gleich mitgebracht: zwei identische Exemplare des medizinischen Handbuchs »De contagione et contagiosis morbis et eorum curatione«. Dieses Werk des Doktor Fracastoro war »passenderweise« gedruckt in Lyon – »und Ly-on werden die Zöllner im Hafen von Calais ja wohl noch buchstabieren können«. Andernfalls bräuchte man nur auf Abbildungen hinzuweisen, etwa: Sackform des Magens, Linse des Auges, Sehnen des Armes … Man hatte vorab auch erwogen, Fracastoros Schrift »Syphilis sive de morbo gallico« zugrunde zu legen, aber da hätten gallische Syphilitiker im Hafen von Calais das Buch wahrscheinlich für den Hausgebrauch konfisziert, auch wenn sie bei der Anwendung angewiesen wären auf Übersetzung durch einen Pfarrer. Womit denn schon das Stichwort für eine Beichte gegeben wäre …

Als Grundlage der Verschlüsselung einigte man sich auf Seite 5 des erstgenannten Fachbuchs. Beispiel einer Mitteilung: »Ich brauche einen Kurier.« Bei diesem Satz würde auf der verabredeten Seite das erste »I« gesucht und die Position notiert: Zeile 2, Buchstabe 8. Das »C«: Zeile 1, Position 5. Das »H«: Zeile 4, Buchstabe 3. Die Ziffernfolge demnach: 2/8, 1/5, 4/3. Nach Eintreffen des Briefberichts wird in London die gleiche Seite der gleichen Ausgabe aufgeschlagen, die angegebenen Buchstaben werden markiert, es läßt sich ablesen: »Ich.« In gehobenem Stil formuliert: M. wurde eingewiesen in die Lingua securitatis. Resümee: »Braucht etwas Geduld, dieses Verfahren, aber selbst der Teufel könnte das nicht entziffern.«

Trotz sicherer Codierung: Phelippes wies »Leander« mit Nachdruck darauf hin, daß keine Nachricht per Briefpost nach London geschickt werden darf, es sei denn über Kurier – da müsse man sich von Fall zu Fall mit der Botschaft oder direkt mit dem Hause absprechen. Was den Postweg betreffe, so müsse man sich dessen bewußt sein: Auch sorgfältig versiegelte Briefe werden geöffnet, erst recht, wenn sie ins Ausland adressiert sind, womöglich ins feindliche – »und das sind wir nun mal für Frankreich«. Dort wird jeder Brief aus England und nach England geöffnet – »wir halten es umgekehrt genauso«. Hüben wie drüben werden dabei keine Spuren hinterlassen; die drüben setzen vor allem Italiener ein für die Tätigkeit des Brieföffnens – »die bringen als Langfinger das nötige Geschick von Hause aus mit …« Von einem Briefsiegel stellt man mit spezieller Paste einen Abdruck her, erst danach wird der Brief geöffnet. Das Aufbrechen des Siegels würde Spuren hinterlassen, deshalb wird der Siegellack vorsichtig abgeschmolzen – die französischen Kollegen und Kontrahenten sprechen von »le ramollissement de la cire«. Ist der Brief überprüft und gegebenenfalls kopiert, wird eine originalgetreue Kopie des abgeschmolzenen Siegels hergestellt und angebracht; selbst das kundigste Auge registriert dann keinerlei Zeichen eines Eingriffs.

Natürlich lassen die französischen Kollegen solch ein verschlüsseltes Schreiben nicht durchgehn, es muß zusätzlich getarnt werden. Folgte der Vorschlag: Marlowe schreibt einen Brief an einen Vater oder Onkel im fernen Irland, erkundigt sich nach Familie, Wetter, Ernte, trägt auf der Rückseite des Briefbogens mit Geheimtinte die Zahlenfolgen ein. Diesen Brief wird man in London abfangen und umgehend auswerten. Die Antwort könnte ebenfalls »aus Irland« kommen, von einem väterlichen Vater oder einem onkelhaften Onkel. Auf der Rückseite auch dieses Briefblatts Anweisungen in unsichtbaren Chiffren. Zum Verfahren: Einen Tag und eine Nacht lang wird das Briefpapier in Wasser mit Alaun und Ammoniak eingeweicht, wird dann spurlos beschrieben; die Schrift wird nach Ankunft wieder lesbar gemacht durch gleiche Alaun- und Ammoniaklösung.

Einwand »Leander«: Er kann doch nicht mit Flaschen voll Alaun und Ammoniak im Gepäck anreisen! Da könnte es bei der Kontrolle in Calais verdammt schwierig werden, eine plausible Erklärung abzugeben. Und in Paris möchte er besser nicht losziehn, um Alaun oder Ammoniak zu kaufen – da würde sich ihm so manche Frage an die Fersen heften!

Antwort »Albrechts des Großen«: Entsprechende Chemikalien lassen sich in Pulverform mitnehmen, in Glasfläschchen mit Etiketten für Medikamente. Oder wir imprägnieren einige der Taschentücher, die Sie mitnehmen. Die tauchen Sie vor Gebrauch in Wasser, schon haben Sie Geheimtinte. Und noch etwas, trotz Geheimschrift und

Verschlüsselung – Sie werden Ihre Berichte selbstverständlich nicht persönlich bei der Poststelle abgeben. Auch gut getarnte Briefe an einen Herrn Vater im fernen Irland könnten auffallen, schicken Sie eine unauffällige Person auf den Weg, am besten ein Kind. Und falls Kuriertransfer ansteht – die Übermittlung des Berichts an einen Mitarbeiter der Botschaft hat ebenfalls mit besonderer Vorsicht zu erfolgen. Beispielsweise: Sie bieten ihm in einem Park Tabak aus einem Beutel an, in dem kleingefaltet Ihr neuer Bericht liegt. Spionagematerial muß doppelt getarnt werden!

Diese Unterweisung dauerte länger als vorgesehen, da »Leander« ständig Fragen stellte. Selbst bei einem gemeinsamen Gang in den Garten zum Urinieren wurde das Fachgespräch fortgeführt. Folgte lediglich eine kurze Unterbrechung am Zaun, mit einer Zwischenfrage des »Leander« bei einem Seitenblick hüftwärts – eine Frage, die von »Albert« mit kurzem Auflachen beantwortet wurde. Und Fortsetzung der Unterweisung.

Stichwort Chiffrieren: Es ist, auf dem Meldeweg, nur für kurze, wichtige Mitteilungen sinnvoll, etwa zur Verabredung eines Treffs mit Kurier. »Auf gleiche Weise werden Sie, auf dem Führungsweg, Anweisungen erhalten. Ob Codieren oder Decodieren – es ist ein zeitraubendes Verfahren, mit dem verglichen Erbsenzählen ein Kinderspiel ist.«

Ich kann sowieso nur bis 3 zählen …

Nach dieser erfrischenden Zwischenbemerkung Marlowes fahre ich fort: Das Chiffrieren kostet viel Zeit, damit wächst die Gefahr, daß man auffällt, womöglich überrascht wird. Das Codieren einer Briefseite wird Sie ohne weiteres eine Nacht kosten, das wiederum könnte, wegen des Lichts, in der Nachbarschaft Aufsehn erregen. Sollten Sie viel zu berichten haben, so würden Sie tagelang beim Codieren sitzen und das dürfte kaum nach Ihrem Geschmack sein. In Anbetracht Ihrer Mentalität werden wir für Ihre Berichte eine andere, konventionellere Methode wählen: schreiben mit Geheimtinte. Es wurde da in letzter Zeit ein besonders sicheres Rezept entwickelt. Das gibt Ihnen die Möglichkeit, sich schneller und ausführlicher zu äußern. Obwohl wir generell auf Knappheit achten, haben Sie hier freie Hand. Dies unter spezifischem Aspekt: Ihre Briefberichte werden nicht nur im Club gelesen, Ihre Königliche Majestät behalten es sich vor, wichtige Agentenberichte gegenzulesen. Die verehrte Königin möchte mit solchen Berichten auch ein wenig unterhalten werden: das Flair des Geheimnisvollen … Zwar lautet eine der einleitenden Formeln dero Reden bei Audienzen oder vor dem Parlament stets »Though I be a woman«, doch wissen wir, daß sie Darstellungen aus der Männerwelt der Geheimdienste recht gern liest, sofern – behutsam dosiert – Ingredienzen zur Förderung der Leselust beigemischt sind. Kurzum, Majestät möchten zugleich unterhalten und informiert werden. Es wird Ihnen als Schriftsteller nicht schwerfallen, sich darauf einzustellen.

Hinzu kommt ein pragmatischer Anlaß oder Ansatz, das können wir im Vertrauen doch schon mal andeuten: Mit Informationen aus anderen Ländern möchte die Königin dem Außenminister gegenüber einen gewissen Vorsprung an Kenntnissen erwerben, eigene Entscheidungen fördernd. Das heißt jetzt aber nicht, daß Sie allzu viel schreiben, auch möchten Majestät nicht belastet werden durch Berichte in allzu dichter Folge. Das gilt übrigens auch für den Chef. Wird allzu viel und allzu oft berichtet, fällt es schwer, die Spreu vom Weizen zu trennen. Sie sollten hier auch an unsere Mitarbeiter denken. Wir sind – verglichen mit dem Centro de Inteligencia – personell recht knapp besetzt, die Finanzmittel sind limitiert. Das heißt: viel Arbeit für wenig Leute. Überlegen Sie also genau, was Sie auf den Weg schicken. Verschonen Sie uns mit Lappalien.

Ihr Vorgänger in Paris hat geglaubt, er könne Majestät und uns pausenlos in Bann schlagen, hat uns mit Berichten zur Stimmungslage katholischer Landsleute förmlich unter Beschuß genommen. Student A. zeigt sich begeistert über die straffe Organisation der S. J. ... Student B. hat sich nach dem Wechsel der Regierung zwar protestantisch taufen lassen, ist im Kern seines Herzens jedoch Katholik geblieben ... Student C. unterhält enge Verbindungen mit ... Student D. nimmt eine fragwürdige Position ein ... Majestät haben dies erst mit bissigen Kommentaren begleitet (»irrelevant«), zuletzt aber wurden derartige Stimmungsberichte als »Belästigung« empfunden: »Mit diesem Mist können Wir nichts anfangen ...« Damit war eine Agentenkarriere frühzeitig beendet.

Aus diesem Fall heißt es Konsequenzen ziehen, solche Fehler dürfen sich nicht wiederholen. Sie können die Notwendigkeit Ihres Aufenthalts in Paris nur beweisen durch konkrete Meldungen, und das wird erleichtert durch Ihre neue Identität als Student der Architectura Militaris. Wir haben genügend Stimmungsberichte, wir wissen, worauf die Aktivitäten der katholischen Emigranten in Paris abzielen, angestachelt von Jesuiten: Der Katholizismus soll wieder an Boden gewinnen ... Protestanten werden auf breiter Front zum Rückzug gezwungen ... England soll wieder einen katholischen König erhalten ... Alles hinlänglich bekannt! Was wir hingegen in Erfahrung bringen müssen: Wie weit werden militärische Aktionen gegen unser Land geplant, womöglich unter spanischer Beteiligung? Schon Informationen über erste Erwägungen in dieser Richtung können wichtig werden zur Vorbereitung präventiver Gegenmaßnahmen.

20

»Der Schriftsteller und Schauspieler Christopher Marlowe, 28, ist in der gestrigen Verhandlung des Common Law Court (auf Antrag eines Nebenklägers unter Ausschluß der Öffentlichkeit) wegen Mordes am Gastwirtssohn William Bradley zu zehn Jahren verschärfter Haft verurteilt worden. Eine Revision des Urteils ist von höchster Stelle abgelehnt worden. Der Haftantritt ist bereits erfolgt.«

Diese fingierte Notiz im »Daily Universal Register« vom 18. März 1592 diente Marlowes Abschirmung bei der Realisierung der (von mir entwickelten) neuen Identität »Leander«.

Gez. J. Wilkinson

21

Wiedergabe eines Briefs, den Marlowe an die Eltern in Canterbury schickte. Das Schreiben wurde nach dem Expedieren abgefangen und überprüft: Zeigen sich Schwachstellen im Verhältnis zu den Eltern, somit Punkte, bei denen sich ansetzen ließe, bevor Druckmittel angewendet werden müssen um Dienstwilligkeit zu gewährleisten, zu sichern oder wieder herzustellen? Erkenntnisse liegen mir nicht vor: erfolgte separate Dokumentation?

Eine Schlußfolgerung läßt sich an dieser Stelle jedoch ziehen: eine gewisse Begabung des Einschleusungskandidaten für die Entwicklung einer Legende. Ich nenne im Vorgriff zwei Stichworte: Charlemont, Stockholm …

Ich gebe das Schreiben zwar raffend, aber vollständig wieder.

Gez. »Jeremy«

* * *

Sohn entbietet eingangs ebenso liebevolle wie reuevolle Grüße. Hofft, daß die Londoner Zeitungsnotiz in Canterbury (noch) nicht bekannt wurde. Um Eltern nicht im Unklaren zu lassen: Abschrift auf separat beigefügtem Blatt. Näher will sich M. in dieser Sache nicht äußern, das triebe ihm Schamröte ins Gesicht, die nicht mehr weichen würde.

Dabei hatte sich in den Wochen vor dem einschneidenden Ereignis eine neue Zukunftsperspektive eröffnet: Er hätte für einige Zeit dem Theaterleben den Rücken kehren und das Studium der Theologie fortsetzen können, mit dem Ziel, dem Bachelor den Doktor der Theologie folgen zu lassen. Ermöglicht hätte dies ein großherziges Angebot eines guten Bekannten, des Earl of Charlemont, eines Altersgenossen aus Irland – einer der wenigen Protestanten in Dublin. Da er, Christopher, die Hilfe der Eltern nicht wieder in Anspruch nehmen wollte, andererseits beim Theater nicht genug verdiente, hat sich Charlemont (keineswegs französischer Herkunft, trotz des Namensklanges!) bereit erklärt, die Fortsetzung des Studiums zu finanzieren, sofern dafür gewisse Dienste geleistet würden, wie etwa das Übertragen von Vorlesungsnotizen in Reinschrift. Dieses gemeinsame Studium hätte stattgefunden bei den Glaubensbrüdern in Schweden, an der Universität zu Stockholm. Dort hätte ihnen ein Cousin des Grafen hilfreich zur Seite stehen wollen, Artillerie-Instruktor bei der schwedischen Marine.

Dieser Ortswechsel hätte die Eltern von ihren anhaltenden, ihren berechtigten Befürchtungen befreit. Es folgen kritische Anmerkungen zum Bühnenleben: Vor allem Theater an der Bankside, der Aufsicht Londoner Behörden entzogen, werden von Dunkelmännern beherrscht. Noble Herrschaften, sofern sie eigene Stücke auf die Bühnen bringen wollen, vermeiden es, unter Verzicht auf Strohmänner mit Theatern in direkte Verbindung zu treten, sie sehen hier das Reich von Betrügern und Verrätern, Einbrechern und Pferdedieben, Hurenböcken und Sodomisten. Es könne freilich nicht verschwiegen werden, daß es in Theaterkreisen gelegentlich in der Tat zu unerfreulichen Vorfällen komme. Gegen einen Schauspieler, W. Shakespeare, wurde Anzeige erstattet von einer Person, die sich mit Leib und Gut bedroht fühlte. Autorenkollege B. Jonson, wegen diverser Gewaltakte bereits einmal (oder mehrfach?) inhaftiert, hat einen Schauspieler im Duell getötet.

Aus diesem Ambiente hätte ihn die Reise nach Stockholm befreien können. Nun aber muß er eine ganz andere Reise antreten. Er muß, obwohl er in London bleibt, von seinem bisherigen Leben Abschied nehmen für mehrere

Jahre. Da stellt sich Wehmut ein. Höchst ungern gibt er die kleine Wohnung über dem Milchladen des Cow Keeper auf, mit den Kühen im Hintergebäude jenseits des Hofs, auf dem täglich die Wasserpumpe betätigt und Milch verdünnt wird. Und ständig muß Heu herangeschafft werden, im Winter zudem Steckrüben, aber so muß wenigstens die Milch nicht vom Land in die Stadt gebracht werden, nach der langen Stoß- und Schaukelfahrt käme die ja halb gebuttert an ... So findet straßenseitig der Verkauf von frischer Milch, Sahne und Butter statt, es riecht entsprechend gut dort oben im Zimmer, und er hört die Kühe stampfen und muhen. Wenn er die Augen schließt, fühlt er sich auf dem Land und in der Stadt zugleich – zum Muhen der Kühe das Rollen von Karren, Kutschen, Kaleschen, dazu Hufschlag, dumpfes Faßrollen, Quietschen geschleifter Lasten.

Es werde wohl kaum möglich sein, nach Beendigung der Haftzeit wieder in diese vertraute Wohnung zurückzukehren, aber er freue sich jetzt schon auf einen erneuten Besuch der Frost Fair, wenn wieder einmal die Themse zufriert zwischen London Bridge und Blackfriars Bridge – mit den dahintreibenden, sich vor den engen Bogenöffnungen der London Bridge aufstauenden, zu Packeis zusammenwachsenden Eisschollen, auf die noch Schnee fallen möge, um das Bild zu vollenden. Ja, sobald das Eis tragfähig ist, möchte er dann wieder auf der Frost Fair bummeln gehn: festgefrorene Flußschiffe hier und dort, Wimpel und Fahnen, Zelte und Schaukeln, auf Knochenkufen laufen Männlein und Weiblein Schlittschuh, gleiten, stürzen, gleiten, andere rutschen, purzeln, rutschen, purzeln, Hintern auf Eis. Humpen schwenken, Pfeifen rauchen. Männer dahinschlendernd, sich wechselseitig die Läuse absammelnd, von den Perücken abwärts. Drehleier spielen auf dem Eis, tanzen auf dem Eis, sich vor Lachen schier ausschütten auf dem Eis, was sich die Feuerspucker aber nicht leisten können, die müssen aufpassen, daß unter ihren wohl gleichfalls erhitzten Füßen das Eis nicht zu schmelzen beginnt und mit feuriger Atemlohe sinken sie hinab. Standfest hingegen die Druckerpressen, und frisch von Platte und Walze werden Kupferstiche verkauft mit Darstellungen der vorjährigen Frost Fair …

Schluß des Schreibens: Er habe, wegen der Beteiligung eines Zweiten an der Unglückstat (»Beihilfe«), eine Vergünstigung erhalten: daß er vor der Einlieferung in den Tower unter akzeptablen Bedingungen diesen Brief schreiben könne. So was werde im Verlies leider nicht mehr möglich sein. »Ergo« die Bitte um Verständnis für das sicherlich länger währende Schweigen. Abschließende Bekundung der unbeirrbaren Zuwendung des treuen Sohnes Chr.

* * *

Nachtrag, hausintern: Zwecks Absicherung gegen möglichen Geheimnisabfluß habe ich, »Spider«, Erkundigungen eingezogen über Lord Charlemont. Auch wenn die Stockholm-Legende von Marlowe frei entwickelt wurde, handelt es sich bei Charlemont keineswegs um eine fiktive Existenz, vielmehr wurde eine nachweisbare Person in fingierten Kontext einbezogen.

Dienstverpflichtungen und Familienforderungen ließen leider nicht meinen Einsatz als Ganztagsagent zu, auch nicht an Sonn- und Feiertagen; nur gelegentlich konnte ich Charlemont bei einem seiner Gänge folgen. Dabei fiel vor allem seine unkoordinierte Bewegungsweise auf, so daß der Eindruck entstand, er gehe auf beiden Seiten der Straße gleichzeitig.

Es gelang mir, eine Quelle zu erschließen: der begleitende Diener Seiner Lordschaft. Den offenkundigen Drang des Domestiken realisierend, habe ich aus dem Reptilienfonds sukzessive zehn Besuche im kooperierenden Freudenhaus bezahlt, wobei ich selbstverständlich die Sonderkonditionen nutzte, die wir für Dienstbesucher pauschal ausgehandelt haben.

Nach meinen Erkenntnissen stellt sich besagter Freund des Marlowe wie folgt dar: Robin Stewart, Earl of Charlemont, gilt als eines der wenigen Mitglieder der Gentry, die nicht ausschließlich von Hunden und Pferden reden. Ebenso untypisch für Stand und Status ist seine Distanz zu allem Militärischen. So preist er Alchemisten früherer Generationen, denen es gelang, über zwei oder drei Jahrhunderte hinweg die Erfindung des Schießpulvers durch einen der ihrigen geheimzuhalten und damit der Menschheit eine noch größere Zahl von Toten erspart zu haben, als sie von der Geschichte ohnehin gefordert wurden und weiterhin gefordert werden, dies in offenbar wachsendem Maße.

Bedingt durch Mentalität und Lebensführung lebt Charlemont zwar nicht in ständigem Konflikt mit seinem Clan, doch bestehen Spannungen.

Hauptpunkt des Konfliktes ist die kostenträchtige Fixierung des Charlemont auf den Anbau von Gemüsen und Getreiden, die vom amerikanischen Kontinent mitgebracht werden. Etwa zwei Meilen vom Stammsitz der Familie entfernt, im Norden Dublins, besitzt C. ein größeres Stück Land, Donnycarney – Geschenk seines Stiefvaters. Durch Ankäufe hat er dieses Terrain erweitert. Auf der Kuppe mit weitem Blick ostwärts in die Meeresbucht, westwärts in die Berge, widmet sich C. seinen Versuchspflanzungen. Er verfolgt dabei hochgesteckte Ziele: »Unser Irland wird bald Felix America heißen, weil hier so viele Gewächse aus fernen Ländern Boden fassen.« Er denkt dabei vor allem an Kartoffel, Kürbis und Tomate. Insbesondere aber will er die Getreidesorte »Maizim« in Irland heimisch machen; aus dem Mittelmeerraum bezog er Kolben der mittlerweile auch dort gedeihenden Sorte (er legte hierfür viel Geld aus), doch der Anbau endete bisher mit beträchtlichen Fehlschlägen. In Anbetracht seiner Hartnäckigkeit und der daraus resultierenden hohen Kosten, für die, infolge Überschuldung, mittlerweile der Clan aufzukommen hat, wurde Charlemont vom Familienrat zum ablenkenden Studium der Theologie »verdonnert« – freilich nicht in Stockholm, wie M. fingiert, sondern in Magdeburg. Wobei anzunehmen ist, daß er die erstbeste Gelegenheit nutzen wird, um die Reise Richtung Italien fortzusetzen, hauptsächlich mit Blick auf die dortige »maiscoltura«.

In Anbetracht dieser offenkundigen Fixierung ist kaum anzunehmen, daß Marlowe ihm geheime Erkenntnisse anvertraut hat oder anvertrauen wird. Es lassen sich C. ohnehin keine Verbindungen zum Geheimdienst »Irish Falcon« nachweisen. Meine Erhebungen in Sachen Charlemont können damit als abgeschlossen gelten.

Gez. Richard »Jeremy« Wilkinson, Administration, Fachreferat Legenden

22

Auf Grundlage der Aufzeichnungen des Poley gebe ich einen Ausschnitt wieder aus Montys Schlußinstruktionen, erfolgt nach Marlowes Rückkehr von Wembley nach London.

J.

* * *

Seien Sie sich dessen bewußt: Sie begeben sich in einen Gefahrenraum. Sie müssen damit rechnen, daß ein »espion« oder »mouchard« auf Sie angesetzt wird. Falls Sie in Gespräche mit Partnern verwickelt werden, die Ihnen nicht sauber erscheinen, sollten Sie die Betreffenden mit Scheininformationen abspeisen oder ablenken, die letztlich unserer Sache dienen.

Hier nur ein Muster: Auf dem Weg von Irland nach Frankreich haben Sie sich eine Zeitlang in England, speziell in London aufgehalten – so werden Ortskenntnisse des »Iren« erklärlich; Sie sind mit einer Person ins Gespräch gekommen, die dem Militär nahesteht; Sie haben herausgehört, daß englische Truppen weithin ortsgebunden sind, um Aufstände von Katholiken, ja, um einen eventuellen Bürgerkrieg zu verhindern; kurzum, die Truppe ist derzeit nicht in der Lage, Aktionen im Ausland durchzuführen …

In diesem Sinne: Das Verbreiten falscher Informationen gehört ebenso zu Ihren Aufgaben wie das Sammeln und Vermitteln relevanter Nachrichten. Dort verwirren, hier erhellen – so sollte Ihre geheime Parole lauten.

23

Folgt ein erster Bericht aus Frankreich, erstattet vom Eigentümer des Hauses, in dem Marlowe die vorgesehene Wohnung fand. Die Kopie des Schreibens wurde erstellt durch »Skribent«, den (bestochenen oder bedrohten?) Sekretär des Präfekten von Paris; die Vermittlung erfolgte durch unseren (seit zweieinhalb Jahren aktiven) Pariser Agenten, Deckname »Millstone«.

Gez. Jer.

* * *

Monsieur, anbei der angeforderte Bericht über den Iren Red Hugh O'Donnell, der im zweiten Stock meines Hauses eingezogen ist.

Unser erstes Gesprächsthema war selbstverständlich die Anreise. Für ihn als echten Iren war die Durchquerung Englands schlichtweg unheimlich, er fühlte sich bedroht. Am düstersten, zugleich am gefährlichsten erschien ihm das Feindesland in Deptford, dem Hafenareal an der Themse – die Straße von London nach Dover führt durch dieses Revier. Kaum ein Gebiet, in dem so viele Gewalttaten stattfinden, so viele Leute verschwinden, so viele Leichen auftauchen. Kein Wunder vor diesem Hintergrund: zu Hunderten rauhe Dockarbeiter, die ihren Lohn versaufen, dabei ausfällig werden … Seeleute, die zu Hunderten nach monatelangen Fahrten von Bord der Kriegs- oder Handelsschiffe gehen und ihre Heuer versaufen, die herumhuren und sich prügeln … Er war froh, als die Kutsche den Deptford Creek überquert hatte und es weiterging Richtung Küste. Er schilderte sodann die bewegte See des Kanals, die weniger bewegende Kutschfahrt auf verschlammten Landstraßen; ein unfreiwilliger Aufenthalt von anderthalb Tagen in Amiens, wegen Hochwasser der Somme.

Nachdem er seine Mitbringsel in beiden Zimmern verteilt hatte, brach er auf zu erster Erkundung unseres Stadtviertels: Er müsse wissen, in welcher Umgebung sich die Wohnung befinde. Zurückgekehrt zeigte er sich begeistert, vor allem über die nah gelegene Bastille: ein Monstrum von Festung ...! Acht Zinnentürme ...! Tiefer Festungsgraben ... »Ich konnte mich von dem Anblick kaum losreißen; so was gibt es in Dublin nicht!«

Gleich am zweiten Tag meldete er sich in der Sorbonne an, belegte (unter anderem?) Vorlesungen und Übungen im Fach »Befestigungsbaukunst«. Und setzte seine Erkundungen unserer Stadt fort, zumindest unseres Viertels zwischen Bastille und Les Tournelles – wiederholte Bekundungen von Begeisterung. Immerhin erkundigte er sich zwischendurch auch mal höflich nach meinem Beruf. Das Herstellen von Liqueuren scheint ihn allerdings nicht sonderlich zu interessieren, er gibt Gin den Vorzug – jedenfalls wies eine scherzhafte (oder scherzhaft gemeinte) Bemerkung in diese Richtung.

Da ich dazu angehalten bin, Einzelheiten über seine Herkunft zu ermitteln, jedoch nicht instruiert wurde, worauf ich im einzelnen zu achten hätte, kann ich nur wahllos aufgreifen und weitergeben, was mir zu Ohren kommt – wobei sich Gesprächskontakte leicht ergeben, die Frage nach Familie und Heimat liegt nah, ist unverdächtig.

So hatte einer der Großväter einen Turm extra für seine Frau gebaut, in drei Geschossen. Unten die Wohnung der Wirtschafterin; auf einer Wendeltreppe ging es hinauf in einen Rundraum mit Himmelbett; die Fortsetzung der Wendeltreppe führte in den Raum, in dem Grandmother sich ihren Handarbeiten widmete; die Wendeltreppe endete an einer Plattform mit umfassendem Blick in hüglige Landschaft samt Meereszwickel.

Ob Ihnen mit solch einer Auskunft gedient ist, kann ich nicht beurteilen, ich fahre also fort wie begonnen. Jeden Morgen versammeln sich im heimatlichen Castle Familie und Personal zur Andacht; zuerst betreten die männlichen Mitglieder der Hausgemeinschaft den Raum, danach die weiblichen. Der Burgherr verliest sodann den Bibelspruch des Tages, kommentiert ihn. Anschließend das Frühstück: den Porridge löffelt man stehend.

Interessanter scheint mir, was der irische Mieter sichtlich begeistert von einer Freibeuterin namens Grace O'Malley zu erzählen weiß, die vorwiegend an besagter Westküste tätig ist, den Seehandel gefährdend. Vor einigen Jahren liefen drei englische Briggs aus, um ihr das Handwerk zu legen; ihre küstennahe Burg wurde belagert, die Piratin konnte jedoch entwischen, brachte es anschließend sogar fertig, mit ihren wetter-, see- und trinkfesten Mannen zwei der englischen Schiffe zu kapern, Prise zu machen, sie in Brand zu setzen: Gott strafe England …! Ja, es war mehr als einmal die Rede von Grace O'Malley – deren Namen habe ich mir aufschreiben lassen, um auf diese Weise französisches Interesse an irischen Belangen zu bekunden. Weiteres habe ich zum Stichwort Irland derzeit allerdings nicht zu vermelden, ich bitte um Nachsicht.

Sie merken überhaupt, Monsieur le Préfet, ich finde noch nicht den rechten Ton solch eines Schreibens – schließlich habe ich eine mir ungewohnte Aufgabe zu erfüllen. So will ich bloß noch anmerken, daß O'Donnell unsere Landessprache verhältnismäßig gut beherrscht. Einer Andeutung entnehme ich, daß er – vom Vater, dem Burgherrn, großzügig unterstützt – am neu gegründeten College in Dublin studiert hat. Von dort also dürften seine Kenntnisse unserer Sprache stammen – viele Wörter allerdings in kurioser Klangform.

Er scheint freilich, trotz gediegener Erziehung und

guter Ausbildung, zu gewalttätigen Auseinandersetzungen zu neigen. Bereits am zehnten Tag kehrte er mit blauem Auge zurück, nach ausgedehntem Karten- oder Würfelspiel. Lakonisch seine Bemerkung: »Da hab ich aber auch kräftig ausgeteilt.« Umgangsformen studentischer Kreise?

Trotz solcher Intermezzi scheint er das Studium konsequent zu verfolgen. Davon zeugen herumliegende Detailskizzen mit Stichworten wie »Wallabschnitt« oder »dossierte Steinmauern«, dafür spricht auch eine aufgehängte Zeichnung, die eine Burganlage aus der Vogelperspektive zeigt. Laut (flüchtiger) Bildunterschrift handelt es sich um »Rallymote« oder »Rallymore Castle« – Sitz seiner Familie. Verrät dieses Bild etwas vom Heimweh, zu dem Iren generell neigen sollen?

Es sind bereits erste Besucher in der Wohnung erschienen. Einer von ihnen scheint (jüngeres) Mitglied der hiesigen Theatertruppe zu sein. Es entwickeln sich Gespräche, die ich nicht weiter verfolge – sie kreisen um Fürsten und Könige längst vergangener Zeiten, die dennoch auf Bühnen erscheinen sollen. In späteren Phasen solch eines Besuchs ist zuweilen Gelächter zu vernehmen, das ich am ehesten als viehisch bezeichnen möchte.

Generell habe ich den Eindruck, daß sich Mister O'Donnell in hiesige Verhältnisse unaufwendig und unauffällig einfügt. Womit ich die mir auferlegte Berichterstattung fürs erste beende.

(24)

Bericht eines Agenten der Sûreté Générale. Als Auslöser der Ermittlungen eine Anfrage des Präfekten von Paris, verbunden mit der Bitte um Amtshilfe. Der unterzeichnende Agent hat sich im Wohnbereich von Marlowes Vermieter Jacques Rostand umgehört, ist zudem mit Nachschlüssel in dessen Wohnung eingedrungen.

Gez. D. Kühn

* * *

Auftrag: Überprüfen, erstens, ob Rostands Bereitschaft zur Mitarbeit ehrlich ist, zweitens, an welchen Punkten bei einem eventuellen Nachlassen der Bereitschaft besagter Rostand auf Druck reagieren könnte.
Seine Dienstwilligkeit wurde generell gefördert durch den Umstand, daß er so unvorsichtig war, die Aktionen im Verlauf der sogenannten Bartholomäusnacht zu kritisieren – offenbar, weil damit ein Teil der Kundschaft seiner Liqueur-Destillerie verlorenging.

Hinzukommen motivierend und stabilisierend zwei Faktoren. Entgegen einer schriftlichen Erklärung, die seit September vergangenen Jahres der Präfektur vorliegt, dürfte er sich keineswegs in Zahlungsschwierigkeiten befinden. Unter einer Bodenbohle entdeckte ich durch Abklopfen einen Hohlraum, in dem ein Lederbeutel mit Münzen verborgen lag: Silbermünzen, Sous, etwa im Gesamtgewicht von zwei Livres. Wichtiger, wenn auch nicht gewichtiger: Gold-Dublonen, etwa zwei Dutzend. Satter Batzen! Rostands schriftliche Erklärung, er könne den ausstehenden Zahlungen an den Stadtsäckel nicht in vollem Umfang nachkommen, erwies sich somit als fingiert. Durch geschickte Anspielungen unter diesem Stichwort könnte bei Rostand Unsicherheit erzeugt und damit sein eventuell noch vorhandenes Rechtsbewußtsein für positive Gegenleistungen zusätzlich genutzt werden – sofern er dies nicht schon antizipiert hat.

Zweiter Punkt: Rostand ist zu einem Drittel am Bordell bei Saint Eustache beteiligt. (Er beliefert zudem das Haus mit Getränken seiner Herstellung.) Dieses Etablissement ist in letzter Zeit ins Gerede gekommen: Glücksspiele, Diebstähle, Erpressungen. Die eventuell notwendige Androhung, man würde den Laden mal auseinandernehmen, dürfte bei Rostand notfalls die freiwillige Verpflichtung bestärken, positive Gegenleistung zu erbringen.

Anmerkung am Rande: Nach dem Tod seiner Frau im Kindsbett lebt Jacques Rostand allein, nutzt allerdings kaum die Angebote »seines« Etablissements (»Ich hab nicht gern Dreck am Stecken«), bedient sich statt dessen ausschweifend bei seiner Haushälterin. Des weiteren unterhält er eine Beziehung zu einer Dienstmagd, die infolge diverser Außenstände allen Anlaß hat, die Öffentlichkeit zu scheuen, deshalb bei Buchhändler Duchamp jeweils in einem verschlossenen Umschlag hinterlegen läßt, wo sie für Rostand zu erreichen ist.

Gez. »Le Moulin«

25

Erster Bericht an Monty (and to whom it may concern). Ich habe wie vorgesehen mit dem Studium der Fortifikationslehre am Collège der Sorbonne begonnen. Damit ergeben sich Kontakte, die ergiebig sein könnten.

Erste Tendenzmeldungen: Es ist eine fast schwärmerische Verehrung der verblichenen Maria Stuart zu konstatieren. Des öfteren wird in diesem Zusammenhang darauf hingewiesen, daß sie als Kind (trotz ständigen, fluchtartigen Wechsels von Burg zu Burg) vom englischen Heer bedroht war, das einen erbarmungslosen Krieg führte (»Brennt Edinburgh nieder, macht die Stadt dem Erdboden gleich!«), daß sie deshalb, sechsjährig, nach Frankreich verbracht wurde, daß sie einige Jahre später Gemahlin des François von Valois wurde, daß sie mit achtzehn aber bereits Königswitwe war, daß sie insgesamt sechzehn Jahre in Frankreich gelebt hat, daß viele Herzen für sie schlagen. Die Hinrichtung der schottischen Königin wird mit Ausdrücken des Abscheus belegt.

Zugleich scheint man in Frankreich berechtigte Angst zu haben vor Königin Elisabeth und ihrer Marine. Vor allem der Sieg über die Armada zeitigt nachhaltige Wirkung – dies in diversen Anstrengungen, Fortifikationen zu erweitern. Man scheint demnach eine Expansion des Reichs unserer großen Königin zu befürchten. Hier sieht sich Frankreich unmittelbar bedroht.

Zielstrebig hergestellte Kontakte im kleinen Zirkel der Mitstudenten dürften bald schon zu Ergebnissen führen. Erster Ansatz: Meinem Vorschlag, meiner Einladung folgend unternahm Kommilitone »Benjamin« mit mir einen ausgedehnten Erkundungsspaziergang, und zwar auf einer der Wiesen an der Seine, in der Nähe einer Abtei, der das Areal den Zusatznamen verdankt: Saint Germain des Prés. Wir verweilten des längeren auf Le grand pré, auch genutzt als Schiffslände; hier blieb »Benjamin« wiederholt stehen, zeigte sich interessiert an Abläufen des Be- und Entladens von Lastschiffen.

Es wurde Beiläufiges gesprochen, das keiner weiteren Erwähnung wert ist. Durch meinen fingierten Bericht über berittene Posten an der irischen Küste löste ich jedoch ein Stichwort aus: Küstenwachtürme. Demnach ist ein Onkel »Benjamins« unterwegs, um an der französischen Kanalküste Punkte ausfindig zu machen, an denen neue Turmbauten errichtet werden sollen. Ob die befestigt werden oder lediglich der Beobachtung dienen sollen, war den Bemerkungen nicht zu entnehmen. Als Detail nur: Eventuell alarmierende Meldungen sollen per Brieftauben an die zugeordnete Garnison übermittelt werden.

Über diese Andeutungen hinaus erwies sich der Mitstudent als zugeknöpft. Ich werde ihn mir jedoch wieder vorknöpfen. Ich habe bereits einen Ansatzpunkt gefunden, an dem er sich knacken läßt. Wie ich einer beiläufigen Bemerkung entnehme, soll ein Onkel von ihm durch Jesuiten vergiftet worden sein, weil er einen ranghohen Hugenotten über einen Plan informiert hat, den die S. J. in Rom ausgeheckt hatte. Worum es dabei ging, weiß ich noch nicht, ich werde die Spur selbstverständlich weiter verfolgen.

Gez. »Leander«

26

Regest eines Briefs von James L. Watson an Christopher Marlowe, verfaßt im Marshalsea Prison, adressiert an das Gefängnis im Tower. Brief wurde vorläufig eingezogen. Ich hebe federführend die wichtigsten Punkte hervor, unter dem im Anhang betonten Aspekt.

Gez. Jeremy

* * *

Anrede mit »Kid«, wie unter Freunden Marlowes üblich. Verfasser bedauert Schwierigkeiten, in die Adressat geraten ist, hat in der Zeitung gelesen, daß M. im Tower einsitzt. Verleiht der Hoffnung Ausdruck, daß dies nicht »im finstersten Verlies« geschehe, sondern in einem der höher gelegenen Räume, so daß Marlowe eventuell wieder zum Schreiben komme. Womit sich die Frage erhebe, auf welchem Wege eine neue Arbeit in die Öffentlichkeit gelangen solle, sei es als Buch, sei es auf der Bühne. Davon ausgehend, daß Kid wegen diverser Punkte nicht mehr unter eigenem Namen veröffentlichen kann (der ihm anhaftende Ruf als Wirtshausmörder … gewisse Undurchsichtigkeiten, ja dubios erscheinende Tätigkeiten beim Aufenthalt in Utrecht [?] … die drohende Möglichkeit, daß jemand aus Rache oder Neid das Tatsachengerücht der sodomitischen Neigungen verbreitet), will Watson den Weg des Kollegen zu Bühne oder Druckerei ebnen, in freundschaftlicher Verbundenheit – trotz unerquicklicher Fehldeutungen.

Briefschreiber geht dabei von der Annahme aus: »Anonyme Veröffentlichungen liebt das Publikum nicht so sehr.« Kids künftige Werke müßten also unter Pseudonym erscheinen. Folgt Entwurf des Verfahrens. Da Watsons persönliches

Erscheinen im Tower generell kaum opportun, zur Zeit ohnehin nicht möglich sei, würde er einen jungen Dichter als »Besucher« vorschicken, der (gegen Botenlohn) eine neue Arbeit ihm, Watson, überbringe, der sie wiederum George Gascoigne übergäbe. Dieser Kollege hält sich an das klassische Vorbild Terenz, der Werke von Adligen, die nicht als Schriftsteller öffentlich in Erscheinung treten wollten, unter seinem Namen vermittelt und an die Öffentlichkeit gebracht hat – versteht sich gegen Provision. Die würde auch fällig, wenn Gascoigne eine neue Arbeit Marlowes seinerseits weiterreicht an einen Lord, der aus diversen Gründen im Hintergrund bleiben will, dennoch, als Mann hinter den Kulissen, internes Ansehen genießen möchte, speziell als Unterstützer und Beschützer jüngerer Autoren. Wenn Kid zu einem späteren Zeitpunkt aus der Haft entlassen werde, lasse sich eventuell einfädeln, daß dieser Herr ihm eine Reise finanziere, etwa nach Italien (für das Ihro Lordschaft besondere Vorliebe hege, wie sich schon am Erscheinungsbild zeige).

Schreiben endet mit dem Ausdruck der Hoffnung, daß Kid nicht von der vollen Strenge des Gesetzes getroffen wurde und: daß gewisse Mißverständnisse zwischen den alten Freunden in Anbetracht dieses Hilfsangebots ausgeräumt sein dürften. Übliche Grüße.

* * *

Dem Schreiben war ein Anhang beigelegt, den ich diesmal im Wortlaut wiedergebe, vor allem unter dem Aspekt der möglichen Einbindung des Verfassers in unsere Arbeit.

J.

* * *

Ich habe eine Zeitlang geschwankt, ob ich folgende Notizen mitschicken soll – es geschieht nun doch, nach innerem Ruck.

Wir teilen derzeit ja nun die Erfahrung des »Einsitzens«. Hierbei hilft mir ein Geschenk, das mir Vater seinerzeit von einer seiner Fahrten mitgebracht hatte, in dem Fall aus Riga. Ich muß den Herrn Navigator wohl kaum noch vorstellen, du teilst schließlich mein Interesse an Schifffahrt, denk nur an unsere beiden Exkursionen nach Deptford, an das gemeinsame Bewundern der vor Anker oder am Kai liegenden Handelsschiffe. Und wieviel habe ich weitergegeben von dem, was der väterliche Seebär zu erzählen wußte, allein schon von der Expedition unter Frobisher an der westlichen Grönlandküste entlang nordwärts auf der Suche nach der Nord-West-Passage in jener Region, in der er sich Frostbeulen geholt hat im Zusammenprall mit der dort herrschenden Kälte, die auch diesem Unternehmen einen unüberwindlichen Eisriegel vorgeschoben hat. Nach dieser Expedition unternahm Vater verständlicherweise nur noch Fahrten auf Ostsee-Handelsseglern; damit schaffe ich wieder den Schwenk nach Riga, woher das kleine Geschenk kommt, das für mich große Bedeutung gewinnt in düsterer Haftzeit.

Kurzum, ich halte mich wortwörtlich an einen Bernstein, einen besonders schönen, glattgeschliffenen Bernstein. Er stammt aus der kleinen Kollektion, aus der ich ein zweites Exemplar von meiner Frau habe überbringen lassen, bei einem der wenigen Besuche, die ihr gestattet sind. Dieser zweite Bernstein ist meinem Schreiben beigefügt.

Auch wenn das Licht in deinem Verlies schwach sein wird, es sollte ausreichen, um die warme Tönung sichtbar zu machen, das Braungold oder Goldbraun. Und du siehst in deinem Stein das eingeschlossene Insekt, mückenartig, mückenähnlich, mückenförmig, mit kleinem Kopf, schmalem Leib, dünnen Läufen, mit fast völlig durchsichtigen, geäderten Flügelchen: eine von verhärteter Stille umschlossene Mücke.

Wir beiden sind gegenwärtig ja in besonderem Maße mit Zeit konfrontiert. Von dieser Situation vermittelt der Stein mit dem eingeschlossenen Insekt ein suggestives Bild, zugleich hilft er, das Übermaß an Zeit zu bestehen. Mach es wie ich: halte den Stein zwischen Daumen und Zeigefinger ins Licht, und bald schon ahnst du Flügelzucken, Läufezukken, Kopfrucken, Körperrucken, als wolle sich das Insekt aus der goldbraunen Umfassung lösen, wolle sich bekrabbeln, dich umsirren. So saugt dieses Insekt Zeit an, bindet Zeit im glatten, handwarmen Stein. Und es stellen sich Gedanken ein über Zeit, das Vergehen von Zeit und das Bestehen von Zeit, ja vor allem: über das Bestehen von Zeit.

Und so beende ich dieses Begleitschreiben mit gleichsam zeitlosen Grüßen, James.

* * *

Unterzeichnender darf gleich anschließend einen bescheidenen Vorschlag unterbreiten. Bei der speziellen Begabung des Watson zum Verfassen von Briefen könnte ich mir vorstellen, daß er erfolgreich ausführt, wozu uns bisher ein geeigneter Mitarbeiter gefehlt hat: die Erfindung von Briefen, die Aktionen gegen Frankreich begründen könnten, Aktionen zum Schutz unserer dort noch verbliebenen, zum Teil untergetauchten Glaubensbrüder, in vielfach bedrängter Lage ausharrend.

Ich denke an fingierte Hetzbriefe, unter dem Vorzeichen zu veröffentlichen, sie würden in Paris zirkulieren, Briefe etwa diesen Stils: »Offenbar habt ihr Hugenotten noch immer nicht begriffen, daß ihr aus Frankreich zu verschwinden habt. Es hat euch wohl noch nicht gereicht, daß wir an die vierzigtausend euresgleichen vom Leben zum Tod befördert haben.«

Ebenso wirkungsvoll könnten Opferbriefe sein, anspielend auf die Bartholomäusnacht: »Ich war der Meinung, etwas Derartiges könnte nicht wieder kommen. Jetzt aber habe ich Angst. Angst vor einer Wiederholung, Angst um die Zukunft, und ich weiß nicht, wie lange es noch dauern wird bis zur erneuten Angst ums nackte Leben.«

Solche Briefe, von Watson möglichst eindringlich gestaltet, von uns in einer Flugschrift zusammengefaßt, könnten die Einwilligung thronnaher Kreise zu bewaffnetem Vorgehen entschieden fördern, könnten generell im demnächst wohl wieder offen ausgetragenen Krieg der Religionen sinnvoll und wirkungsvoll zum Einsatz gelangen.

Soweit mein Vorschlag, in das Faszikel aufgenommen mit Blick auf mögliche Realisierung.

Gez. Richard »Jeremy« Wilkinson

27

Zweiter Bericht aus Frankreich, gleichfalls von »Skribent« kopiert, von Agent »Millstone« übermittelt.

J.

* * *

Monsieur le Préfet, da Sie mich – mit Blick auf mir unbekannte Gefahren – zu höchster Wachsamkeit anhalten, habe ich mir eine Möglichkeit verschafft, Gespräche mit Besuchern meines Mieters zu verfolgen, und zwar aus einem Speicherraum über seiner Wohnung. Da unterm Dach ohnehin ein Marder sein Quartier aufgeschlagen hat und sich nachts, zuweilen auch tagsüber durch lautstarkes Rumoren vernehmen läßt, dürften eventuell hörbare Bewegungen meinerseits nicht weiter auffallen.

Ich muß gleich festhalten, daß meine Informationen spärlich sind. Wenn mein Mieter nicht arbeitet, hält er sich vorwiegend in Kneipen auf. Er scheint sich dort zuweilen mehr als nur temperamentvoll zu verhalten, was ihm offensichtlich Respekt verschafft. Besuche in seiner Wohnung sind nicht allzu häufig und erfolgen am ehesten durch den Schauspieler Gérard Gaston. Die Gespräche kreisen meist um Themen aus dem Reich des Theaters. Auch wenn ich solchen Erörterungen kein sonderliches Interesse abgewinnen kann, sehe ich mich genötigt, pauschal wiederzugeben, was detailliert besprochen wird. Eventuelle Schlußfolgerungen wollen Sie sich ja generell vorbehalten.

O'Donnell bekundete erneut seine Absicht, Theaterstükke zu schreiben über englische Personen und Persönlichkeiten mehr oder weniger weit zurückliegender Zeitläufte. Hier fällt vor allem der Name Edward. Falls ich das richtig verstanden habe, handelt es sich um zwei aufeinander folgende Könige des 14. oder 15. Jahrhunderts. Dabei scheint die Ausführung eines Schauspiels über Edward den Zweiten bereits weit gediehen zu sein, während sich O'Donnell fortlaufend Gedanken macht über »seinen« Edward den Dritten. Ebenso ausführlich ist die Rede von einem König Richard zwo.

In den weithin monologischen Ausführungen des Mieters wird Edward der Erstgenannte als König bezeichnet, der bereits in jungen Jahren die Krone tragen durfte (oder mußte). Besonders ausführlich wird der gewaltsame Tod dieses Königs erörtert, von Zwischenfragen des Besuchers gefördert. Eine besonders grausame Form der Ermordung: Nach langer Haft im Tower wird der abgesetzte König von zwei Männern überwältigt; wohl in »sprechender Strafe« rammen sie ihm einen Holzpflock in den Anus; mit Hammerschlägen treiben sie den Pflock in den Leib, bis hin zum elenden Tod. Ich sträube mich fast, dies wiederzugeben, es scheint sich jedoch um ein überliefertes Faktum zu handeln.

Es ist besonders schwierig, O'Donnell bei solchen Ausführungen zu folgen, er pflegt dabei die Stimme zu senken; das Gespräch entzog sich weithin meiner Wahrnehmung. Ohnehin wurde es für längere Dauer durch eine Folge gewisser Geräusche abgelöst, begleitet von heftigem Rumpeln.

Monsieur, ich schreibe dies nieder in der Überzeugung, daß die Erörterungen unverfänglich und unverdächtig sind, muß dies aber, wie gesagt, der Einschätzung der Behörde überlassen. Ich kann generell nur konstatieren, daß Mister O'Donnell reges literarisches Interesse zeigt, was allerdings, wie bereits betont, außerhalb meiner Sphäre liegt. Dennoch hoffe ich, daß meine Notizen hohen Aussagewert besitzen, oder, um das im Sinne meiner Branche zu formulieren: hochprozentigen Gehalt.

In diesem Zusammenhang noch eine Anmerkung zur Glaubenshaltung meines Mieters. Einer seiner ersten, auf mich verwunderlich wirkenden Sätze lautete: »Gott, Maria und der heilige Patrick seien mit Ihnen.« O'Donnell nimmt sonntags regelmäßig an der Messe teil. Sicherlich war das schon so in Irland. Ich sehe vor meinem geistigen Auge, wie Iren seiner Region durch ausgedehnte Hochmoore auf Ziegenpfaden zu geduckten Gotteshäuschen wandern oder wanken, um mit den von scharfen Winden und ebenso scharfen Getränken aufgerauhten Stimmen das Lob des Herrn anzustimmen und ihn schlußendlich um den Untergang des vom wahren Glauben abgefallenen Albion zu bitten.

Da Sie unter gewissen Androhungen bezüglich meines Geschäftslebens auf »ausführlichen« Berichten bestehen, Ihnen die hiermit vorliegenden Darlegungen nicht umfangreich genug erscheinen mögen, füge ich einige Anmerkungen hinzu, die eher Privates betreffen.

Meine Wirtschafterin hat eine neunjährige Tochter: Thérèse. Sie ist vaterlos aufgewachsen – der Erzeuger hat sich früh schon davongestohlen, Richtung Toulouse, fährt wohl zur See; Thérèse war als »Bankert« scheel angesehn, wurde schlecht behandelt, und so nahm und nimmt ihre Mutter sie mit zur Arbeit in meinem Hause. Dort hat sich eine erstaunliche Freundschaft entwickelt zwischen dem irischen Mieter und der kleinen Thérèse: »Eine meiner Schwestern ist genau in deinem Alter!«

Diese Allianz hat sich beiläufig entwickelt, als das Kind ihm beim Zeichnen zuschaute: Architekturdetails von Festungsbauten. Da wollte auch sie ein Blatt Papier haben und »arbeiten«. So sitzen die beiden oft über Stunden hinweg am Tisch und zeichnen – Thérèse mit roten Backen. Fällt für ihn das Zeichnen allzu »etudenmäßig« aus, beginnt er schon mal zu erzählen.

Von einer merkwürdigen Faszination zeugen seine Geschichten über die Indianer der Neuen Welt – ein Thema, das auch die Mutter auf den Plan ruft und ihre Arbeit leider ruhen läßt. O'Donnell schildert denn, was er offenbar von einem Forschungsreisenden gehört hat: Wie Indianer Gold waschen, indem sie in bestimmten Bachbetten Gruben anlegen, in denen sich schwerer, metallhaltiger Sand absetzt, der herausgeschaufelt und ausgewaschen wird – Goldkörner als lockende Ausbeute. Oder: wie man in Virginia Krokodile fängt. Das weithin vernehmbare Brüllen hungriger Riesenechsen jagt vor allem in den Nächten den Eingeborenen Angst ein. Doch sie wissen sich zu wehren: Von mehreren Männern wird ein zugespitzter Baumstamm gepackt und in das notorisch aufgerissene Maul gerammt; sodann wird das Krokodil auf den Rücken gedreht oder geschleudert und sogleich getötet. Bei solchen Geschichten ist O'Donnell der gebannten Aufmerksamkeit von Mutter und Tochter sicher.

Ihrer Anweisung, Monsieur le Préfet, jeweils ausführlich Bericht zu erstatten, glaube ich für diesmal nachgekommen zu sein. Und so grüße ich mit Erleichterung.

Rostand

28

In Verwahrung genommenes Schreiben Marlowes an fiktive Eltern im westlichen Irland zwecks Absicherung der Legendierung als Sohn eines Burgherrn. Nach Untersuchung des Siegels konnte festgestellt werden, daß (auch) dieser Brief französischerseits geöffnet und geprüft worden ist – womit das fingierte Schreiben seinen Zweck erfüllt haben dürfte.

Gez. J.

* * *

Ich grüße alle auf Ballymote Castle, vorab die geliebte Mutter, den gestrengen Herrn Vater. Es ist nicht möglich, in solch einem Brief alles festzuhalten, was mir in Paris bislang aufgefallen ist, vielfach auf dem Weg von der Wohnung zum Collège. Ergo nur ein paar Details.

Hatte ich zuvor gedacht, bei Trockenheit derart staubige, bei Regen derart morastige Wege und Sträßlein gäbe es nur dort draußen im Westen unserer Insel, so mußte ich in diesem Punkt rasch umdenken – viele Gassen, manche Straßen sind hier in der Stadt genauso schlecht; bis zu den Knöcheln stapft man zuweilen durch Kot, vor allem nach längerem Regen.

Und die Bebauung? werdet Ihr fragen. Vielfach sind die Häuser (eher: Häuschen) ziemlich baufällig, sie scheinen sich aneinanderzulehnen, schief und krumm, scheinen nach vorn kippen zu wollen. In solche – stets auch noch gewundenen – Gassen dringt kein Sonnenstrahl, hier regt sich kein Lüftchen, es staut sich pestilenzialischer Gestank. Sehr leicht, sich zu all dem Ungemach auch noch zu verirren! Die Namen von Gassen und Straßen ändern sich ständig, sind auch nirgends angeschrieben, man muß sich durchfragen. Bei manchen Straßennamen weiß ich nicht einmal, ob sie ernst gemeint sind: Straße der Roßtäuscher … Straße des Mordes … Straße der Hurenböcke … Und so weiter, in diesem Stil. Aber auch: Straße des Brunnens. Dabei gibt es viele Brunnen in Paris, wenn auch mit oft fauligem Wasser, wie wir das in Irland nicht trinken, nicht einmal schöpfen würden. Ebenfalls unerfreulich: In Gassen und Straßen kommt es wiederholt zu Überfällen. Man erzählte mir, daß kürzlich eine hohe Dame ausgeraubt werden sollte; der Ganove wollte ihr von oben ins Kleid greifen, aber da sagte sie nur: Hier habt ihr nichts verloren, Monsieur, ich habe weder Perlen noch Brüste. Zu meiner Beruhigung sah ich später auf einem Nebenplatz einen Straßenräuber hängen, offenbar am Ort des Geschehens; er baumelte sicherlich schon länger am provisorisch errichteten Galgen, sah schon ziemlich verschrumpelt aus.

Ihr müßt Euch wegen mir in puncto Raub und Mord jedoch keine Sorgen machen – ich trage stets meinen bewährten Dolch bei mir. Außerdem flaniere ich eher in großen Straßen. Dort gibt es viel zu sehen! Zum Beispiel Prozessionen unserer Glaubensbrüder. Einmal mußte Euer Sohn doch sehr staunen: Es zogen zwei- bis dreihundert Personen einher, Männer, Frauen, Mädchen, Knaben, und sie alle waren nackt. Vielfach, das muß ich zugeben, ein durchaus erfreulicher Anblick.

Das dichteste, bunteste Treiben herrscht indes auf dem großen Platz vor dem Stadthaus (Hôtel de Ville). Dort werden mit heiserem Geschrei Pasteten und andere Backwaren angeboten; Gaukler spielen sich mächtig auf; elende Klänge werden auf diversen Instrumenten erzeugt; Quacksalber bieten Mittelchen und Dienste an. Ebenso, auf seine Weise, ein Arzt in schwarzem Habit, begleitet von einem Kind und einem Affen – an dem führt er vor, wie rasch und geschickt er zur Ader läßt. Weiter: eine Wanderbühne wird aufgeschlagen, muß aber weichen, sobald Henkersknechte wieder mal ein Blutgerüst aufschlagen. Dann werden umgehend Stehplätze vermietet, die besten auf Karren. Zuweilen muß man allerdings lange warten auf den entscheidenden Moment: ein Falschgeldmünzer schrie ein Gebet nach dem anderen hinaus, um sein letztes Minütchen zu verlängern, setzte zwischendurch an zu einer Verteidigungsrede, die wurde ihm untersagt, dennoch machte er weiter, zwei Soldaten mußten vor dem Podest Aufstellung nehmen und ihre Trompeten blasen, ihn übertönend, woraufhin er sofort wieder zu einem Gebet überwechselte, das die Trompeten verstummen ließ, worauf er gleich wieder seine Rede fortsetzte, die von den Trompeten übertönt wurde, was wiederum zum Gebet führte – alles wartete erst geduldig, dann ungeduldig darauf, daß er endlich heiser wurde, seine Stimme verlor und erschöpft den Kopf auf den Richtblock legte.

Auf diesem Platz wird jedes Jahr zu Johannis ein riesiges Feuer entzündet; wenn es so richtig kracht und lodert, wird es in weitem Kreis umtanzt. Es geschieht aber auch Folgendes: Katzen, die man nicht mehr haben will, werden aus diversen »quartiers« zusammengetragen, sodann in Säcke gesteckt, und die werden umstandslos ins Feuer geschleudert. Da könntet Ihr geradezu teuflische Katzenmusik vernehmen! Dazu der Gestank von angesengten Fellhaaren, kurz darauf von verbranntem Katzenfleisch!

Von diesem bunten, oft schlimmen Treiben erhole ich mich sonntags bei der heiligen Messe, sie reinigt gleichsam den Kopf. Und meine Gedanken wenden sich mehr als sonst unserer Insel zu, in deren Osten sich die verhaßten Protestanten ungehörig breitmachen, diese englischen Blutsauger! Doch Euer Sohn wagt eine Prophezeiung: Eines Tages wird das von Eisen umschlossene Herz des heiligen Laurence O'Toole wieder zu schlagen beginnen in unserer Kathedrale zu Dublin. Ja, diese Herz-Reliquie, eingefaßt in die aus Eisen nachgeformte Herzform, vom eisernen, an mächtiger Kette hängenden Käfig zusätzlich geschützt, dieses Reliquien-Herz wird wieder pochen, man wird es hören, sobald es in der Kathedrale totenstill ist, und auf dieses Zeichen hin werden wir Katholiken von Westen her die geliebte Insel wieder überfluten, und sämtliche Glocken werden läuten im Takt des Herzschlags von Laurence O'Toole …

(29)

Auszug aus privaten Aufzeichnungen, die Marlowe in Paris machte. Zur Absicherung gegenüber unerwünschten Mitlesern wurde Geheimtinte benutzt. Rasche Niederschrift, teilweise schwer zu entziffern.

Gez. D. Kühn

* * *

Ich als Red Hugh O'Donnell: schaue manchmal im Spiegel nach, ob meine Haare über Nacht nicht endlich rot geworden sind oder rotblond, wie das im irischen Westen üblich sein soll – hätte am liebsten einen rotblonden, von Wind gesträhnten, von Sturm gezausten Schopf. Ja, ich schau mir zuweilen von hinten über die Schulter und wundre mich, wie ich das so hinkriege mit der I-ri-fi-ka-ti-on. Kann mir schon gar nicht mehr recht vorstellen, wie ich das alles mal von mir abwerfen, aus mir rauswerfen soll – ob das ein Loch gibt, eine Einhöhlung, inwendig, und ich verliere zuletzt den Boden unter den Füßen?

Ja doch, in meiner falschen Identität fühle ich mich zuweilen schon richtig zu Hause. Geht wohl auch kaum anders, kann nicht auf Dauer verschlossen und vergrämt im Grüppchen der Studenten hocken und auf meinen protestantischen Herzschlag lauschen, habe mich dreingefunden, eingelebt. Zeichne manchmal schon freiwillig Fortifikatorisches – muß schließlich auch eigene Vorschläge einbringen, sonst wäre Teilnahme auf Dauer kaum überzeugend. Muß auch ernsthaft in der kleinen Runde mitdiskutieren, sonst findet man zu rasch heraus, daß dies nicht meine Welt ist. Ergo: ich dem Major auf den Fersen, der unser Grüppchen führte, als es hinein- und hinunterging in den menschenverdauenden Bauch der Bastille, in fäkalisch stinkende Korridorgedärme, in die Kloakengruft. In solch einem Höhlenraum: plötzlicher Ausbruch von Höllengelächter unseres Grüppchens ...

Fast schon eingeschworene Gemeinschaft – kein halbes Dutzend. »Benjamin«, mit weichen Konturen; »Compère«, leicht humpelnd – komme mit beiden gut aus, meide freilich weitergehende Kontakte, darf im Umgang mit Franzosen nicht lässig werden, allzu leicht rutscht ein falsches Wort heraus, ein falscher Satz, schon wird alles schmerzhaft richtiggestellt, lebensgefährlich klargestellt. Doch zum gerechten Ausgleich: Alessandro Guardi aus Rom, mit ihm kann ich am unbefangensten reden – will aus dem nichts rauskriegen, will nur was mitkriegen. Gehen oft Billard spielen, nicht um Geld. Wenn wir übermütig werden: Bockspringen. Und wieder, durchaus freiwillig, diskutieren wir Fachliches.

Wenig spektakulärer Auslöser seines hierorts fortgeführten Studiums: Man hatte ihn zu weiträumigen Grundbauten herangezogen, der abstützenden Fundamentierung von Mauerwerk durch Bodenpfähle, pilotaggi, beim Ausbau der Cittadella di Arezzo. Mit diesem Auftrag wurde die Basis geschaffen seines mit Leidenschaft (einer durchaus ansteckenden Leidenschaft!) erworbenen Wissens über fortificazione. Bei Alessandro scheint sprachlich alles eine andere Form anzunehmen, und doch bleibt vieles erkennbar: Cittadella, piattaforma, belfredo, rondella ... Wiederum: Galleria di controscarpa, worunter ich mir nichts Näheres vorstellen kann, klingt aber toll. Noch weniger kann ich mir denken bei Tocca di mira – wie ein Lockruf aus Italien! Und als Gegenruf: Punto morto, nur zu vermeiden durch spitzwinklig angelegte Bastionen, doch bleibt Bedrohliches im Wort: Punto morto ...

Kein Punto morto in unseren Gesprächen, wir tauschen

Geschichten aus, Geschichten aus dem Norden, Geschichten aus dem Süden.

Von mir eingebracht die Seebären Frobisher und Davis: haben nach einem halben Dutzend Expeditionen noch immer nicht die Nord-West-Passage nach Indien, nach China gefunden – wohin die auch spähen, hoch droben im Krähennest: Eisschollen, Eisberge … Packeis, Festeis … Eisvögel, Eisbären … Packeis, Festeis … Eisbeine, Eisheilige! Aber Davis, wie zu hören ist, soll es demnächst doch wieder versuchen. Die Nord-West-Passage wäre Gold wert für den Seehandel, da müssen die Schiffe nicht mehr um das Kap der Guten Hoffnung oder um Kap Hoorn herum. Doch hoch im Norden schieben sich Eisschollen, Eistafeln, Eisblöcke, Eisberge, Eisbarrieren vor die Schiffe …

Sodann Alessandro: entführt mich in seinen Süden, und mit geschlossnen Augen erstürmen wir die Burg aller Burgen, das Castel Sant' Angelo! Der Freund voran, mitreißend erzählend, ich hinterher, hingerissen lauschend, so geht es nach lautlosem Aufsprengen des massiven Tores eine gewendelte Innenrampe hinauf im Rundbau römischer Ziegelmassen: Riesenpott, mehrere Stockwerke hoch zwischen Verliesen (wohl schon mit Tiberfeuchtigkeit) und Reiterquadriga (soll einst hoch droben gestanden haben). Alessandro weiter die Binnenrampe hinauf, mitreißend, ich ihm auf den Fersen, hingerissen: Grabkammern mit Aschenurnen … Zugbrücken, Schießscharten … Lüftungsschächte, (zeitweilig) als Gefängnisse verwendet … Schatzkammer, Wachstube … Säulenloggia, dort schritten Würdenträger in der Abendkühle auf und ab, Blick hinab zum Tiber und zum gedeckten Gang, der Vatikan und Engelsburg als Fluchtweg verbindet, da huschten, zur Flucht gezwungen, Päpste hinter Fackeln in den Ziegeltopf. Hier befinden sich: ein Badezimmer mit Marmorwanne … eine Falltür, unter der es etliche Meter in die Tiefe geht … ein Öllager für die Küche und zur Verteidigung: siedendes Öl hinabschütten auf Angreifer … Weiter, weiter: Gefängniszellen, in die man reinkriechen muß; Inschriften mit Fingernägeln in die Wände geritzt; wer in so einem Loch verreckt, wird gleich im Fußboden verscharrt … Weiter nach oben: Wandfresken, geschnitzte Türen, Gemälde (Bachanal und Beweinung Christi) … Glocke, bei Hinrichtungen geläutet … Bronze-Engel, an das Ende einer Pestepidemie erinnernd … Engelsburg: Hohlblock, in dem geküßt und gehängt wurde, onaniert und pokuliert, begattet und bestattet. Mausoleum, Festung, Gefängnis, Palast – und da soll man sich nicht für Festungsbaukunst begeistern?!

30

Anbei weiteres Schreiben von Marlowe, an Mountfelton »persönlich« gerichtet, »streng vertraulich«, dennoch an mich als den »Vater« der neuen Identität weitergeleitet.

Jer.

* * *

Ich fühle mich in letzter Zeit verunsichert, habe das Gefühl, ich werde beobachtet. Womöglich bilde ich mir das ein, will dennoch Bericht erstatten. Es fing damit an, daß mir in einem Restaurant (»Au Bonvivant«, Vorplatz Les Tournelles) am Nebentisch ein Mann auffiel, der mich fast ständig fixierte. Als ich für mich und den Begleiter zahlte, winkte der Betreffende sogleich den Garçon heran. Fast gleichzeitig mit uns verließ besagte Person das Restaurant, schien uns zu folgen. Da ich vor meinem Begleiter kein Zeichen von Beunruhigung riskieren konnte, setzte ich das Gespräch über Theater fort, ließ dabei wie zufällig mein Taschentuch fallen, drehte mich jäh um und wäre fast auf den Fremden geprallt. Für die Länge eines stockenden Atemzugs hatte ich das Gesicht greifbar nah vor mir, und mir fiel sofort auf, was ich auch im Rückblick noch deutlich vor mir sehe: eine markante, leicht gehöckerte Nase und ein Spitzbart üblicher Art, jedoch sichtlich gepflegt. Unbewegten Gesichts, ohne einen Laut von sich zu geben, jedoch mit kurzem Fuchteln des Arms ging der Mann, ohne einzuhalten, an uns vorbei. Es blieb und bleibt Beunruhigung.

Zweiter Vorfall, mich stärker irritierend: ich wurde in einer Taverne (»Le Miracle«, an der Südseite des Bastille-Platzes) von einem Unbekannten unter merkwürdigen Vorzeichen angesprochen. Die mir fremde Person: Man hätte gehört, ich sei Ire, und es gebe hier einen kleinen Kreis von Landsleuten, ich sei herzlich eingeladen zu dieser Runde, in der man sein Heimweh pflege, indem man von Irland erzähle. Ganz besonders sei ich willkommen, wenn ich das eine oder andere irische Lied vortragen könne.

Ich hatte sofort das Gefühl, dieser Herr dürfte den Services spéciaux angehören. So habe ich instruktionsgemäß mit der Frage gekontert, wer er sei, wie er heiße. Er antwortete mit einem undeutlich ausgesprochenen Namen und stellte gleich darauf Fragen nach Irland, zum Beispiel, ob meine Region flach, hüglig oder bergig sei. Ich habe ihm vorgeflunkert, es gäbe in unserem Landstrich einen Hügel ganz besonderer Art, nämlich aus Muschelschalen bestehend, bestimmt drei Yards hoch; seit Jahrhunderten würden dort von Dorfbewohnern leergeschrappte, leergeschlürfte, leergelutschte Muscheln abgeworfen – sämtliche Muscheln sämtlicher Fischer auf diesem Haufen, diesem Hügel am Ortsrand!

Erneut wurde daraufhin die Einladung ausgesprochen zur irischen Runde, die sich in einem Nebenraum des Lokals »Zum dicken Pierre« treffe, jeden Mittwochabend. Ich gab ausweichend zur Antwort, ich würde mir das überlegen, fügte sogleich hinzu, das Studium werde mir aber wohl kaum Zeit lassen, ich sei diesbezüglich sehr involviert. Anschließend brachte ich noch mein bewährtes Sprüchlein an den Mann, unüberhörbar als Schlußwort: »Gott, Maria und Patrick seien mit Ihnen.« Dies, ungefähr, in der Aussprache eines veritablen Torfbeißers.

Ich habe den Eindruck, auch nachträglich, die Einladung in den Kreis sogenannter Iren war ein unsauberes Angebot; man wollte mich aufs Glatteis locken.

(Anmerkung Jeremy: Spitzel haben gewöhnlich keine überaus einprägsamen Kennzeichen. Mit dem Blick eines Fachmanns wäre gewiß gleich erkannt worden, daß bei der »markanten, leicht gehöckerten« Nase mit Modelliermasse nachgearbeitet worden war und daß es sich beim Spitzbart um einen Falschbart gehandelt haben dürfte, gerade, weil er so »gepflegt« aussah. Möglich wären noch weitere Mittel der Tarnung, sie müssen hier jedoch im einzelnen nicht erörtert werden, lassen sich auf Anfrage jedoch nachtragen.)

* * *

In Fortführung des Marlowe-Dossiers lasse ich nun im Klartext die Abschrift einer chiffrierten Führungsanweisung folgen: »Wohnung nicht wechseln. Weniger flanieren. Gewohntes Restaurant frequentieren. Erhöhte Wachsamkeit, ohne offenes Mißtrauen zu zeigen. Üblichen Weg zur Sorbonne einschlagen. Weiter intensives Studium simulieren: business as usual. Identität von Personen feststellen, die in Umkreis geraten. Genauere Angaben über Schiffe und Häfen beschaffen. Wir stehen zu dir. Monty.«

31

Ich lege ein weiteres Schreiben des James L. Watson vor. Es war an den Privy Council gerichtet, wurde der Zuständigkeit halber weitergereicht an unser Organ. Auch dieses Schreiben wurde (unter offenbar passablen Bedingungen) verfaßt während der Untersuchungshaft im Marshalsea Prison.

Gez. J.

* * *

Im wenn auch belastenden Bewußtsein der möglichen Bedeutung meiner Aussagen sehe ich mich nach reiflicher Überlegung zur Ergänzung meines ersten Schreibens gezwungen. Ich muß auf einen Gesichtspunkt verweisen, den ich letzthin nicht hinreichend beachtet habe, was jedoch verständlich sein dürfte in Anbetracht meiner bedrängten Lage als Untersuchungsgefangener, einer Tat bezichtigt, die ich nicht begangen habe.

Mein Hinweis hat folgendes Stichwort: Marlowes Verbindungen zum katholischen Untergrund – dies höchstwahrscheinlich vermittelt von Henry Percy! Ich kann diesbezüglich keinen direkten Nachweis erbringen, muß aber darauf schließen aus mancher nur halbwegs versteckten Äußerung bei gemeinsamen Aufenthalten in Kneipen. Ein Punkt, der uns vor die Frage stellt: Wie kommt es, daß ein Magister der protestantischen Theologie Verbindungen unterhalten kann zu Gruppen von Katholiken, die auf Umsturz sinnen, damit auf die erneute Besetzung des englischen Throns mit einem katholischen Herrscher? Ich habe den Eindruck, daß Marlowe doppeltes Spiel treibt. Ich denke, in dieser Richtung können nachträgliche Ermittlungen zu Ergebnissen führen, die mich in seinem Fall kaum überraschen würden.

Dies nur als ergänzender Hinweis. Ich erkläre mich dazu bereit, mich in diesen Kreisen genauer umzuhören. Voraussetzung wäre indes eine weitere Verbesserung meiner gegenwärtigen Lage sowie eine Wiederherstellung meiner Reputation als Person, die nicht mit Gewalttaten hervorgetreten ist. Dies ganz im Gegensatz zu Christopher Marlowe, der fälschlich zu meinen Freunden gerechnet wird. Dennoch bin ich souverän genug, festzustellen und festzuhalten, daß der Charakter Marlowes durchaus gemischt ist. Er kann, wie ich beobachtet habe, in sehr verschiedenen Erscheinungsformen auftreten. Einerseits als der freundliche, gebildete, zur Melancholie neigende Mann, jederzeit bereit zu Disputen über Fragen der Philosophie oder Theologie (wobei er als Adept der School of Night dazu tendiert, der Wissenschaft höheren Rang zu verleihen als dem Glauben); andererseits erweist er sich als Mann ohne Skrupel, stets bereit zur Anwendung von Gewalt. Dies hat sich erschrekkend deutlich gezeigt in der Schenke von Vater Bradley, genauer: im Hinterzimmer, in dem meist um Geld gespielt wird, wobei Enttäuschung rasch in Zorn und Zorn leicht in Jähzorn umschlagen kann. Würde ich ein längeres Gedicht oder ein kurzes Drama über Marlowe schreiben, ich gäbe dieser Arbeit den Titel: Der melancholische Mörder.

(Lediglich am Rande vermerkt: In der Verbindung des Konträren paßt M. durchaus in den Geheimzirkel der School of Night. Einige jener Herren tragen prinzipiell Schwarz, huldigen damit auch äußerlich der Melancholie, sprich: der Selbstfeier ihrer Sensibilität, die sie aber kaum daran hindert, zu huren, zu prügeln, zu morden – wie es derzeit fast Mode geworden ist.)

Zurück zu Marlowe: er verfiel nach dem Todesstoß gegen Bradley in Schwermut (mehrfach zitierte er diese Gedichtzeile eines Kollegen: But down, down, down I fall), doch solch eine Regung kann das Grauenhafte der Tat (aus durchaus nichtigem Anlaß!) keineswegs relativieren.

Ich hoffe, mit diesen nachgetragenen Anmerkungen einen Beitrag zu leisten zur Klärung des fatalen Zwischenfalls in der Taverne und damit zu einer gerechteren Beurteilung meiner Person.

Sincerely yours, James L. Watson

32

Weiterer Arbeitsbericht an Monty (and to whom it may concern). Vorweg Anmerkungen zur Stimmungslage in Paris, oder, um dies angemessen einzuschränken: In den Kreisen von Studenten und Dozenten, mit denen ich in Verbindung stehe.

Hier werden gelegentlich Stimmen laut, die eine Invasion Frankreichs in England für angebracht halten. Hinter solchen Äußerungen steht die Überzeugung, die Regierung unter Königin Elisabeth neige zur Expansion. Da bisher gegen alle Erwartung kein weiterer Feldzug gegen Schottland erfolgt ist, ja sogar Ruhe an dieser Grenze herrscht, glaubt man befürchten zu müssen, es werde ersatzweise ein Überfall auf Frankreich geplant. Einem Sprung Englands auf das Festland will man offenbar mit einem Sprung vom Festland nach England zuvorkommen. Zumindest erfolgen Gedankenspiele in dieser Richtung. Wobei mitspielen könnte, daß es in der Mentalität künftiger Festungsbaumeister liegt, in militärischen Kategorien zu denken.

Bereits erwähnt: »Compère«. Bei ihm konnte ich mittlerweile von der Kontaktierung überleiten in die Phase der Abschöpfung.

Das Treffen fand statt in meiner Wohnung. Ich hatte »Compère« versprochen, ihm eine Zeichnung zu zeigen: »Ballymote Castle« aus der Vogelperspektive, unter besonderer Berücksichtigung der Fortifikationen. Mit durchgezogenen Strichen angezeigt der »gegenwärtige Bestand«, mit rot gestrichelten Linien die erwogenen Verstärkungen, Erhöhungen, Erweiterungen.

Nach dieser Vorgabe entwickelte sich ein fachspezifisches Gespräch, das sich ausweitete auf aktuelle französische

Erwägungen und Planungen, die überraschend sein dürften: Es ist ein Ingenieur-Architekt aus Toulouse eingetroffen, der sich von »Compère« zuarbeiten läßt bei der Übertragung von architektonischen Skizzen in Reinzeichnungen. Es geht um den Ausbau der Hafenbefestigungen von Calais. Um den südöstlichen Eckturm des Kernwerks gegen seeseitigen Beschuß zu sichern, sollen Bogenöffnungen enger gezogen, sollen statisch wichtige Pilaster verstärkt werden, sollen Kanonen, die bisher oberhalb des Magazins aufgestellt waren, in das darunter liegende Geschoß verbracht werden, das damit zur Feuer-Etage wird, mit neu angelegten Rauchabzugslöchern.

Die Quelle teilte mir weiter mit, daß eine neue, befestigte Mole in einer Breite und Länge geplant ist, die bei einer Hafenanlage allein für Seehandel keinen Sinn ergäbe. Es ist mir gelungen, in den Besitz einer Kopie dieses Entwurfs zu kommen. Und so erwarte ich erstmals die Entsendung eines Kuriers, der den Transport der großformatigen Zeichnung samt zusätzlicher Skizzen übernimmt.

(33)

Bericht des Agenten »Guillaume«, Sûreté Générale, an Ressortchef »Berteau«: Referierende Wiedergabe der Aufzeichnungen eines Studenten (»Cusanus«) über Neuzugang »Leander« im Colloquium über die Consolatio Philosophiae des Boethius.

Gez. D. Kühn (»Writer«)

* * *

Der Eintritt des irischen Studenten der Architectura Militaris in das Boethius-Colloquium bedurfte einer Erklärung. Red O'Donnell entledigte sich dieser Aufgabe mit Verve und Ironie, löste zuweilen sogar Gelächter aus in der für die Abwechslung dankbaren Runde.

Von seinem Vater, einem Burgherrn im fernsten Westen der Insel, sei er zum Studium der Befestigungsbaukunst verpflichtet worden, als der Einsturz eines Gewölbesegments nachdrücklich aufmerksam machte auf den weithin maroden Zustand der Anlage. Büsche wachsen aus Mauerkronen, statt Fugenmörtel Möwenschiß, der Ruin wird von kreischend kreisenden Dohlen weit ins Land hinaus verkündet. Im gegenwärtigen Bauzustand könne Ballymote Castle einem nachbarschaftlichen Angriff nicht mehr standhalten, geschweige denn einem englischen Ansturm. Als künftiger Burgherr wurde er deshalb vom Vater verpflichtet, gleich nach Abschluß des zusätzlichen Studiums, noch besser: schon während dieses Studiums den fortifikatorischen Ausbau des Castle voranzutreiben. Vater sei dazu nicht mehr in der Lage, sein Leben werde von zwei Faktoren beherrscht: der Gicht und der Alchemie. Viel zu oft schließe sich sein Vater im tropfnassen, rattenreichen Gewölberaum seines

Laboratoriums ein im Bemühen, der uneinsichtig störrischen Materie den Lapis philosophorum abzutrotzen.

Der Anwärter weiter: Er habe das Studium der Theologie in Dublin mit dem Bachelor vorläufig abgeschlossen, auf dem Weg zum Doktor der Theologie aber liege das Studium der Architectura Militaris quer wie ein erratischer Block. Es habe sich ziemlich rasch veritable Abscheu entwickelt vor Fachbegriffen jener Zunft, vor Hornwerk und Kronwerk, vor Kurtinen und Bastionen samt Bastionsohren. Ja, sie hätten richtig gehört: Bastionsohren! Runde Bastionsohren, eckige Bastionsohren ... Mit Bastionsohren werden, falls man das in der hehren Runde wissen wolle, Geschützstellungen gegen Feindeinsicht gesichert.

Er zitiere solche »merdas«, um dem Kreis verständlich zu machen, weshalb er nach Gesprächen in lateinischer Sprache lechze! Endlich wieder Latein hören, endlich wieder lateinisch sprechen: Bene disserere est finis logicis! Er dürfe in diesem Zusammenhang erwähnen, daß er an einer Übersetzung der »Amores« von Ovid arbeite sowie an dem in Versen verfaßten Geschichtswerk von Marcus Annaeus Lucanus über den Römischen Bürgerkrieg. Mit der Erwähnung solcher Bestrebungen finde er im Kreis der Militaris-Studenten keinerlei Resonanz. So lasse sich hoffentlich nachvollziehen, daß er glücklich wäre, in diesem Colloquium wieder in Lingua latina disputieren zu dürfen.

Ich gebe dies wieder, um den Eindruck zu vermitteln, den man im kleinen Teilnehmerkreis gewonnen hat: Daß die Ausführungen überzeugend wirkten. Dennoch habe ich »Cusanus« beauftragt, den neuen Teilnehmer im Blick zu behalten.

Gez. »Guillaume«

34

Ich rücke die hausinterne Einschätzung unseres Mitarbeiters Fraser (»Secretary«) ein, der als Kurier nach Paris reiste – auf der Basis früherer Zusammenarbeit so etwas wie ein Vertrauter unseres Agenten. Für die Darstellung verantwortlich zeichnend: Robert Poley (»Charon«).

J.

* * *

Ich folge hiermit der Anweisung, eine Beurteilung vorzulegen über Ingram Fraser. Wir kennen uns durch gemeinsame Aktionen bereits seit längerem, ohne in direktem Sinne Freundschaft geschlossen zu haben. Unter diesen Prämissen meine folgenden Anmerkungen zur Person.

Es ist seinerzeit die Dienstbereitschaft, ja der Diensteifer von Fraser gerühmt worden, der mehrfach die »Kotztouren« über den Channel auf sich nahm, um in Reims Berichte unseres Mitarbeiters M. abzuholen, der sich damals noch nicht auf Verfahren der geheimen Vermittlung von Erkenntnissen einlassen wollte, weder über Geheimschrift noch über Codierung. Daß Fraser so bereitwillig diese Touren übernahm, erhält seinen besonderen Akzent durch die (spätere) Erkenntnis, daß er in Reims eine Geliebte hatte, die schließlich ein Kind zur Welt brachte, so daß Fraser von seiner (damaligen) Familie in London jeweils zur zweiten Familie in Reims überwechselte. Weil damit die Geheimhaltung gefährdet sein konnte, führte dies zu einer Abmahnung und zur Verpflichtung, diesen Malus bei gegebenem Anlaß auszugleichen durch einen Bonus, das heißt: durch eine überzeugende Aktion im Sinne des Royal Secret Service. Soviel zum privaten Hintergrund, den wir nicht aus dem Blick verlieren sollen bei der Einschätzung von Kollegen.

Wie in der Personalakte festgehalten sein dürfte, versieht Fraser nach außen hin weiterhin den Dienst als Sekretär von Sir Thomas Walsingham. Damit obliegt ihm die Verwaltung von Haus und Landbesitz seines (offiziellen) Dienstherrn – Fraser ist unter den Pächtern gefürchtet als Eintreiber von Außenständen. (Bei besonders hartnäckigen Fällen bittet er mich um Begleitung, und ich kann nur konstatieren, daß wir den Auftrag stets ohne viel Federlesens erfüllt haben!) Vor allem auf Grund diverser Verdienste um unser Organ wird Fraser vom Stiefsohn unseres Chefs jederzeit für besondere Aufgaben im Bereich des Secret Service freigestellt.

Die Haupttätigkeit des Sekretärs und Verwalters Fraser scheint im Hause von Sir Thomas Walsingham in der Assistenz bei alchemistischen und sonstigen Experimenten zu bestehen – ein zuweilen ostinates Gesprächsthema von beinah missionierendem Charakter! So sieht »Secretary« in der Gewinnung »chemischen Trinkgoldes« (aurum potabile) neben dem hocherwünschten Universalheilmittel auch ein Arkanum gegen (die durch übermäßige Ausschüttungen schwarzer Galle verursachte) Melancholie, die unter dem Zeichen des finsteren und kalten Saturn stehen soll.

Unabhängig von derartigen Fixierungen sehe ich in ihm einen Mann für spezielle Aufträge, für Aufgaben, bei denen er Initiative entfalten darf. Dabei kann er hartnäckig werden bis zur Verbohrtheit. Generell aber darf ich mit Bestimmtheit festhalten, daß seine Einstellung gegenüber unserem Lande und unserer allseits verehrten Königin über jeden Verdacht erhaben ist.

Gez. Robert Poley (»Charon«)

(35)

Im Verfolg dieses Dossiers nun ein Gesprächsprotokoll, das Marlowe nach Treff mit »Secretary« angefertigt hat. (Als Gedächtnisstütze? Zur Absicherung? Zur späteren Verwendung?)

Vorab eine chiffrierte Führungsanweisung an »Leander«, hier im Klartext. »Sichttreff in Saint Gervais, zweite Seitenkapelle linkes Kirchenschiff, Glockenschlag 5. Nach Feststellung der Identität auf getrennten Wegen Änderung der Treffdurchführung; dabei beobachten, ob jemand folgt. Sodann Treff in Notre-Dame, Seitenkapelle St. Crispinus. Übergabe der Zeichnung erfolgt in privatem Rahmen. Dazu Modalitäten nach Ortskenntnis vorplanen. Besprechung von eventuellen Projekten an bewährtem Seine-Uferabschnitt Schiffslände, Saint Germain des Prés. You're great. The Moor.«

In der St. Crispinus-Kapelle konnte ungestörte Unterredung stattfinden, akustisch abgeschirmt durch Hundegebell und zeitweilig lautstarke Gespräche von Flaneuren im Hauptschiff der Kathedrale. Fraser berichtete einleitend von personellen Veränderungen im Hause.

Gez. D. Kühn (»Writer«)

* * *

Mountfelton ist abgesprungen, baut eigenen Dienst bei Royal Navy auf. Sein Name soll im Club fortan nicht mehr genannt werden, hat durch seine »Fahnenflucht« den Geheimen Dienst kompromittiert. Weiterer »Geheimnisabfluß zur Navy« ist mit Neubesetzung seines Postens blockiert; meine Berichte müssen ab sofort an den neuen Ressortleiter gerichtet werden: Michael Garrison. Spitzname »Nephew«, Deckname »Miner«.

Der Wechsel von »Monty« zur Royal Navy erscheint Ingram keineswegs willkürlich. »Monty« nicht als der einzige im Hause, der darüber klagte, daß er mit zusammenfassenden Berichten, eingehenden Analysen, zwingenden Schlußfolgerungen höheren Orts nicht hinreichend, ja letztlich überhaupt nicht gewürdigt. Zitat: »Oben sitzen vielfach Herrschaften, die alles wissen, alles beurteilen wollen, obwohl sie rein fachlich nicht immer dazu in der Lage sind.« Weiter: an vielen Fragen bestehe in höheren Rängen kaum Interesse; Einschätzungen, die er auf Grundlage diverser Agentenberichte erarbeite, würden offensichtlich nur selten entgegengenommen und dann auch kaum wahrgenommen. »Wäre wirklich mal interessant, nachzuforschen, wer überhaupt meine Analysen und Stellungnahmen in die Hände gekriegt hat. Ich habe jedenfalls vergeblich darauf gewartet, daß endlich jemand auf den Trichter kommt und etwas aus meinen Auswertungen macht.« Man sah und sieht Feinde im Süden, Feinde im Osten, aber mehr als die Kontrahenten Frankreich und Spanien wollte man schlichtweg nicht zur Kenntnis nehmen – die Grenze nach Schottland galt (endlich!) als beruhigt, das nachbarschaftliche Verhältnis nach den langen und heftigen Kämpfen als geregelt, man wollte nicht wahrhaben, daß Querköpfe unter schottischen Regionalherren ein katholisches Reich von den Orkney Islands bis zur Isle of Wight errichten wollen, im Namen der unvergessenen, unvergeßlichen Maria Stuart.

Monty soll intern noch deutlicher geworden sein, kurz vor dem Absprung: Kronrat und Königin nehmen am liebsten bloß zur Kenntnis, was bestehende Vorstellungen bestätigt, eingeleitete Planungen bestärkt – alles andre bleibt liegen. Getragen von ehrlicher Überzeugung arbeitet, ja schuftet man, um Berichte auszuwerten, Stellungnahmen zu verfassen, doch oben hört man einfach nicht hin, man glaubt dort eher, einem gewissen »Riecher« folgen zu dürfen. Monty fragte sich, ob er nur noch zum Selbstzweck arbeiten solle – das sei doch wenig motivierend! So kam es zu dieser Entwicklung: Informationen, Analysen, Stellungnahmen, die er dem Secret Service nicht mehr gönnen wollte, nahm er persönlich mit nach Hause. Er fühlte sich seinen Fähigkeiten gemäß nicht angemessen ausgelastet, suchte Anerkennung in einer Tätigkeit »von mehr Gewicht«.

Auslösend für den Bruch mit dem Hause war denn sein warnender Hinweis, ein Trupp Jesuiten, Spanier, Schotten solle über die Südküste Englands eingeschleust werden, und zwar, ganz bewußt, bei Hastings. Dieser Hinweis wurde vom Chef als Hirngespinst abgetan – nach der historischen Invasion werde bei Hastings gewiß nicht eine Infiltration stattfinden, auch sei die Beteiligung von Schotten in Anbetracht der gegenwärtig ruhigen Lage reine Spekulation. Verbindungen nutzend, die er über seinen Bruder Jonathan (der Heckbau-Spezialist im Royal Navy Dock zu Deptford) aufgenommen hatte, konnte Monty den Hinweis nunmehr an einen Bekannten in der Admiralität weitergeben; die Galeone mit der Bande wurde abgefangen und versenkt. Die erfolgreich durchgeführte Gegenaktion bestärkte die Admiralität im Entschluß, David Murray Mountfelton mit dem Ausbau eines separaten Geheimdienstes der Navy zu beauftragen. Womit sich die alte Rivalität zwischen Royal Navy und Secret Service erneut dokumentierte …

Ingram sodann über den Nachfolger im Ressort, Michael Garrison, »Nephew«, »Miner«: Ist im Hause, was die Person betrifft, ihr Privatleben angeht, noch ein unbeschriebenes Blatt. Es hat sich lediglich erwiesen, dies ziemlich rasch, daß er Widerspruch nicht eben schätzt – starker Hang zur Rechthaberei. Andererseits Anweisungen, die bewußt zweideutig gehalten werden – sicherlich zwecks späterer Absicherung.

Zum Spitznamen: läuft im Hause unter »Nephew« wegen des krummen Weges, der ihn in den Dienst geführt hat – er ist mit Chef entfernt verwandt (Großonkel?), kommt demnach über eine Seitentür in den Club, oder eher: durch eine Tapetentür am Ende einer Geheimtreppe.

Zwischenfrage an Ingram, ob wenigstens er in der Zwischenzeit mal den Chef gesehen, womöglich gesprochen hätte. Wie zu erwarten: hat ihn nur aus der Ferne erspäht, verhuschte Erscheinung. Wird weiterhin konsequent abgeschirmt, selbst innerhalb des Hauses. Hat einen eigenen Eingang, hofseitig; dort läßt er sich in seiner Kutsche vorfahren, steigt aus, ist weg. Außer ihm darf keiner aus dem Hause diesen Eingang benutzen. Einzige Ausnahme: der »Gentleman«, der ihn gelegentlich aufsucht; trägt stilgerecht eine Halbmaske. Meine Frage, ob die venezianischer Herkunft sei, konnte Ingram nicht beantworten, da müsse man sich an Poley wenden, der war lang genug in Italien, es hat sich aber noch kein Stichwort zu solch einer Frage ergeben.

Für die Wahrung der Anonymität des Chefs sorgt vor allem der »Pygmäe«: Rechte Hand, Persönlicher Referent. Der Spitzname (auch Deckname?) entspricht seinem Wuchs: klein und bucklig – Mutter oder Amme hat ihn als Baby fallen lassen. Man sieht den »Pygmäen« meist mit Faszikeln herumwuseln; manchmal ist es ein ganzer Stoß, den er vor sich herträgt, der Stoß kann bis ans Kinn reichen. Wird schon mal bespöttelt, aber durchaus respektiert: hat den Überblick, den Durchblick. Er bestimmt, wer den Chef sprechen darf, im meist halb verdunkelten Zimmer. Der »Pygmäe« sorgt auch dafür, daß der Flur leer ist, wenn Chef den Raum wechselt, von seinem Büro etwa ins Kartenzimmer. Wer dabei zufällig im Flur auftaucht, muß mit dem Gesicht zur Wand verharren. Ingram hat den Eindruck, daß Chef ein offenbar sehr hohes Sicherheitsbedürfnis hat, sich mit seiner Geheimnistuerei aber auch interessant machen will als die große, rätselhafte Persönlichkeit im Hause. Die Aura des ganz Besonderen …

Für »Mohr« ist entscheidend, daß Schild und Schwert des Dienstes gefestigt und geschärft bleiben. Garrison scheint in seinen Augen der rechte Schwertträger zu sein. Er hat sein Schwert allerdings meist in einer Scheide stecken.

Zum Decknamen »Miner«: Hat in Calais ein Geschäft für Seile und Taue geführt, wegen seiner weitreichenden Verbindungen dies fortgesetzt auch nach Rückeroberung der Stadt durch die Franzosen; seine Handelsartikel eröffneten ihm den Zutritt zu französischen Kriegs- und Handelsschiffen: Erneuerung von Takelwerk, Ausstattung von Schiffsmagazinen mit Ersatzseilen. Er hat dies genutzt, um Sonderaktionen durchzuführen, in Absprache mit Royal Navy.

Ziel: Schwächung der französischen Marine durch Akte der Sabotage, somit durch Behinderungen des Frachtverkehrs zwischen Frankreich und Spanien, damit wiederum des eventuellen Transports militärischer Ausrüstung (spanische Musketen!). Um eine Invasion in unser Land (Fall A) zu verzögern, wenn nicht gar zu verhindern, sollte eine vorzeitige Bekämpfung der französischen Handelsmacht wie Seestreitmacht erfolgen, und zwar durch eingeschmuggelte Pulversätze. Die brachte Garrison unter Seilgut verborgen an Bord, bereitete sodann die Sprengung vor. Thomas Walsingham hatte in seinem Labor nebenbei eine Zündschnur-Schleife ausgetüftelt, die dem Sprengmeister Gelegenheit gab, sich rechtzeitig so weit abzusetzen, daß ihm Balken und Bohlen nicht um die Ohren flogen. Garrisons Lieblingsformulierung: hochgehn lassen. Die erwarteten, aber kaum eingetretenen Folgen seiner Aktionen: Verunsicherung unter französischen Seeleuten … vermehrt Desertionen … wachsende Schwierigkeiten von Reedereien und Marine, Seeleute anzuheuern ... Schwächung der Bereitschaft, bei einer eventuellen Invasion Englands das Leben aufs Spiel zu setzen – das schien ja bereits in »Friedenszeiten« bedroht ...

Nach drei, vier erfolgreichen Aktionen haben »Miner« allerdings die Nerven im Stich gelassen – das wurde freilich erst nach einigen Bechern Gin eingestanden. Höchste Anspannung jeweils, rasender Herzschlag: wäre er erwischt worden, man hätte ihn gleich an der nächsten Rahe aufgeknüpft – womöglich mit einem Seil eigener Lieferung. Zuweilen auch die Sorge, alle Aufregung wäre umsonst, weil Schiffsratten vorzeitig die Zündschnur-Schleife durchbeißen könnten. Womöglich aber roch Walsinghams Zündschnur ein bißchen streng, selbst für die unersättlichen Allesfresser, und so konnte Garrison, laut eigener Darstellung, jeweils erst ein paar hundert Yards vom Schiff entfernt die Explosion registrieren. Das stärkte ihm den Rücken, ging ihm jedoch rückwirkend und auswirkend mehr und mehr an die Nerven. Bat darum, von weiteren Aufgaben dieser Art dispensiert zu werden. In Anbetracht seiner Verdienste vermittelte man ihm die Position eines Sekretärs im Flottenamt. Von dort gelangte er, von Großonkel »Mohr« durch besagte Tapetentür geführt, in unseren Club. Da agiert er nun. Wird also meine Berichte als erster lesen, wird die Auswertung übernehmen, wird Schlußfolgerungen weiterleiten. Beim neuen Ressortleiter scheint Vorsicht angeraten – es lieber nicht mit ihm verderben, der Knallkopp könnte einen »hochgehn« lassen.

36

Abschriftliche Wiedergabe des von »Secretary« verfaßten Berichts über Treff in der Seitenkapelle der Kathedrale am Seine-Ufer.

J.

* * *

Nach meinem Bericht über neuste Interna unseres Dienstes: überleitendes Gespräch als Vorspiel zu »Leanders« Ausführungen.

Vorab: Leander hat in Paris so etwas wie Familienanschluß gefunden: über das Töchterlein der Wirtschafterin im Hause. Sie zeichnen gemeinsam, auch erzählt er ihr (und der Mutter) Indianer-Geschichten, wie er sie von einem der Herren der School of Night gehört oder gelesen hat.

Vor diesem Hintergrund: er hat ein originelles Verfahren entwickelt für die erste Phase der Übermittlung aktueller Meldungen. Mit Leinenstreifen bindet er Thérèse den zusammengefalteten Bericht auf dem Rücken fest, das Kleidchen wird übergestreift und so erscheint das Mädchen in unserer Botschaft; der Geheimbericht wird freigelegt und auf den Weg nach London gebracht …

Folgte eine erste Absprache zur Übermittlung der Kopie des Entwurfs der fortifizierten Mole von Calais. Vorwegnehmender Kommentar Leander: »Das Kernwerk ist auf jede Form der Belagerung angelegt, also rein defensiv. Diese Mole aber weist entschieden in eine andere Richtung. Wenn dort Schiffe nicht breitseitig anlegen, sondern mit dem Bug zur Mole, paßt eine ansehnliche Flotte da rein. Nicht ganz so groß wie die Armada, aber bedrohlich genug.« Bei der Konzeption spielte gewiß die Erinnerung mit an den Sturm, der die flüchtende Rest-Armada zusätzlich dezimiert hatte – die Riesenmole soll die Flotte vor Herbst- und Winterstürmen schützen. Und erst recht vor einem Überfall im Stil von Francis Drake, der seinerzeit mehrere Kriegsschiffe in einem nordspanischen Hafen zusammenballerte.

Auf meine Frage, wie »Leander« an die Kopie des Bauplans gekommen sei, reagierte er ausweichend: »Muß ich im einzelnen nicht darlegen. Nur allgemein: das liegt unterhalb der Gürtellinie …«

(37)

Das konspirative Gespräch in der Seitenkapelle von Notre-Dame nahm eine unerwartete Wendung. Auch hier schien es Marlowe notwendig oder sinnvoll, den Ablauf schriftlich festzuhalten. Die Suada wurde von Jeremy nicht ins Dossier aufgenommen, kam in das Faszikel »Erledigt«, das von einem Möbelrestaurator in einem doppelten Schuberboden des »antiken« Pultschreibtischs entdeckt wurde.

Gez. D. K.

* * *

Aber was interessiert mich eigentlich diese Scheiß-Mole?! Was ich bräuchte, wär eine Spitzenquelle mit direktem Zugang zu höchsten Kreisen. Und ich kann rechtzeitig eine spanisch-jesuitisch-französische Verschwörung aufdecken. Oder, noch besser: ein wieder mal geplantes Attentat auf unsere Königin.

Ich bin ja manchmal in einem römisch-katholischen Zirkel, dort sprechen wir Latein, über Fragen, die zu dieser Sprache passen, aber manchmal denke ich mir, ich sollte ein anderes Thema einbringen. Habe schon mal, um das Terrain zu sondieren, einen gelahrten Disput angezettelt über die moralische und religiöse Berechtigung eines Attentats auf einen Herrscher, am bewährten Beispiel Gaius Julius Caesar: Solch eine Ermordung als bonum oder malum? Zu vernehmen war weithin bejahendes Echo. Auf dieser Basis hätte ich weiterarbeiten können, den Disput aus römischer Vergangenheit in französisch-englische Gegenwart überleitend. Hätte zur Anregung des Gesprächs als – nahliegendes – Beispiel einbringen können, wie ein Trupp kampferprobter Männer in unser gelobtes England eingeschleust wird, spanische Hitzköpfe und Draufgänger. Man hätte eventuell sogar Freibeuter nehmen können, die in den Kellerverliesen des Escorial dahinschmoren – die holt man an die frische Luft und erklärt ihnen, sie seien auserwählt zur Beseitigung der erzprotestantischen Königin von England; wenn das Unternehmen von Erfolg gekrönt sei, würden sie mit Ketten von Gold-Dublonen behängt, bis sie in die Knie gingen.

Hätte ja wirklich so kommen können: Ein Trupp hartgesottener Freibeuter zu Lande stellt unserer Königin eine Falle, wobei man sich den Umstand zunutze macht, daß Elisabeth bei ihren Jagdtouren oft stundenlang dahinreitet, um endlich wegzukommen von ihren Sorgen, ihren Problemen, und so wird sie nur gefolgt von Treibern und Hundeführern, und, in etwas größerem Abstand, von meist älteren, in der Administration bewährten Herren. Ja, und an besonders günstiger Stelle wird Elisabeth dann unter Beschuß genommen, aus mehreren Rohren gleichzeitig, und wenn das Gefolge, ohnehin von Elisabeths Parforceritt erschöpft, nicht augenblicklich kehrtmacht, werden die Männer und Herren von den Pferden geschossen oder gestochen, daß es nur so rappelt. Und es geschieht, was Spanien und Frankreich innigst wünschen: daß bei uns wieder ein katholischer König herrscht, der Katholizismus erneut als Staatsreligion – und so weiter in diesem Stil. Während ich das so entwickle, frage ich mich, warum Jesuiten nicht längst schon so was eingefädelt haben, gemeinsam mit spanischen Granden, und ich erfahre rechtzeitig, wenn solch ein Trupp in ein Schiff verfrachtet, im Südosten Englands eingeschleust wird, und ich bin es denn, der den entscheidenden Hinweis gibt, die spanischen Freibeuter werden gefaßt, werden gesotten, gebraten, geröstet, und die Wahrheit stinkt zum Himmel. Es muß unter Jesuiten, gewissen Jesuiten ja fast schon zur schlechten, dennoch vom Papst abgesegneten Gewohnheit geworden sein, ein Attentat zu planen, damit

Umsturz und Ablösung der Regierung. Man kennt ja die verbreitete Einstellung, die solche Pläne fördert, sie nur fördern kann: Wer einen Ketzer, einen Häretiker tötet, vollbringt eine heilige Tat und kann der Aufnahme ins Paradies sicher sein. Das unabhängig davon, welche Methode zur Anwendung kommt: ob die Königin mit einem vergifteten Pfeil oder einer Musketenkugel aus dem Sattel geworfen wird oder mit Hilfe eines ausreichend dosierten, ein Macht- und Schlußwort sprechenden Pulver-Satzes vom Sattel in die Lüfte gehoben wird und als Nieselregen herniedergeht auf die ihr folgende Jagdgesellschaft … Das ist in dieser Form natürlich ein typisch jesuitischer Wunschtraum, mit ausgebrütet vom Papst unter seinen weiten Gewändern. Es würde ja keiner sonst wagen, sich so was auszudenken, so was auch nur anzudenken, aber die denken sich das nicht nur aus, die wollen das auch ausführen, ein Trupp nach dem anderen wird losgeschickt, wird von unseren Leuten aufgerieben, aber sie wollen und wollen es nicht aufgeben, aufgehetzt wie sie sind: Man muß der gekrönten Ketzerin, der Häretikerin die Zunge abschneiden, die Kehle durchschneiden, damit alles wieder seine römisch-katholische Ordnung erhält. So auch die Argumentation im Colloquium. Allerdings, einen konkreten Ansatzpunkt zu so einer Aktion habe ich dort leider noch nicht heraushören können. Wäre ja eine bildschöne Meldung geworden!

Doch, einmal, ja einmal hatte ich das Gefühl, ich stehe dicht vor einer donnernden Entdeckung. Ein feiner Herr, recht neu in unserm Lateinerkreis, er zeigte mir, nach ziemlich langer Intrada, ein Wunderwerk von einer Pistole: Hinterlader mit Radschloß. So was würde mich als Iren sicherlich interessieren, wir wären in unserem Castle bestimmt auch bestens ausgerüstet … Und das gute Stück wurde feierlich aus dem Lederfutteral gezogen. Hai, so ein Ding habe ich noch nie gesehen! Allein schon das Radschloß – ausgefuchster Mechanismus! Und die Pulverkammer hinten: aufklappbar! Und wie hat der feine Herr die bezeichnet? Als ›tabatière‹! Eine Pulverkammer »à la tabatière«! Gilt wohl als nobel, das so zu formulieren. Ein Quantum Schnupftabak in die Tabakdose und: hatschi!, der Exitus …! Insgesamt war die Pistole zwischen Kolben und Mündung so lang wie mein Unterarm. Der Lauf mit vergoldetem Eisenschnitt dekoriert! Ich durfte sogar mal die Hand drauf legen – die hat dabei ein wenig gezittert. Ah, ich hätte den Lauf küssen mögen! Hätte das Mündungsstück in den Mund nehmen mögen – aber nur bei leerer Tabatière! Ja, und was hat der stolze Besitzer dieses Wunderwerks vollmundig erklärt? Mit dieser Waffe werde man Königin Elisabeth das Lebenslicht ausblasen. Das Schußfeld werde schon freigeräumt …

Da mußte ich mich aber sehr zusammenreißen! Entweder, sagte ich mir, ist dieser feine Herr ein Angeber, ein Aufschneider, ein Lügner – mit solchen Leuten haben wir es ja immer wieder zu tun. Oder aber: der ist Agent provocateur, der will mich aus der Reserve locken, und ich kriege einen dicken Hals, werde laut: Wie, was – unsere Königin …?! Schon wäre ich ertappt, gestellt! Ergo habe ich's bei unverbindlicher Bewunderung für die Hinterladerpistole belassen. Sicherlich das Beste, was ich in der Lage tun konnte.

38

Fortsetzung des Berichts von Kurier »Secretary« über Treff mit »Leander« in Paris. Zum Teil raffende Wiedergabe.
J.

* * *

Mit Beginn des Sechsuhrläutens verließen wir die Seitenkapelle von Notre-Dame, gingen anschließend auf getrennten Wegen zur Seine in der Nähe der Abtei Saint Germain.

Am Ufer der »Großen Wiese« unterrichtete ich »Leander« über den Plan des neuen Ressortleiters, gezielt Legenden um Maria Stuart »hochgehn« zu lassen und auf diese Weise das in Frankreich aufgeschönte Bild dieser Bannerträgerin der Gegenreformation zu zerstören. Mit den Worten von Mister Garrison: Durch gezieltes Ausstreuen von Gerüchten Verunsicherung herbeiführen, Verwirrung schaffen, damit eine für uns bessere Ausgangslage erzielen.

Sein Vorschlag als Vorlage: Wie man aus gut informierten Kreisen in Rom erfährt, hat der Heilige Vater grundsätzliche Kritik an der Lebensführung der enthaupteten Schottin geltend gemacht – dies als Antwort auf einen Antrag, die vormalige Königin seligzusprechen. Die Kritik des Papstes wird vor allem dadurch herausgefordert, daß es speziell Jesuiten sind, die Maria Stuart zum Idol hochstilisieren.

Folge: Wird lanciert und spricht sich herum, daß es vorwiegend (die wenig beliebten, ja vielfach suspekten) Jesuiten sind, die Maria Stuart beweihräuchern, und daß der Heilige Vater dies kritisch beurteilt, so wird die Position der Leitfigur postum geschwächt.

Das Gespräch nahm hier eine überraschende Wendung, es kam zu einer Auseinandersetzung. Leander: »Ich will das nicht. Ihr könnt von mir nicht auch noch verlangen, daß ich Falschgeld produziere und in Umlauf bringe. So was will ich nicht, so was mach ich nicht. Und damit basta. Reden wir von was andrem.«

Hier war ein Punkt erreicht, an dem sich zeigte: Leander ist offenbar nicht bereit, seiner Arbeit unter neuem Führungsaspekt eine breitere Grundlage zu verschaffen. Ich habe überhaupt den Eindruck gewonnen, daß er gelegentlich zu einem Selbstmitleid neigt, das Prognosen ungünstig erscheinen läßt. Es könnten sich Punkte ergeben, an denen er angreifbar wird. Speziell unter diesem Aspekt gebe ich folgende Ausführungen wieder.

Leander klagte über Belastungen seiner Tätigkeit unter »irischem Deckmantel«: Fortgesetztes Versteckspielen ... Zwang zur Verstellung ... Furcht, beobachtet zu werden ... Ständiges Berechnen ... Schlafraubende Angst davor, aufzufliegen. »Ich muß weg, Ingram, ich muß hier weg. Andauernd hab ich das Gefühl im Nacken, mir wird nachgestellt. Ich will ja im Dienst bleiben, will keine Fahnenflucht begehn, aber leg bitte ein Wort ein beim Neuen oder, noch besser, gleich beim Chef, daß ich woanders weitermachen kann. Am liebsten, am allerliebsten natürlich in Rom.«

Ich betonte daraufhin, ich sei ja schon länger im Club, und so könne ich nur sagen: Allzu lang bleibt keiner im Außendienst, da würde nur das Risiko wachsen, selbst bei einem Ortswechsel: Wenn du hier aufgibst, wirst du nicht in Rom, sondern aller Voraussicht nach bei uns im Hause arbeiten, da gibt es genug zu tun in Auswertung und Planung. Vielleicht ergibt sich zwischendurch auch mal ein Kurierdienst. Aber sonst – es wartet ein stationäres Stehpult auf dich ...

Es stehen aber schon etliche Figuren an meinem Schreibpult und wollen zu Wort kommen, die kann ich nicht mehr lange vertrösten! Wenn ich raus bin aus dieser Falle, möchte ich nur noch eines: schreiben, schreiben, schreiben. Hörst du, mein Pegasus scharrt schon mit den Hufen! Ich muß endlich wieder an einem Stück arbeiten, sonst geh ich aus dem Leim. Es würde aber schlecht zu meiner Legendierung passen, wenn man aufdecken würde, daß ich als irischer Festungsbauer in spe an einem Theaterstück über einen englischen König a. D. schriebe. Dabei wirbeln, ja wirbeln mir schon Formulierungen durch den Kopf – wie Blätter, die eine Sturmbö vor sich hertreibt! Formulierungen, Sätze, bei denen ich noch nicht recht weiß, aus welchem Mund sie bei welcher Gelegenheit kommen werden, aber der Tonfall ist da: Mark the respect ... Yet, good my lord, hear what the ... Fair queen, forbear to angle for the fish ... All that he speaks is nothing ... I mean that vile torpedo ... floats on the Irish seas ... the queen's words cannot alter him ... Ja mir wölbt sich die Schädeldecke hoch, wenn ich das nicht bald schon loswerde. Am liebsten wär ich wieder in meinen beiden Zimmern über dem Milchladen, in dessen Hinterhaus die Kühe stehn und in dessen Hof gleich nach dem Melken die Pumpe quietscht.

Nettes Wunschbild, aber so leicht kommst du von deinem Auftrag nicht los.

Ingram, wenn ich hier bleibe, ist es um mich geschehn! Ich habe schlechte Karten, verdammt schlechte Karten. Neulich war der »Magier« überkreuzt von den »Fünf Kelchen«, darunter kam die »Fünf der Schwerter« zu liegen, als Kreuzschaft – das deutet auf schweren Verlust hin, auf ganz, ganz schweren Verlust. Dann habe ich, gedankenverloren, aus Versehn sogar mal dreizehn Karten gelegt. Dürfen aber auf keinen Fall mehr als zwölf sein! Die 12 kann durch vier Zahlen geteilt werden, aber die 13? Nur durch sich selbst. Das ist Tod, ein Zeichen für Tod! Nicht der kleine Tod, wenn das Ich verdampft in den äußersten Momenten – es ist das große und endgültige Nein. Ich wage gar nicht zu sagen, an welcher Karten-Kombination aus den Großen Arkana sich das weiter ablesen ließ. Aber nicht nur Karten setzen Zeichen, hier in der Stadt mehren die sich auch schon. Kein Wunder, daß ich vor einigen Nächten aufgewacht, hochgefahren bin, weil ich im Traum ganz laut nach Momma gerufen habe, nach Mom, Mom, Momma. So weit habt ihr mich gebracht …!

Und nun, das überraschte mich denn doch, nun begann er zu weinen, lautlos. Ich will es eher so beschreiben: Eine Träne stahl sich aus dem einen Auge, eine Träne sodann aus dem anderen Auge. Und sickerte herab, wobei er völlig lautlos, auch reglos blieb. Als die Träne einen Mundwinkel erreichte, leckte er sie weg. Und versuchte, witzig zu sein: Ich wußte gar nicht, daß so viel Salz in mir ist …

Ich ließ ihn einige Minuten allein am Seine-Ufer sitzen, schlenderte umher auf der Wiese, versuchte zurückkehrend, den Akzent zu verschieben, die wahren Proportionen herzustellen, berichtete, daß dem großen London ein Verhängnis zu drohen scheine. Ein Komet zog seinen Feuerschweif über die Themse, derart tief, daß etliche Bürger Stein und Bein schworen, sie hätten mächtiges Rauschen, Sausen, Tosen vernommen. Andere sahen in Wolkenformen bedrohliche Zeichen: ballten sich zu Kugeln, als sollte die Stadt unter Beschuß genommen werden. Auch schien eine Wolke die Form eines Galeonenrumpfs anzunehmen, von dem Leichen über Bord geworfen wurden.

(39)

Übergabe der Zeichnung in der Wohnung von »Leander«. Er hatte einen Spalt neben dem Türrahmen entdeckt und hier in Abwesenheit des Hausherrn einen Hohlraum freigearbeitet; in dieser vertikalen Aushöhlung blieb die aufgerollte Zeichnung sicher aufbewahrt bis zum Abtransport durch »Secretary«.

Zuvor gemeinsamer Gang zum Möbeltischler, bei dem »Leander« eine Siegesgöttin auf kniehoher Holzsäule gesehen hatte; Erteilung des Auftrags, das Säulchen auszubohren. Um keinen Verdacht aufkommen zu lassen, täuschte »Leander« vor, die Göttin auf dem Säulchen sei vorgesehen als Geschenk an einen Jubilar, der nicht schwer tragen dürfe, es sich aber nicht nehmen lasse, trotz galoppierender Altersschwäche, die Objekte seiner Sammlung ständig neu zu gruppieren …

In der Wohnung wurde sodann die eng zusammengerollte Zeichnung in den ausgebohrten Hohlraum eingeführt. Nachdem »Secretary« und »Leander« gemeinsam gegessen und vor allem getrunken hatten, nahm das Gespräch erneut eine überraschende Wendung. Auch dies wurde von »Secretary« aufgezeichnet, wurde von »Jeremy« (aus nachvollziehbaren Gründen) freilich nicht ins Marlowe-Dossier aufgenommen, sondern in die Mappe gesteckt mit der fiktiven Faszikelnummer und dem bewußt irreführenden Vermerk »Erledigt«.

Gez. D. Kühn (»Writer«)

* * *

Leander fragte nach dem Fortgang der Erkundungen bzw. Erkundigungen über jene ebenso einflußreiche wie erfolgreiche Person hinter den Theaterkulissen in London.

Ich mußte ihn wie folgt bescheiden: Viel haben wir über euren Konkurrenten nicht rausgekriegt. Wir wissen nur so viel: Diese graue Eminenz hinter den Kulissen muß ein nobler Herr sein, zugleich ein bunter Hund.

Schon mal ganz gute Mischung ... Und jetzt nenn Roß und Reiter.

Der Klarname ist noch nicht im Angebot, als Deckname bietet sich nur an: Fortunatus. Das einzige, was mein Kollege zusätzlich ausbaldowert hat: Der feine Herr zeigt eine besondere Vorliebe für Italien, demonstriert das auch in seiner Kleidung. Nach einer Reise, die bis Sizilien führte, wurde er an den Hof gerufen, mochte sich ins Hofleben aber nicht so recht dreinfinden, zog sich mehr und mehr zurück, begann offenbar zu schreiben, vor allem, was du ja schon gewittert hast: Theaterstücke. Mehr an Informationen haben wir momentan nicht zu bieten. Ich persönlich habe den Eindruck: Der Herr wird abgeschirmt, und zwar von hoher Stelle – womöglich in unserem Hause.

Ich konnte Leander dann allerdings eine zuverlässige Meldung erstatten, konnte damit das Thema wechseln: Übrigens ist dein spezieller Freund Watson wieder aufgetaucht! Man hat ihm im Fall Bradley einen Akt der Notwehr attestiert und ihn kürzlich aus dem Gefängnis entlassen.

Dieser Sauhund! Hat mich reingerissen, und jetzt lassen die den frei rumlaufen? In London?!

Ein Stück draußen. Hat sich in Wembley eingenistet.

Trotzdem, wir werden uns garantiert in die Quere kommen, beim Theater oder Drucker – und dann, ich schlag den zusammen, daß dem keine Jacke mehr paßt!

Kann ich verstehn, es gibt aber noch andere Lösungen.

Na, dann lös mal! Wenn der keine gedrückt kriegen soll, dann sorg dafür, daß ich den nicht mehr zu sehn kriege. Schaff ihn mir aus dem Weg! Ich mein jetzt nicht definitiv, aber vergraul ihn! Er soll sich noch weiter, viel weiter raus aufs Land verziehn, soll dort von mir aus noch ein paarhundert seiner läppischen Liebes-Sonette zusammenschustern, aber in London will ich den nicht mehr sehn! Erledige das, bevor ich zurück bin, damit nicht wieder Verdacht auf mich fällt. Wenn du das schaffst, soll es dein Schade nicht sein. Das versprech ich dir. Nur schaff mir diesen Wechselbalg aus dem Weg!

Mit so einer Reaktion habe ich gerechnet – soweit kennen wir uns ja mittlerweile. Ich habe schon mal dies und das durchgespielt – irgendwie mußte ich mir die Zeit ja vertreiben in der Kutsche. Aber erst müssen wir, unter Freunden, zumindest unter Freundchen, einen Punkt klären: Du kommst wenigstens für meine Ausgaben auf? Ich werde schließlich ein paarmal rausfahren müssen nach Wembley, wo der Herr ein Häuschen gekauft hat. Guter Lohn für gute Arbeit?

Es läßt sich über alles sprechen.

Also topp?

Sag erst mal, was du dir unterwegs so ausgemalt hast.

Nun, zur Einstimmung würde ich ihm eine kleine Aufmerksamkeit ins Haus schicken, unter Verwendung einer glaubhaften Begründung. Ich kauf auf deine Kosten seinen Gedichtband, schneide oder säge aus dem Papierblock ein Geviert raus, spachtel das Ganze voll mit Scheiße, die ich höchstpersönlich dazu spendiere, schließe sorgsam den Dekkel. Den könnte man zuvor übrigens in besonders schöner Ausführung bei einem Buchbinder in Auftrag geben, damit dein Kollege das Präsent mit gebührender Vorfreude öffnet. Das würde der Einstimmung dienen. Als nächstes würde ich nach Wembley rausfahren und ihm, sofern vorhanden, den Pferdestall von innen her illuminieren. Dabei könnte auch einiges Licht fallen auf ein Schild, das ich günstig plazieren werde mit dem Ratschlag, sich noch weiter raus aufs Land zu verziehen, ab in den Norden, andernfalls gerate auch sein Häuschen in Brand. Sollte auch diese Drohung nicht fruchten, würde ich zum entscheidenden Schlag ausholen. Er hat eine Tochter; das Kind schnapp ich mir bei günstiger Gelegenheit, nehm es ein paar Tage in Verwahrung, bei Kost und Logis. Sobald nach meinem Gefühl die Zeit gekommen ist, wo der Watson weichgeklopft ist, schick ich das Töchterchen nach Hause mit einem Brief in der Hand, des Inhalts, er solle sich umgehend Richtung schottische Grenze verpissen, andernfalls würden ihm Daumenschrauben angelegt und verdammt scharf angezogen. In dieser Reihenfolge müßte das hinhaun, und du hast freies Feld. Und ich halte erwartungsvoll die Hand auf …

40

Hiermit lege ich ein zweites Schreiben des Vermieters von »Leander« vor, in Abschrift ausgefertigt vom Sekretär des Präfekten. Motiv des »Skribenten«: Aufbesserung des kargen Salärs. Dazu: hugenottischer Familienhintergrund? Die Übermittlung erfolgte auch in diesem Fall durch unseren (zweiten, im Zeitablauf allerdings ersten) Mann in Paris, Deckname »Millstone«.

Gez. Jeremy

* * *

Monsieur le Préfet, zwar bin ich unter strengen Auflagen dazu angehalten, regelmäßig und ausführlich Bericht zu erstatten über meinen Mieter aus Irland, doch kann ich Ihre diesbezüglichen Erwartungen nicht in vollem Umfang erfüllen, dies auch, wie ich zugeben muß, bedingt durch inneren Vorbehalt. Um aber wenigstens formal Ihren Anforderungen Genüge zu leisten, greife ich eingangs auf Erfahrungen aus dem privaten Bereich zurück.

Es läßt sich keineswegs behaupten, Monsieur O'Donnell sei von gleichbleibender Freundlichkeit – es gibt Tage, an denen er mich kaum grüßt und seinem Schwestern-Ersatz, der kleinen Thérèse, bloß mal zunickt. Dann wieder darf sie am selben Tisch mit ihm zeichnen: ihre Phantasiebauten, seine Manière de fortifier, parfaite intelligence des fortifications …

Ist er besonders gut aufgelegt, erfreut er uns mit Erzählungen, in denen Namen ferner, ja fernster Länder und Städte fallen, die offenbar große Faszination auf ihn ausüben. Virginia … Brasilia … Persepolis … Bagdad und Babylon … Samarkand. Ein Name dies, der sich fast regelmäßig wiederholt: Samarkand. Er kann sich dabei regelrecht in Feuer reden – weniger dem Kind als der Mutter oder mir gegenüber. Zwar weiß auch er nicht genau, wo besagtes Samarkand liegt – muß irgendwo in der Wüste zwischen China und Europa sein, auf dem Weg der Karawanen, die kostbarste Seide aus China bringen. So soll es in Samarkand denn auch zahlreiche Karawansereien geben, in denen abends Warenballen abgeladen und morgens ausgeruhten Kamelen aufgehuckt werden – viele Kameltreiber und Zwischenhändler wollen dazuverdienen. Dabei fällt auch für Samarkand etliches ab, es soll dort prachtvolle Moscheen geben, mit Riesenkuppeln, hochragenden Minaretten. Und manchmal fegt Wüstensturm durch die Stadt, »schmeißt mit Sand um sich«, und wieder klart es auf, meist nachts. Ein Vollmond, ein Halbmond, eine Mondsichel über der Stadt, und Sterne in Überzahl, einer wie der andere kristallklar. Ja, »kristallklar die Sterne über Samarkand, und wie mit einer Dolchspitze aus dem Schwarz geschnitten die auf dem Rücken liegende Mondsichel.« In diesem Nachtlicht: gestapelte Seidenballen in den Höfen der Karawansereien. Und morgens »latschen« die beladenen Kamele los in Kolonnen, »schwanken« durch Sandwüsten, Steinwüsten, Gestrüppwüsten zur nächsten Stadt auf dem Weg in unsere Regionen. »Und damit Schluß«, pflegt O'Donnell zu rufen, »Schlußpunkt!«

Ob diese Faszination aussagekräftig ist in Zusammenhang mit Ihren Interessen beziehungsweise mit Ihrem Auftrag, das vermag ich nicht zu beurteilen. Ich stelle anheim und komme zum nächsten Punkt, dessen Mitteilung sich ebenfalls erübrigen dürfte – allein schon deshalb, weil Ihnen der Vorfall längst bekannt sein dürfte. Ich will ihn dennoch erwähnen, damit nicht der Vorwurf erhoben werden kann, ich hätte unterschlagen, was für Sie zur Beurteilung des Fremden wichtig sein könnte: ich meine den Auftritt mit der »Klagetrommel«.

Zum erneuten Jahrestag der Hinrichtung von Königin Maria hat er sich eine Trommel mit großer Klangtiefe besorgt. Sodann rief er Nachbarn auf, ihm zu folgen; so zog er vor einer rasch anwachsenden Schar mit dumpfem Trommelschlag dahin, in Erinnerung an den Trommelklang, der auch Maria Stuart beim Gang zum Schafott begleitete.

Die Aktion hatte gewiß theatralischen Charakter, hat sich wahrscheinlich gerade deshalb vielen Menschen eingeprägt, auch denen, die an diesem Marsch rund um Tournelles nicht teilnahmen oder teilnehmen konnten. Nun wird O'Donnell von vielen Seiten gegrüßt, wenn er durch die Straßen geht, und ich bin einigermaßen stolz, daß er in meinem Hause wohnt.

Des weiteren wäre zu vermelden: Er wurde kürzlich aufgesucht von einem Landsmann. Ich selbst habe die betreffende Person nicht zu Gesicht bekommen, schließlich muß ich meinem Gewerbe nachgehen, es erfordert stete Anwesenheit, volle Aufmerksamkeit, sonst geht erfahrungsgemäß alles drunter und drüber – in so einem Fall eher drunter. Es ist mir zu Ohren gekommen, daß sich die beiden Herren abends, auch nachts in Lokalen verlustiert hätten, in ausgelassenster Stimmung – O'Donnell soll schließlich auf einem Tisch gestanden und Lieder nicht der feinsten Art gesungen haben.

Besagter Landsmann wuchs auf in einem Dorf in der Nähe eines Lake Melvin, fern im Westen, somit in einiger Nähe zum Castle der O'Donnells. Der Ire, dessen Namen ich nicht in Erfahrung bringen konnte, ist vornehmlich als Münzhändler unterwegs. Zu seiner Tätigkeit haben Spanier ungewollt den Grundstock gelegt.

Dies wie folgt: Nach dem englischen Sieg über die Armada sind Dutzende Galeonen nordwärts entflohen, weil südwärts kein Durchkommen mehr war. Sie fuhren bis auf die Höhe der Orkney-Inseln und versuchten, entlang der Westküste

Irlands nach Spanien zurückzukehren. Die irische Küste, bekannt sturmreich, wurde mancher Galeone zum Verhängnis. Eins der Schiffe zerschellte an einem Riff in der Bucht, die vom Lake Melvin aus in recht kurzer Zeit zu erreichen ist. Gleichsam in Windeseile sprach sich in der Region herum, daß mit den Schiffbrüchigen auch Gold an Land komme. Die Seeleute, soweit sie schwimmen konnten oder etwas Tragfähiges zu fassen kriegten, retteten sich an den weitgefächerten Strand, krochen erschöpft aufs Trockne, wurden sogleich von Anwohnern mit Knüppeln totgeschlagen, der Reihe nach. Dies unabhängig von der Tatsache, daß die Schiffbrüchigen Glaubensbrüder waren: es verlockten die Silber- und Goldmünzen, die einige der Seemänner bei sich trugen, in Kleidungsstücke eingenäht. Auch der neue Bekannte von O'Donnell gelangte in den Besitz mehrerer hochkarätiger Goldmünzen, baute auf dieser Grundlage durch Tausch, Verkauf, Betrug den offenbar florierenden Münzhandel auf, der ihn bis nach Italien führte. Auf dem Heimweg machte er Zwischenhalt bei uns in der Stadt. So trafen sich die beiden Iren, und dies wiederholt.

Hier breche ich ab, werde voraussichtlich erst in den nächsten Tagen meinen Bericht fortsetzen. Ich bin derart ausführliche Schreiben nicht gewohnt, es sind sonst nur Rechnungen, Mahnbriefe, Drohbriefe – bei manchen Kunden scheint mein grüner Liqueur die Zahlungswilligkeit zu schwächen. Aber das steht auf einem anderen Blatt.

(41)

Marlowe hat die günstige Gelegenheit des Kuriertransfers genutzt, um (weitere) private Aufzeichnungen mit auf den Weg zu geben – gleichfalls in der ausgebohrten Holzsäule. »Jeremy« hat auch diesen Text im getarnten Faszikel abgelegt.

Gez. D. K.

* * *

Dieses verdammte Doppelleben! Manchmal ist das nur ein halbes Leben. Und das für einen verflucht hohen Preis. Andauernd muß ich beschwichtigen, ablenken, verschweigen. Muß fingieren, simulieren. Muß mogeln, muß lügen. Muß in mir einen Schutzwall errichten. Oder: muß vor mir eine Fassade aufbauen. Es bleibt in einer neuen Begegnung ja nicht bei der Frage, ganz allgemein: Was machst du eigentlich? So, wie ich vom anderen Genaueres wissen will, so wird man auch bei mir nachhaken wollen. Und da muß ich sperren, gerate damit in Verlegenheit. Muß versuchen, aus dieser Verlegenheit herauszukommen, und das macht meine Verlegenheit nur größer. Schließlich muß ich glaubhaft vertreten, was ich selbst nicht glauben kann – all diese Neuigkeiten aus meinem irischen Scheinleben. Wie ein siamesischer Zwilling bin ich an diesen Red gekoppelt. Wo ich auch stehe, wohin ich auch gehe: immer diese andere Existenz neben mir. Je stärker ich ins Licht trete, desto schärfer werden die Umrisse des Schattenmanns. Ich möchte ihn mit einem Tritt ins Jenseits befördern, doch der Schatten ist ebenso schnell wie mein Körper. Auch die hervorschnellende Faust: stößt nur ins Leere.

Es wiederholt sich Eiertanz. Kann dem Partner nicht einmal sagen: Nenn mich bitte beim richtigen Namen, ich heiße Christopher und nicht Red. Der Christopher in mir hat manchmal das Gefühl, Gérard meint mich gar nicht, redet an mir vorbei. Ich kann ihn nicht mal darum bitten: Sag »Kid« zu mir, Freunde tun das auch. Den Familiennamen würd ich natürlich raushalten, es geht allein um den Vornamen, und da sag ich und da hör ich immer nur Red, Red, Red … Es ist eine Qual, die merkt er mir an. »Ich finde dich so verändert, was ist los mit dir, spuck's aus!« Aber ich kann ihm gegenüber nicht riskieren, was ich jetzt endlich tun darf: Klartext schreiben. Ich verhalte mich in Gesprächen mit ihm berechnend – das spürt er, das nagt am Vertrauen. Es liegt ihm nicht, in so einem Fall stillzuhalten, er fängt an zu bohren, kommt mit dem Bohren nicht weiter, kommt nicht an mich heran. In dieser Zwangslage komm ich aber auch nicht näher an ihn heran, innerlich. Aus Angst, er könne dann zu eindringlich nach meinem Leben fragen, will ich nicht zu eindringlich nach seinem Leben fragen, das könnte Rückwirkungen haben – Vertrauen fordert schließlich Vertrauen. Also sein Gefühl, ich wäre ihm gegenüber letztlich nicht aufgeschlossen, würde mich nicht ausreichend für ihn interessieren, würde ihn irgendwie »abspeisen«. Hängt natürlich alles mit dem Dienst zusammen. Ich kann ihn nicht einweihen, darf nicht über Probleme reden, die mit meiner Tätigkeit zusammenhängen; das irritiert ihn. Er kann sich offen äußern, ich hingegen muß mich verschließen, muß mit Problemen hinter dem Berg halten. Es hat denn auch erhebliche Verstimmungen gegeben, Kräche. Doch dann wieder diese wunderschönen Versöhnungen.

42

Folgt abschriftliche Wiedergabe eines inhaltlich getarnten, deshalb nicht chiffrierten Briefs von »Secretary«, London, an »Leander«, Paris.

J.

* * *

Dear Mister O'Donnell, ich darf Ihnen kurz berichten, daß unsere kleine Siegesgöttin auf Holzsäule bei unserem Jubilar große Freude ausgelöst hat. Leider haben sich die Flügel der holzgeschnitzten Göttin als etwas sperrig erwiesen und sich beim Transport gelöst, doch ein Möbeltischler hat sie geschickt wieder angefügt, und so sieht unser Engel aus, als wäre ihm nie etwas zugestoßen. Das tragende Säulchen selbst ist völlig intakt geblieben. So hat dieses Geschenk bei unserem Freund und seiner Familie großen Anklang gefunden. Der Jubilar bemerkte nach eingehender oder eindringlicher Betrachtung scherzhaft, er hätte gern mehr von solchen Geschenken, am liebsten würde er im Flur seines Hauses eine ganze Reihe solcher Figuren auf Säulchen aufstellen. Das spricht ja nun für sich!

Nicht ganz so günstig ist die Resonanz, die beim Versuch entstand, für Sie eine erste Verbindung herzustellen zum Poeten in Wembley. Die sorgsam ausgestattete Buchausgabe seiner Liebes-Sonette wurde pünktlich abgeliefert, löste jedoch keinen Freudenschrei aus. Auch die originelle Innenbeleuchtung des Stallschuppens neben dem kleinen Haus blieb ohne Wirkung. Das Töchterlein, das ich schließlich dazu ausersehen hatte, einen richtungsweisenden Brief im Hause abzugeben, es wußte nur zu berichten, »Vata« sei bereits vor einigen Wochen zu einer längeren Reise nach

Schottland aufgebrochen. Töchterlein hat keine Ahnung, wann »Vata« zurückkehren wird. Das liebe Kind wurde ein wenig getröstet und heimgeschickt.

Für mich waren die leider vergeblichen Bemühungen, für Sie ein späteres Gespräch mit besagtem Herrn anzubahnen, wie vorausgesagt mit Unkosten verbunden. So sah ich mich gezwungen zum Kauf des Buchgeschenks, das ich zudem vom Buchbinder mit repräsentativem Einband versehen ließ, sah mich ferner gezwungen, zweimal nach Wembley rauszufahren, was mich nicht nur Zeit gekostet hat. Ich werde mir erlauben, meine Aufwendungen demnächst formlos in Rechnung zu stellen.

Sincerely yours, Secretary I. F.

43

Bericht, den »Leander« an Mr. Garrison schickte, auch hier mit dem Hinweis »persönlich« und »streng vertraulich«, was Weiterleitung (to whom it may concern …) ausschließen sollte.

J.

* * *

Sir, ich darf unter Hinweis auf ein erstes Schreiben ähnlichen Inhalts an Ihren Herrn Vorgänger im Ressort zwei weitere Zwischenfälle vermelden, die den dringenden Verdacht erregen, daß ich von der Sûreté beobachtet werde.

Ich mache auch Ihnen gegenüber kein Hehl daraus, daß ich um Geld spiele – so ganz ohne finanziellen Einsatz würde ein gewisser Kitzel fehlen. Ich kenne auch die Runde, die sich dazu in der Taverne einfindet, aber einmal waren gleich drei bisher nicht beteiligte Männer mit von der Partie, oder eher: gesellten sich peu à peu hinzu, Männer, deren Gesichter ich noch nie registriert hatte. Ich merkte bald, die spielten falsch, und zwar auf eine Weise, daß ich dies irgendwann bemerken und entsprechend aus der Haut fahren sollte. Ja, ich hatte das Gefühl, die wollten mich aus der Reserve lokken, und ich sollte mir eine Blöße geben und irgendwas verlauten lassen, was nicht typisch irisch gewirkt oder geklungen hätte … Ich habe so was gewittert, hab die Karten hingeschmissen, bin gegangen. Aber das saß mir einige Zeit im Nacken, und jetzt, wo ich das niederschreibe, krallt es sich wieder fest.

Dritter (oder doch schon vierter?) Vorfall: ich fühlte mich beschattet. Ich flanierte von der Wohnung zum Platz, an dem die vormalige Maison Royale des Tournelles (weitläufige, finstere Anlage von Palais, Gefängnis, Zitadelle) abgerissen wird, dabei Einblick gewährend in die ungeheure Baumasse dieser Gebäudegruppierung, auf deren Mauerwerk Arbeiter die Spitzhacken schwingen, ohne absichernde Gerüste. Entsprechend gebannt beobachtete ich den Arbeitsablauf, bis mir im Blickwinkel links auffiel, daß jemand mich unverwandt fixierte. Seit mich seinerzeit der Mann in italienischer Kleidung beobachtet hatte, ist in der Hinsicht meine Wahrnehmung geschärft. So ging ich vom Hôtel des Tournelles Richtung Bastille, hatte dabei das Gefühl, mir folge der Unbekannte. Als ich stehenblieb, vor dem Tisch eines Bäckers (mit übrigens sichtlich aufgewärmten, stinkenden Pasteten), blieb die betreffende Person ebenfalls stehen, freilich nicht an einem Verkaufsstand. Ich ging weiter, wurde nun merkwürdig nah oder dicht von einem Mann überholt, der mir von der Seite einen langen Blick zuwarf, als wollte er sich mein Gesicht einprägen. Derart auffälliges Verhalten ist für eine Observation eigentlich ungewöhnlich – wollte man mich verunsichern, indem man mir signalisierte, man habe mich im Blick, werde mich weiter im Blick behalten? Der Mann wechselte gleich darauf die Straßenseite. Ich ging rasch weiter, blieb aber plötzlich stehn, als würde sich mein linker Schuh lockern. Dabei schaute ich zwischen den Beinen zurück und sah den ersten der Verfolger in abwartender Haltung verharren. Weitergehend stellte ich fest, daß die Person, die mich überholt hatte, auf der anderen Straßenseite auf meiner Höhe blieb, mal mehr, mal weniger. Ich machte mir die mittlerweile erworbene Ortskenntnis zunutze, suchte und fand einen Ausschlupf. Das wurde erleichtert, weil zu jenem Zeitpunkt zahlreiche Passanten unterwegs waren und die Männer es selbst zu zweit oder dritt schwer gehabt haben dürften, mich im Blick zu behalten. Ich bog also in eine Hofeinfahrt ab, von der ich wußte, daß sie zu einer anderen Straße hinausführte, erreichte so eine Nebenstraße, deren Namen ich, den Pariser Verhältnissen entsprechend, nicht nennen kann.

Hier war die Szenerie überschaubar: keiner war mir gefolgt, ich hatte das Duo oder Trio abgeschüttelt. Ich ging weiter zur großen Avenue, wobei ich die Richtung wechselte, fort von der Bastille. Ich habe mich im weiteren Verlauf wiederholt umgeschaut: niemand war hinter mir her. Doch blieb der Eindruck, ich sei auf der Straße zwischen Palais und Bastille von zwei, drei Mann beschattet worden. Ich bin beunruhigt und bitte um Anweisung auf dem Führungsweg.

Leander

44

Mit Sicherheit erfolgte hierauf eine Führungsanweisung, ich konnte sie allerdings nicht ausfindig machen, obwohl sonst Vorlagen zur Chiffrierung im Klartext aufbewahrt werden. So schließt sich ein weiterer Bericht von »Leanders« Vermieter an, auf bewährtem Wege vermittelt.

Gez. Jeremy

* * *

Nachdem ich mir ein wenig Mut zugetrunken habe mit dem hauseigenen, wegen seiner grünen Farbe besonders beliebten Liqueur, unterbreite ich Ihnen, Monsieur le Préfet, einige weitere Beobachtungen, die ich direkt und indirekt bei meinem irischen Mieter machen konnte. Gewissermaßen ein Nachtrag, soweit das mein schmerzender Unterarm zuläßt. Ich darf diese Schreiben ja nicht diktieren, und so sitze ich des Abends allein in meinem Kontor, mit all den Papieren an den Wandhaken ringsum, sitze im Licht der schrumpfenden Kerze(n), schreibe vor mich hin, ohne zu wissen, ob das Geschriebene Sie direkt oder indirekt erreicht. Aber Sie haben mich in die Pflicht genommen, unter Androhung eventueller Geschäftsschädigung. Was ja wohl auch mal vermerkt werden dürfte …

Damit wieder zu meinem (übrigens pünktlich zahlenden) Mieter. Bei einigen Gläschen meines Liqueurs, den er schließlich doch goutierte (was den Hersteller natürlich freute), gab er auf Befragen zu erkennen, daß er kaum so etwas wie Heimweh nach Irland verspüre. Das wurde mit einer gewissen Heftigkeit vorgetragen: »Verdammt, ich hab kein Heimweh nach Irland!« Hauptgrund scheint sein Vater zu sein, eine offenbar finstere Erscheinung. Ich gebe im Folgenden zusammenfassend wieder, auf der Grundlage von Notizen, da mir die Sachwörter sonst umgehend entfallen wären.

Der Vater, Black Hugh O'Donnell: abschreckend mager, mit gefurchten Wangen, struppigem Bart, stechendem Blick. In offensichtlich melancholischen, ja schwermütigen Phasen wirkt der Vater auf den Sohn wie ein Stellvertreter von Gott Saturn, nachtschwarz und eiskalt – ja, wie geformt aus schwarzem Eis. Diese sinistre Erscheinung hat sich in den Gewölben des Castle ein Laboratorium eingerichtet, in das er sich tagelang, nächtelang zurückzieht: Versuche der Befreiung vom Bann innerer Verfinsterung durch die Gewinnung des Steins der Weisen. Dabei beschwört er in kryptischen Ritualen den Planetengott Saturn herauf, unter dessen Zeichen und Patronat sich Melancholie und Alchemie verbinden: Alchemie gegen krankhafte Formen der Schwermut. Schlimm wird es für die Familie, wenn der Prozeß der Transformation von Blei in Gold und die simultane Läuterung der Seele wieder einmal mißlungen ist, dann zeigt sich die gefürchtete »Melancholia alchemica«, und er fühlt sich, nach langer vergeblicher Arbeit am Feuer, selbst wie leergebrannt, verharrt tagelang in Untätigkeit …

Unabhängig vom Stichwort Vater ist in letzter Zeit überhaupt des öfteren die Rede von alchemistischen Prozessen der Purifizierung der Materie und gleichzeitiger Läuterung der Seele. In diesem Zusammenhang wird auch ein (mir unbekannter) Hermes Trismeristos (oder so ähnlich) erwähnt, und ich vernehme (gleichfalls fremde) Wörter wie Rektifizieren, Kalzinieren, Sublimieren … Und etwas löst sich auf, gerinnt, verhärtet … Und die rote Sonne soll sich mit dem weißen Mond vereinen …

Ich muß gestehen, daß ich derlei Obskuritäten nicht wortgetreu wiedergeben könnte, sähe ich nicht gelegentlich Notizen und Aufzeichnungen des Iren auf dem Tisch ausgebreitet, vermischt mit Auszügen aus einer Chronik sowie Formulierungen in Versform. Ich teile einen der Sätze mit, die ich mir abgeschrieben habe – ein Satz aus einer mir durchaus fremden Welt, aber ich bin ja aufgefordert, jede Form der Auffälligkeit zu vermelden. »Auch ist zu merken, daß in der chaotischen Masse ein gewisser von den Elementen erzeugter fetter, salziger Schleim verborgen ist, der durch die Kraft der unterirdischen Feuer zu Dampf wird, durch die Eingeweide der Erde hindurchstreicht, dort eine geeignete Matrix findet, ihr anhängt, und in ihr, durch die Einwirkung in langer Zeit gekocht, endlich in ein Stück Metall verwandelt wird.« Das verstehe, wer will – ich gebe dies nur wieder, um anzudeuten, was im Kopf des Iren vor sich geht. Gefahren für unser Land kann ich hier freilich nicht ausmachen.

Noch einmal zu seinem finsteren Vater. Nach Phasen der Melancholia alchemica kommt es bei ihm wiederholt zu Ausbrüchen von Energie, damit oft auch: von Gewalt. Eine der Episoden, vernommen wiederum im Dachbodenreich des Marders: Als junger Mensch war O'Donnell von seinem Vater offenbar im Stall erwischt worden, als er es in seiner Not mit einem Huhn versuchte. Ich bin gezwungen, die Antwort auf die Zwischenfrage des Gesprächspartners wiederzugeben: »Wo ein Ei rauskommt, paßt auch ein Stück rein.« Sein Vater hat ihm angedroht, er würde ihm nächstes Mal die Augen ausstechen. Um über diese Äußerung hinaus abschreckende Wirkung zu erzielen, zwang er seinen Sohn hinzuschauen, als er einem Kalb ein Auge herausschälte – es blieb bei diesem einen Auge, Kälber sind in Irland besonders kostbar. Besagtes Auge mußte sich der Sohn auf die Handfläche legen lassen – O'Donnell sprach von »triefendem Glupsch«.

Eine wahre Schreckensfigur, die so vor meinem geistigen Auge ersteht! Red Hugh sieht sich fast als »Menschenopfer«

des Molochs Saturn, der seine eigenen Kinder frißt. Kein Wunder, daß er der Burg des Vaters entfloh. Nach entbehrungsreichem Fußmarsch durch die Insel erreichte er den Hafen von Rosslare, fuhr als blinder Passagier nach England, »frag mich nicht wie«. Kurzum, mit Irland verbinden sich für ihn belastende, bedrückende Erinnerungen.

Auch wenn ich den Eindruck habe, es könne für Sie nicht weiter relevant sein, möchte ich nicht unterlassen zu erwähnen, daß O'Donnell einen Satz Tarot-Karten auf die lange Reise mitgenommen hat, daß er zuweilen ein Dutzend von ihnen auf den Tisch legt. Dies stets nach demselben Muster: ein Kreuz mit gleich langen Armen, vier Karten quasi als Basis. Die Karten bleiben zuweilen über Tage hinweg liegen. Eine der Kombinationen: in der Überkreuzung mittig eine Karte obenauf, die eine bäuchlings auf dem Boden liegende männliche Gestalt zeigt, die von insgesamt zehn großen, senkrecht aufragenden Schwertern durchbohrt ist, und zwar, mit Verlaub, vom Ohr zum Arsch. Ich habe diese Schwerter-Karte vorsichtig abgehoben, sah nun eine Karte, in deren Bildfläche eine Hand hineinragt, die einen Kelch hält, in den eine herabfliegende Taube eine Oblate zu legen scheint. Diese Karte lag allerdings auf dem Kopf – verglichen mit den unterhalb waagrecht gereihten Karten. Sorgfältig legte ich die Karte mit dem liegenden Körper, von dem zehn Schwerter hochragen, zurück. Dieses rätselhafte Bild habe ich auch beim Verfassen des Berichts vor Augen.

Zum Abschluß möchte ich vorsorglich in eigener Sache vermelden, daß ich den Speicher erneut dem Marder zu überlassen gezwungen bin, mußte ich doch feststellen, daß dort oben in der Zwischenzeit ein ansehnlicher Wespenbau entstanden ist (von dessen Existenz sich einer Ihrer Herren gern überzeugen mag). Von den Duftstoffen meiner Liqueure, wie ich sie zwangsläufig in den Kleidern trage, könnten Wespen allzu leicht angelockt werden. Doch mit einer Heerschar aufgestörter, womöglich beschwipster Wespen möchte ich mich nicht auch noch herumschlagen. Unter diesen Umständen müssen bis zum Einbruch des Winters weitere Aufenthalte im Speicher entfallen. Dies zur gefälligen Kenntnisnahme.

(45)

Rekonstruktion eines Gesprächs oder eher Monologs, niedergeschrieben von Marlowe; der Text wurde ebenfalls aufgefunden im Geheimfach des restaurierten Pultschreibtischs in Nußbaum. Marlowe kaschiert zum Schutz seiner Legende, daß Hero und Leander Figuren seiner (fragmentarischen) Verserzählung sind. Hier improvisiert er freilich, erfindet, was nicht in den Cantos steht.

Gez. »Writer«

* * *

Komm, streck dich, reck dich, Gérard, ich erzähl dir eine Geschichte. Eher eine Geschichte aus einer Geschichte. Die Hauptperson ist der junge, schöne Leander und der will zu seiner jungen, schönen Hero. Die wohnt allerdings auf der anderen Seite des Hellespont – heute würden wir sagen: Dardanellen. Leander ist ganz kribbelig, er kann nicht lange drauf warten, daß sich ein Fischer einfindet, der ihn über das Gewässer rudert oder segelt, er will, er muß sofort ans andre Ufer, westwärts. So zieht er sich aus, oder eher: streift die Kleidung ab. Sah damals entschieden anders aus, war eine Art Toga, ihr kennt das ja vom Theater: zieht man sich über den Kopf oder läßt das runtergleiten. Jedenfalls war er gleich darauf nackt.

Da steht er nun in diesem Satz, steht nackt am Ufer des Hellespont, steht dort aber wahrscheinlich noch nicht vor deinen Augen. Ich sah ihn schon mal beschrieben, in Reimform, mal sehn, ob ich das ungereimt noch zusammenkriege, ist schon einige Jahre her. So wie Fleisch köstlich ist im Geschmack, so ist sein Nacken köstlich im Berühren, habe ich gelesen. Und: weiß die Schultern, göttlich weiß, und glatt die Brust, der Oberkörper, und weiß die Bauchfläche, und perfekt gefurcht die Fortsetzung des Rückens. Ich betone das Weiß seiner glatten Haut, weil ich dabei an das Schwarz der Kleidung denke, wie man sie in unseren Kreisen am liebsten trägt, Schwarz der Melancholie, Schwarz der alchemistischen Nigredo. Dieses Schwarz betont das Weiß der Haut, etwa am Hals, und erst recht, wenn das Schwarz sich öffnet, und sei es nur spaltweit, fürs erste: Tuch in Schwarz weckt Lust auf Haut in Weiß. Nun, wo er hüllenlos dasteht, fällt dieser Kontrast natürlich weg, aber wir haben es noch im Kopf, dieses Schwarz, wir tragen es am Leib: Schwarz, das sich öffnet, um Haut, Haut, weiße Haut zu zeigen, weiß an den Schultern, weiß am Oberkörper, weiß auf der Bauchfläche, weiß an den Oberschenkeln, und dieses Weiß noch betont durch das Schwarz der Haare, oben und mittig. So steigt er ins Wasser, erst knietief, dann hüfttief, dann brusttief, schon beginnt er zu schwimmen, gleichmäßige Schwimmstöße, gelassene Schwimmzüge, die Wasserfläche ist weit zwischen ihm und der Person, die er liebt, die er begehrt.

Während er so, zügig, aber nicht hastig, auf die sinkende Sonne zuschwimmt, entsprechend viel Geglitzer, wird er von jemandem erspäht, der sich gleichfalls im Wasser aufhält: Meeresgott Poseidon mit dem ständig aufgerichteten Dreizack. Der Gott schwimmt sogleich los in Richtung auf den einsamen Schwimmer. Poseidon schwimmt allerdings etwas anders als der Jüngling, schwimmt mit halb aus dem Wasser gerecktem Oberkörper, damit man sehen kann, wie breit der ist, wie struppig behaart, mit kleinen Muscheln hier und dort im Pelz. Bei dieser Schwimmhaltung fällt es leichter, Entdeckungen zu machen. Scharfäugig wie Götter das nun einmal sind, weitsichtig noch dazu in ihrem Alter, hat Poseidon rasch erkannt, daß sich ein schöner Körper im Wasser befindet, und dann, bei näherem Hinsehn: daß sich mit jedem Schwimmstoß ein fast göttliches Gesäß über dem

Wasserspiegel, dem ruhigen Wasserspiegel zeigt, dieses Gesäß auch noch von abfließendem Wasser umschmeichelt, von der schräg stehenden Sonne zusätzlich betont. Poseidon schwimmt noch schneller, Schwimmstöße mit dem linken Arm – mit dem rechten muß er ja den Dreizack über Wasser halten, ist schließlich sein Kennzeichen.

So nähert er sich Leander im Hellespont. Der paddelnde Poseidon will möglichst viele Schwimmstöße sehen und das jeweils leichte Anheben des Gesäßes, von dem Wasser abfließt, von der Sonne jeweils kurz beschienen. Es ist klares Wasser, selbstverständlich ganz klares Wasser, so daß man mehr sieht als nur etwas Haut über dem Wasserspiegel, man sieht das Gesäß bis zu den Hüftknochen, also: das Wesentliche. So läßt Poseidon unseren Leander nur für gelegentlichen Wimpernschlag aus den Augen.

Leander hat ihn natürlich längst erspäht und erkannt, hat aber nur seine Hero vor Augen, der vorerst schweigsame Mann mit Dreizack interessiert ihn nicht weiter, der bleibt Randerscheinung, wortwörtlich. Leander ist Brustschwimmer, und so kommt es, daß sich Poseidon erst mal verguckt, den schönen jungen Mann für ein schönes, überaus schwimmfähiges Mädchen hält. Leander ist vorerst egal, wie er eingeschätzt wird, er hält den Kurs. Muß zudem mit den Kräften haushalten: der Hellespont ist breit. Ergo läge es nah, hier eine Geschichte über griechische Gottheiten und deren Liebesleben einzufügen oder zumindest Gedanken über die Liebe. So was gehört ganz einfach in die Geschichte von Hero und Leander. Auch ich mache mir intensiv Gedanken über die Liebe: Wie es kommt, daß zwei Personen unter so vielen anderen Personen auf der Welt sich unaufhaltsam aufeinander zu bewegen, als würden sie von einer Macht oder Übermacht aufeinander zugeschoben, und es gibt da – vorerst – kein Rechts und kein Links, alle Gedanken richten sich auf den anderen, man kommt mit seinen Gedanken nicht mehr los von dieser einen Person unter so vielen anderen Personen, das erste, was einem nach dem Aufwachen einfällt, ist diese geliebte andere Person, das letzte, was einem vor dem Einschlafen einfällt, ist diese geliebte andere Person, und dann, bei der Erfüllung von Tagespflichten, kommen einem Gedanken an die geliebte andere Person oft störend, aber genußvoll störend dazwischen, betörend störend, und der ewig wache Wunsch ist und bleibt: den Körper der geliebten Person möglichst oft und möglichst nah und möglichst fest an sich heranzuziehen und eigentlich, letztlich nie mehr loszulassen, was sich zwangsweise aber doch irgendwann ergibt, nicht nur wegen anderer Bedürfnisse, sondern auch wegen der Annäherung einer weiteren Person oder der Annäherung an eine weitere Person, und es geschieht das kleine Wunder, daß an die Stelle der geliebten Person eine andere Person rückt, die auch wieder zur geliebten Person wird, an die man morgens als erstes denkt, abends als letztes und tagsüber sowieso, und der Wunsch, den Körper der geliebten Person möglichst oft und möglichst nah und möglichst fest an sich heranzuziehen und eigentlich, letztlich nie mehr loszulassen, was sich dann aber doch wieder ergibt – ja, wenn das keine Anlässe sind, über Liebe, über das Wesen der Liebe nachzudenken …! Und damit auch, ja, über die gelegentliche oder fortschreitende Erosion des Eros: Sic transit gloria amoris …

Und Leander? Der ist immer noch unterwegs, begleitet vom beinah aufrecht schwimmenden, damit die Übersicht wahrenden Poseidon. Hier muß ich noch etwas einflechten über geschlechtliche Umgangsformen in der Welt des griechischen Olymp. Dort greifen Götter oft auf allernächste Verwandte zurück, bedienen sich im allerengsten Familienkreis – du weißt, wie man so was nennt. Auch schrecken die nicht davor zurück, eine begehrte Person mit Gewalt zu nehmen, falls sie sich nicht bereitwillig hingibt – du weißt, wie man das nennt. Und es finden wahre Massenbegattungen statt auf dem Olymp, alle Öffnungen des menschlichen Leibes genutzt bis zum Exzeß – du weißt, wie man so was nennt.

Also, nachdem diese Präliminarien geklärt sind, wird verständlich, weshalb der Meeresgott näher und näher heranpaddelt an den unermüdlich schwimmenden Leander. Den schaut Poseidon nicht an, wie man wohlerzogen die Marmorstatue einer nackten Frau oder eines nackten Mannes anschaut, zumindest offiziell, den zieht es oder schiebt es unaufhaltsam zu diesem nackten, jungen Körper, der mit gleichmäßigen Schwimmstößen das Wasser des Hellespont teilt, westwärts, sonnenwärts, was die Beleuchtungseffekte auf dem ansonsten ruhigen Wasserspiegel deutlich steigert, Lichtreflexe, die wiederum mit jedem Schwimmstoß der nackten körperlichen Erscheinung zugute kommen beim Abrinnen des Wassers vom Gesäß. Poseidon, in seiner recht einseitigen Ausrichtung, hält die schwimmende Person weiterhin für eine junge, erstaunlich schwimmtüchtige Frau und beginnt, ihr Avancen zu machen, wie man hierzulande sagen würde. Als die Avancen eindeutig, zu eindeutig werden, dreht sich Leander im Wasser des Hellespont mit einem Ruck auf den Rücken und zeigt ihm sein wahres Geschlecht, so –

Eh! Hélas! Alors –

46

Bericht von Marlowe, adressiert an Michael Garrison, den neuen Leiter der Ressorts. Text wie üblich in Geheimtinte niedergeschrieben und durch Thérèse der Botschaft übermittelt.

J.

* * *

Sir, es ist mir noch nicht gelungen (obwohl »Glaubensbruder«!), mir Einlaß zu verschaffen zur Räumlichkeit, in der ausgewählte Kommilitonen (wie »Benjamin«, »Compère«) an der Ausarbeitung (Reinzeichnung) des Molen- und Fortifikationsprojekts Calais arbeiten. Ich habe jedoch in Erfahrung gebracht, daß ein Offizier der Marine weiterhin zu gelegentlichen Konsultationen aus Calais anreist und mit den Beteiligten Einzelheiten der Anlage bespricht.

Der Beginn der Baumaßnahmen an der exzeptionellen Mole scheint näherzurücken. Wie ich über »Benjamin« in Erfahrung gebracht habe, sollen schon begleitende Maßnahmen in Angriff genommen werden. Demnach wird zu einem nah bevorstehenden Zeitpunkt der Guß der Kanonen in Auftrag gegeben, mit denen die Riesenmole zur Verteidigung seeseitig bestückt werden soll. Wie mir die Quelle weiter mitteilt, handelt es sich um »Feldschlangen« von etwa vier Metern Länge. Die Reichweite dieser Hinterlader soll rund drei Meilen betragen. Die Kaliber: 18-Pfund-Kugeln aus Eisen, 27-Pfund-Kugeln aus Blei, 12-Pfund-Kugeln aus Schlacke, 14-Pfund-Kugeln aus Holz mit Blei-Ummantelung.

Zusätzlich ist es mir gelungen, mich in den Besitz einer exakten Zeichnung des Büchsenmeisterzirkels neuster Ausführung zu bringen. Zusammengeklappt kann dieser Zirkel als zweischneidiger Dolch zum Einsatz kommen – für den Fall, daß die Geschützstellung überrannt wird. Aufgeklappt jedoch dient das Gerät wie üblich als Kaliberstab zur Pulverdosierung für die diversen, oben genannten Kugeln – die Skalen befinden sich an den Schenkeln des Zirkels. Zusätzlich dient ein Messingpendel dem Bestimmen des Neigungswinkels von Geschützrohren. Ein offenbar sehr präzises Gerät, soweit ich das beurteilen kann, wiedergegeben in einer Zeichnung, die in allen Details zuverlässig wirkt.

Sobald ich noch Genaueres erfahre über den Bau der Mole sowie der Fortifikationen von Calais, werde ich umgehend Bericht erstatten.

Leander

(47)

Die überraschende Konfrontation von »Leander« mit Agenten der Sûreté Générale wird im Folgenden dokumentiert in einer Rekonstruktion Marlowes. Auch hier die Frage: Diente die Aufzeichnung der emotionalen Verarbeitung? Oder als Grundlage späterer Rechtfertigung?

Vor allem dieser Text dürfte Ansatzpunkte bieten für eine eventuelle Neubewertung des Falls Marlowe – sei es durch einen Historiker, sei es durch einen Rechtsexperten. In beiden Fällen könnte das (von mir gelegentlich ergänzte) Dossier Basis der Wahrheitsfindung bilden.

Gez. D. Kühn

* * *

Was soll das?! Was wollen Sie?! Wie kommen Sie plötzlich hier rein?!

Mit kleiner Drehung eines nachgefertigten Schlüssels – aber mit solchen Lappalien wollen wir uns nicht weiter aufhalten, n'est-ce pas?

Dann stellen Sie sich wenigstens vor! Auch Ihr Begleiter da!

Der ist eigentlich recht eloquent, aber ausgerechnet heute hat es ihm die Sprache verschlagen. Ist ansonsten aber sehr präsent!

Um das zu beweisen, soll dieser Läuseknacker mal die alberne Maske abnehmen. Das gilt erst recht für einen sogenannten Wortführer.

Ein Demaskieren wäre nicht zweckdienlich bei unsrer Mission. Soviel müßten Sie schließlich selber wissen. Sind ja nicht ganz ohne Erfahrung auf gewissem Gebiet.

Red nicht so geschraubt daher! Laß dir lieber mal die Perücke entlausen!

Ah, die angelsächisch kaltblütige und kaltschnäuzige Tour, ich verstehe ... Die Spielregeln bestimmen aber wir, Sie befinden sich schließlich auf französischem Boden.

Aber in der Wohnung eines Iren! Exterritoriales Gelände!

Ah, und das wäre denn wohl ein Beispiel für den berühmten britischen Humor?

Wie kommen Sie auf britisch? Ich bin Ire. Irish man!

Yes, Sir. Oui, Monsieur. Im Zusammenhang mit Ihrer Landsmannschaft kann ich allerdings nur sagen: Sie haben in letzter Zeit etwas zu viel Aufmerksamkeit auf sich gelenkt, das war ein Fehler. Die Wutausbrüche bei Spielverlusten lagen im Rahmen des Üblichen, aber die Kette von original englischen Flüchen, die Sie dabei vom Stapel gelassen haben, die war ziemlich auffällig.

Was Sie da verzapfen, ist doch aus den Fingern gesogen! Wenn ich fluche, dann fluche ich auf heimische Art. Da horchen Sie mal bei Ballymote Castle rein – da wackeln aber die Wände!

Mister O'Donnell, oder wie Sie heißen mögen: Beim bisher letzten Ihrer unerfreulichen Kneipenauftritte war eine Person anwesend, die ein sehr genaues Ohr hat für derlei Nuancen. Unser Landsmann hat sich lang genug in England aufgehalten, um sich einzuhören in original englischen Tonfall. Jemand mit derart geschultem Gehör kann auf Anhieb unterscheiden zwischen brutalisiertem Cambridge-Englisch und verwaschenem Irland-Englisch. Das hört sich entschieden anders an, auch in Räumen mit französischer Akustik. Egal, ob irisch oder englisch geflucht – manierliche Umgangsformen kann man Ihnen in solchen Situationen kaum nachsagen. Damit kommen wir zum eigentlichen Thema. Ich möchte in meinen Ausführungen aber nicht durch Zwischenfragen oder gar Zwischenrufe gestört werden. Mein Kollege wird sich Ihrer deshalb auf seine Weise annehmen. – Sehn Sie, das geht ruckzuck! Natürlich ist das nicht der Griff, den Sie gern bei sich angewendet fühlen, der wird ein Stück tiefer angesetzt, nicht wahr? – Krümm dich nicht, englische Ratte! Ratten reißen wir die Schwänze ab – ist bei uns so Landessitte. Also, denk im folgenden Verlauf an dein kostbares Leben mit allem Drum und eher: Dran. Und schenk den einen oder andren Nebengedanken deinem Freundchen, für das wir stellvertretend aufgetaucht sind. Nicht wahr, Sie haben auf Ihren Gérard gewartet, statt dessen sind wir jetzt hier – das bedarf doch wohl einer Erklärung, oder? Die wollen wir Ihnen nicht schuldig bleiben. Wir haben Ihrem kleinen Gérard ein Stückchen Weg abgenommen und ihm einen hübschen Zwischen-Aufenthalt verschafft – er kann den verabredeten Besuch bis auf weiteres also nicht wahrnehmen. Höhere Gewalt, wenn man so will. Laß mal locker, Moulin, er will was sagen.

Wo steckt Gérard, was ist mit ihm?! Nun red schon!

Es läßt sich zwar nicht sagen, daß er im sprichwörtlichen Kamin steckt, aber viel größer dürfte sein, nun ja: Gemach kaum sein. Was aber den Vorteil hat, daß es ihn vor dem Ungemach bewahrt, schlichtweg umzukippen, sollten Sie sich längere Zeit als uneinsichtig oder störrisch erweisen.

Wenn Sie nicht sofort sagen, was mit Gérard los ist –

Was dann, nun, was dann? Welche Optionen haben Sie, Mister Red? Wir raten entschieden zu einem Verhalten, das der Situation angemessen ist. Wir befinden uns hier nicht in einer der Kneipen, in denen Sie das große Wort schwingen.

Das alles geht Sie überhaupt nichts an. Ich protes –

Ja, leider sieht sich mein Kollege gezwungen, Ihnen einen gewissen Maulkorb zu verpassen. Wir haben es nicht gern, wenn Sie herumbrüllen. Man muß Sie ja nicht bis auf die Straße hören. Also, wenn Sie das Maul nicht halten können, hält er Ihnen das Maul. So. Und damit wieder zur Sache. Dein ami bedarf gewisser Fürsprache, sonst sieht es für ihn sehr, sehr finster aus im sogenannten Kamin. Unter diesen Vorzeichen erzählst du uns jetzt mal ein bißchen über die Herrschaften, mit denen du in London zu tun hast. Falls du das ausnutzen und Radau machen willst, statt klar und deutlich Antwort zu geben, packt der Kollege auf bewährte Art und Weise zu. Also: Antwort oder Gebrüll? – Antwort …? Gut, Maulwerk freigegeben.

Ich bin solche Behandlung nicht gewöhnt!

Oh, du kannst dich noch an ganz andere Formen der Behandlung gewöhnen, falls du nicht ein gewisses Entgegenkommen zeigst. Also, wir möchten was hören über die Herren, mit denen du in dienstlichem Kontakt stehst.

Ich weiß nicht, wovon Sie reden.

Du brauchst ein Stichwort? Bitteschön, bittesehr: Privy Council … Star Chamber … Dämmert es nun am begrenzten Horizont?

Ich verweigere jegliche Auskunft.

Offenbar hast du, obwohl vom Fach, unsere Spielregeln noch immer nicht kapiert. Falls du auf meine Fragen keine brauchbaren Antworten lieferst, holen wir dein Freundchen aus dem »Kamin« und lassen ihm eine spezielle Behandlung zuteil werden. Da könnte er denn anschließend seinen Schwanz in der Tüte mitbringen. Falls er überhaupt so weit kommt bei dem in solchen Fällen rapiden Blutverlust. – Ich sehe, wir verstehen uns so langsam, dein Gesichtsausdruck spricht Bände. Und nun werden auch noch die Knie weich? Dann setz dich. Solltest du versuchen, deine Umgebung durch Geschrei zu alarmieren, so wird das im Keim erstickt. Ich sage: erstickt. Ich komm zurück auf das Stichwort Sternkammer. Und gleich noch als Zugabe: Her Majesty's Secret Service. Mit wem hast du es dort zu tun? Nenn schon den Namen, Hund!

Ich kann den Namen nicht nennen. Wirklich nicht. Jedenfalls nicht den Klarnamen.

Schön, das würde auch kaum den Regeln der Zunft entsprechen. Nenn seinen Tarnnamen. Los, mach schon!

Ich hab nur was gehört wie »Bounty«.

Na ja, nicht eben originell ... Dafür würden wir ersatzweise gern Genaueres erfahren über den hohen Herrn eures Etablissements. Den hast du sicher mal gesehn oder gehört. Wie sieht er aus, wie heißt er?

Ich hab auch da nur den Decknamen gehört: The Moor.

Weshalb, wieso »der Mohr«?

Es heißt, er trägt stets schwarze Kleidung. Außerdem soll er schwarze Haare haben und einen ziemlich südlichen Teint. Mehr kann ich dazu nicht sagen.

Das wollen wir ausnahmsweise mal glauben. Man befolgt in London also die Spielregeln der Branche. Zum gerechten Ausgleich will ich dir schnell mal was über deinen Dienstherrn erzählen ... Den Decknamen des Gentleman kannten wir zufälligerweise noch nicht, dafür aber seinen Klarnamen: Sir William Walsingham. Er hat am King's College zu Cambridge studiert, dort aber keinen regulären Abschluß gemacht. Infolgedessen kein akademischer Titel. Er verließ seine Heimat, als Edward der mittlerweile Sechste seine Herrschaft antrat in einer Form, die manchem seiner Untertanen mißfiel. Als Protestant wurde William pikanterweise Student der Rechte am Kolleg zu Padua. Der sprachgewandte junge Mann bespitzelte dort Mitglieder katholischer, vor allem jesuitischer Kreise. Wurde hierzulande sogar mal Botschafter, organisierte dabei ziemlich professionell seinen Spitzeldienst. Nun hat es der Herr vorgezogen, sein Amt in London zu führen – seit der Bartholomäusnacht wurde es für den protestantischen Botschafter doch etwas ungemütlich in Paris. Was Mister Walsingham übrigens fast sympathisch macht, ist sein Inlandshandel mit Bier, auch seine

Ausfuhr von Bier. Mit dem Gebräu fließen ihm erhebliche Geldmittel zu. Offensichtlich wird dir aber kein regelmäßiges Bier-Deputat zugestellt. Dafür seh ich zu meiner Freude eine Flasche, die nur Wein unseres Landes enthalten kann. Kommen wir später eventuell drauf zurück, sobald sich die Stimmung etwas gebessert hat … Vielleicht konnte dazu schon beitragen, daß wir einige interessante Neuigkeiten vermittelten – wir sind stets bereit, deine Wissenslücken zu füllen. Es gibt aber auch bei uns, zugegeben, die eine oder andre Wissenslücke. Noch. Wir sind entsprechend wißbegierig. Wir lassen uns das Wissen auch was kosten, notfalls ein Leben – nur bitte nicht das eigene! Also, du solltest ein wenig umdenken. Und dabei auch deines Freundchens gedenken, das so fatal in der Klemme steckt. Tust auch was für ihn, wenn du was für uns tust. Tust es genauso für dich. Sonst kommt zur Abwechslung dein Schwanz in die Tüte und die wird deinem Gérard überreicht, dem kleinen Arschficker. – Sitzenbleiben! Ja, nicht wahr, er hat eine besonders schnelle Art des Zugriffs, der Kollege. Kannst seine Praktiken notfalls noch viel genauer kennenlernen. Wir könnten das Gespräch in einer Räumlichkeit fortführen, in der alles notwendige Werkzeug bereitliegt. Ich habe mittlerweile aber fast den Eindruck, wir schaffen es auch ohne diese Plakkerei. Nach außen hin soll sich ja ohnehin nichts verändern. Auch nicht gegenüber dem Privy Council, der Star Chamber, dem Royal Secret Service und schließlich gegenüber Sir William Walsingham, dem Mohren … Aber, um das gleich mit ebenso wünschenswerter wie notwendiger Klarheit zu sagen: Du wirst uns den einen und anderen Dienst erweisen müssen, damit alles hübsch in der Balance bleibt. Eigentlich könnten wir das gleich mal ein bißchen einüben. Du bist höchstwahrscheinlich noch nie im Leben in Irland gewesen, »O'Donnell« oder so, aber dich hat es vielleicht zwischendurch mal nach Cornwall verschlagen, im Rahmen irgendeiner Affäre oder Aktion. Nun soll auf der Irischen See eine neuartige Ausführung von Artillerieschiff gesichtet worden sein – zufällig mal so was zu sehen gekriegt?

Ich war noch nie in Cornwall. Was soll ich in Cornwall? Ausgerechnet in Cornwall?!

Nicht immer gleich aufbrausen, ja?! Du könntest auch bei euch im Hause von dieser neuen Ausführung gehört haben.

Ich könnte mir höchstens denken, daß irgendwann mal ein Nachzügler der Armada von der Navy gekapert wurde und man hat die Galeone umgebaut. Eventuell am Heck-Kastell.

Alors, eh bien, er kann sich ja zusammenhängend äußern … Da kommen wir uns schon ein deutliches Stück näher.

Kommt mir nicht zu nah!

Keine Sorge, keine Bange – dir steckt ja wirklich noch der Schreck in den Knochen. Kann aber von heilsamer Wirkung sein. Und die läßt sich fördern. Hast du Durst?

Ist doch wohl klar, oder?

Ja, man kriegt leicht einen trocknen Hals in so einer Lage. Dein Freundchen wird ähnlichen Durst entwickelt haben, muß im Gegensatz zu dir aber bis auf weiteres eine trockne, eine zundertrockne Kehle behalten, in seinem »Kamin«. Du darfst immerhin zur Flasche greifen. – Schlabberst ja ganz gierig, Hund! Hilft dir aber hoffentlich, Fortschritte zu machen auf dem Wege zur Vernunft. Also, ich schlage vor, wir setzen uns jetzt friedlich an den Tisch und besprechen das weitere Vorgehn. Dein Hausherr ist mit einer zeitraubenden Erklärung an den Stadtkämmerer beschäftigt, und seine Wirtschafterin hat Ausgang. Also, Monsieur Red – ich bleibe beim Decknamen, spricht sich so angenehm leicht aus. Abgesehn davon wirst du auch deinen sogenannten Familiennamen beibehalten. Auch sonst, ich hab es ja schon angedeutet, wird sich für dich nichts ändern, nach außen hin: Du bleibst hier wohnen, gehst deinem sogenannten Studium nach, schreibst weiterhin Berichte über Personen und Vorgänge nach London, mit deiner Geheimtinte – bei Gelegenheit kannst du uns übrigens mal Näheres zur Mischung verraten. Auch als Dank dafür, daß wir dich bisher nicht auffliegen ließen – aber wir haben ja nun mal Besseres mit dir vor. Um deine – von jetzt an etwas labile, störanfällige – Position zu sichern, vermitteln wir notfalls ein paar Details für deine Berichte, speziell über Schiffbau; Sir Walsingham und Mister »Bounty« sollen zufrieden sein. Sollte von dir hingegen kein brauchbarer oder brauchbar erscheinender Bericht mehr kommen, lassen die Herren dich fallen, und das kann zu einem äußerst schmerzhaften Aufprall führen, manch einer überlebt das nicht. Als Gegenleistung für unsere schonende Behandlung wirst du künftig auch uns etwas zukommen lassen. Was wir übrigens ganz direkt zur Kenntnis nehmen werden, von Person zu Person. Du wirst gelegentlich zum Treff bestellt. Kannst doch so einigermaßen Billard spielen – nun, da könnte man sich gelegentlich verabreden, erst mal in einem kleinen Saal, später in einem Salon particulier. Dem Auftrag entziehen kannst du dich nicht. Dein Freund wird bis auf weiteres bei uns in Gewahrsam bleiben. Es liegt auch schon eine passende Tüte bereit. Falls der vorgeschlagene Inhalt nicht reicht, könnte eine Zugabe beigepackt werden, zum Beispiel eine schön tranchierte Arschbacke. Und was dich angeht, im Weigerungsfalle – manch einer ist auf offner Straße spurlos verschwunden; selbst bei näherer Erkundigung konnte man über sein weiteres Schicksal nichts, rein gar nichts in Erfahrung bringen. Über solche Optionen wollen wir aber nicht weiter nachdenken, wir legen ein positives Angebot auf den Tisch: Wenn du konkrete Arbeitsergebnisse vorweisen kannst, zahlen wir angemessen. Bei euch ist das anders – der Secret Service nagt ja fast am Hungertuch. Hier aber stehen ausreichende Mittel zur Verfügung, und du kannst daran teilhaben. Auch unter diesem Vorzeichen solltest du dich klipp und klar zur Mitarbeit bereit erklären. Muß nicht jetzt sofort sein, wir gönnen dir Bedenkzeit. Sagen wir: bis morgen nachmittag? – Oder gibt's schon mal eine vorläufige Antwort?

Ihr laßt mir ja keine andere Wahl!

Das haben wir fachkundig auch so arrangiert. Darauf sollten wir beide uns einen Schluck genehmigen – ziemlich trockne Luft hier. Mein Kollege schenkt in gewohnt eleganter Weise ein ... Verpaßt nicht nur den Maulkorb, macht auch den Mundschenk ... Sprachspiele liebst du ja, nicht wahr? Prost. Gibt es eine Frage, die dir auf dem Herzen liegt?

Wenn ich Bedenkzeit kriegen soll – ich wüßte so langsam mal gern, was ihr eigentlich von mir wollt.

Eine klare Frage verdient eine klare Antwort. Red Hugh, hör zu. Wir sind erst mal an Stimmungsberichten interessiert. Vor allem unter dem Aspekt: Wie beurteilt man in London die Möglichkeit einer Allianz zwischen Schottland und Frankreich, im Namen von Maria Stuart? So was wirst du hierorts kaum in Erfahrung bringen können, also schau zu, daß du zwischendurch in heimische Gefilde zurückkehrst. Wir können dir eventuell dazu verhelfen durch interessante oder interessant erscheinende Mitteilungen, die von dir als Kurier und Berichterstatter ausnahmsweise direkt weitergeleitet werden müssen. Bei der Anreise könntest du mit deinem mittlerweile geschulten Blick gleich mal nach den Küstenbatterien von Dover schauen, die zur Zeit ausgebaut werden sollen, mit neuen – wie sagt ihr: fortifications. Aber das nur nebenbei. Hauptsache wäre für uns die Erkundung der Stimmung in maßgebenden thronnahen Londoner Kreisen. Wenn du jetzt aber meinst, dir womöglich ausmalst, dein kleiner großer Freund könnte dich dabei begleiten, privat, so müssen wir dir eine herbe Enttäuschung bereiten: Bis zur endgültigen Regelung unseres Verhältnisses werden wir besagten Herrn in sicherer Verwahrung halten. Seine Kollegen der Theatertruppe werden eine dringend notwendige Reise »nach Dijon« zur Kenntnis nehmen, etwa zur Eröffnung eines Testaments – hoffentlich nicht seines eigenen. Bald darauf wird man zur Tagesordnung übergehen, sofern es das bei einer Theatertruppe überhaupt gibt, in dieser Horde von Langschläfern. Also, laß dir alles nochmal durch den Kopf gehn. Morgen nachmittag treffen wir uns »Beim dicken Pierre« zu einer Partie Billard. Da erscheinen wir selbstverständlich ohne Masken. Bis dahin, denke ich, sind wir deiner sicher. Falls du mich ansprechen willst: ich bin für dich »Guillaume«. Unser Freund mit dem raschen Zugriff ist »Le Moulin« – seine Arme können so rasch wirbeln wie Windmühlenflügel; er kriegt, wenn es sein muß, jeden kleingemahlen. »Guillaume« und »Le Moulin« halten zusammen wie Pech und Schwefel. Und falls du dich unserer Zuwendung nicht als wert erweist – wir werden dich gnadenlos in die Furche dukken!

(48)

Die beiden folgenden Texte wurden gleichfalls aufgefunden im Dossier mit der bewußt irreführenden Aufschrift »Erledigt«. Auch hier: eigenhändige Niederschrift von Christopher Marlowe.

Gez. D. K. (»Writer«)

* * *

Erste »Billardpartie« mit dem Feind. Träumte in der Nacht zuvor von kanonenkugelgroßen Billardkugeln, bleiummantelt, dennoch flugleicht, prallten auf an kniehoher Bande, doch Kugeln zerschellten nicht, platzten nicht auf, prallten vielmehr zurück auf mich, hechelndes Ausweichen. Trockner Mund, rasender Herzschlag beim Aufwachen. Es dauerte lang, bis ich wieder festen Boden unter mir spürte. Streunte im »quartier« herum, nahm mir eine der Huren, Einschlupf in die gewaltige Ruine des Tournelle-Komplexes, Nebenraum, sie mit dem Rücken an der Wand, biß mich an ihr fest. Aufpreis. Doch vorwegnehmende Aufregung war umsonst: »Guillaume« bereits an einem der beiden Billardtische in der Taverne »Beim dicken Pierre«, mürrisch mit dem Tuch beschäftigt, bürstend. War aber auch ziemlich bestreut: Kreidebröckchen, Tabakfäden, Brotkrümel. »Ich kann so was nicht ausstehn! Das Tuch muß sauber sein!« Er drückte mir die Bürste in die Hand, ließ sich von der Wirtin ein Plätteisen bringen, vorgeheizt, sorgte, Kohlebröckchen nachschiebend, für höhere Temperatur. Und wo ist Moulin? »Mit dem ist heute nichts anzufangen, der hängt durch, bleu-mourant …« Ich, scheinbar teilnehmend: Probleme? »Ich sage nur: Es ist einsam im Sattel, wenn das Pferd tot ist …« Ich bürstete weiter, er war mit dem Plätteisen beschäftigt. »Da wir schon von Tod reden: Hast du mal einen vom Leben zum Tode befördert?« Nein, aber ich war mal nah dran: Duell mit einem Kirchenmusiker, Gambenspieler. Keiner von uns wollte das in der alten Unart erledigen: zwei Mann losschicken, die Sache mit Totschlag nach Tarif beenden, wir wollten das mit Degen ausfechten wie auf den Bühnen, mit »Hai!« und »Passado!«, mit »Hai!« und »Punto reverso!« Das griff »Guillaume« auf, respondierte mit »Hai«, wenn ich »Passado!« rief, setzte nach mit »Punto reverso!« und ich wieder mit »Hai!«. So standen wir uns am Billardtisch gegenüber und spielten uns die Rufe zu, ich nicht mehr bürstend, er noch nicht bügelnd. Andere im Raum: aufhorchend. Fortsetzung der Zurufe, degenschnell alternierend: »Hai! Passado! Hai! Punto reverso! Hai!« Und kein Punto reverso mehr, sondern Schlußpunkt. Denn inzwischen war das Plätteisen heiß, und Guillaume mußte sich konzentrieren, leicht schnaufend. Ich rieb schon mal die Lederkappe eines Queue mit Kreide ein. Als das grüne Tuch sauber und glatt war, legte ich meinen Brief mitten auf die Fläche.

* * *

Gérard, mon ami! »Guillaume« soll dir diesen Brief überreichen. Ich gehe davon aus, daß er dich in einer Situation antrifft, die es dir erlaubt, diese Zeilen zu lesen. Ein Brief, der private, irgendwie »verräterische« Mitteilungen enthielte, würde dich wohl kaum erreichen. So möchte ich dir wenigstens berichten, daß ich in den Tagen vor dem für uns allzu jähen Wechsel weitergearbeitet habe am Trauerspiel über Richard den Zweiten, daß ich mich dabei entschlossen habe, als Dramatis persona eine Amme einzuführen. Sie wird voraussichtlich zwei große Szenen erhalten.

Zur ersten: In der Schlacht, die Richard gegen seinen Widersacher verliert im Kampf um den Thron, in dieser

Schlacht fällt auch ein Sohn der Amme (der ich später noch einen Namen geben muß). Sie wandert umher auf dem Schlachtfeld, findet die Leiche ihres Sohns, kniet nieder, beklagt mit dem Sohn zugleich all die jungen Männer, die auf diesem Schlachtfeld ihr Leben lassen mußten. Jähe Wechsel, unfaßlich jähe Wechsel ...! Noch am Tag zuvor, ja am Abend vorher hatten sie an einem der Biwakfeuer gesessen, ihr Sohn und einige seiner Kameraden, hatten Kartoffeln gebraten, auch ein (requiriertes) Stück Fleisch, hatten gescherzt, hatten gesungen, und seien es unflätige Lieder, aber sie haben gesungen, und singend, nicht bloß auf Befehl singend, sondern singend um ihre Angst kleinzuhalten, waren sie in den Kampf gezogen: junge Männer mit gesunden Körpern – noch alle Haare auf den Köpfen, noch alle Zähne in den Mündern, Muskeln straff, Haut glatt, Bewegungen elastisch und: jäher Wechsel, allzu jäher Wechsel! Nun sind sie dahingemäht, ja, wie mit einer riesigen, in den Lüften rauschenden Sense dahingemäht, liegen, liegen, liegen hingestreckt. Augen, die nicht mehr sehen, Ohren, die nicht mehr hören, Zungen und Lippen, die nicht mehr schmecken und sprechen, Kehlen, die nicht mehr schlucken, Lungen, die sich nicht mehr weiten, Herzen, die nicht mehr schlagen, Arme und Hände, die nicht mehr zupacken, Beine, die nicht mehr ausschreiten – alles beendet mit Todesstreichen. Die Söhne, der Sohn, ihr Sohn. Reglos, leblos die Beine ihres Sohns, das Geschlecht ihres Sohns, der Bauch ihres Sohns, das Herz ihres Sohns, die Lungen ihres Sohns, die Arme und Hände ihres Sohns, die Kehle ihres Sohns, die Lippen, die Zunge ihres Sohns, die Ohren, die Augen ihres Sohns – sie schließt die Augen ihres Sohns, schließt die Augen junger Männer, die nicht ihre Söhne sind. Abgesang, großer Abgesang der Amme auf dem Leichenfeld.

Und dann, Gérard, die zweite große Szene: Die Amme

nimmt Abschied von Richard. Sie hat ihn genährt, als sie sechzehn oder siebzehn war, nun ist sie Ende fünfzig. Ist, so hoch betagt, in den Tower geeilt, sobald sie vom Tod des Königs hörte, hat sich von Wächtern nicht aufhalten lassen – hat die Uniformierten und Bewaffneten als Söhne angesprochen, schon gehorchten sie wie Söhne. Nun ist sie allein mit dem toten Richard in einem der Kerker des Tower: massiges Mauerwerk, lastendes Gewölbe, winzige Lichtöffnung, stinkendes Stroh, huschende Ratten – Verlies, in dem viele Ohren ertaubten, viele Blicke erloschen, viele Herzen versagten. In diesem erdrückend engen Raum zieht sie die Leiche des zu Tode geschundenen Königs auf ihren Schoß – Pietà, ich sehe hier eine Pietà –, und sie beklagt den jähen, allzu jähen Wechsel auch hier: Hat diesem Leib, als der noch nicht dieser Leib war, dieser Leib aber werden sollte, Milch gegeben aus ihren Brüsten, Milch, die sie als Amme des Prinzen ihrem Söhnchen vorenthalten mußte. Sie hat das hochgeborene Kindchen nicht nur genährt, sie hat es gewaschen, getrocknet, gekleidet, und sie erlebte mit, wie aus dem liegenden Körperchen ein kleiner, krabbelnder Körper wurde, aus dem krabbelnden Körper ein dahinstapsender Körper, aus dem dahinstapsenden Kleinkind ein dahineilendes Kind, aus dem dahineilenden Kind ein reitender Junge, der andere Jungenkörper in die Arme schloß, im Ringkampf, im Liebeskampf, sie erlebte mit, wie Muskeln sich bildeten, Hautfläche wuchs, sie konnte, wenn er gelegentlich zu ihr flüchtete, seinen Atem hören, seinen Herzschlag spüren. Soviel Licht über ihm, soviel Glanz, der ihn umgab, so viele Menschen um ihn her und für ihn – und jäher Wechsel, allzu jäher Wechsel! Lastendes Mauerwerk, spärlichstes Licht. Und Durst, Hunger, Schweigen. Und übermäßige, übermächtige Schmerzen – heisere Schreie, erstickende Laute.

(49)

Es schließen sich Aufzeichnungen an über eine zweite Billard-Partie von »Guillaume« und »Leander«, diesmal in einem »Salon particulier«. Mit anwesend: »Le Moulin.« Von ihm stammt das Gedächtnisprotokoll; es liegt vor in zweifacher Ausfertigung; hier die Kopie, abschriftlich.

Einleitend erfolgte Übergabe einiger Zeilen des Gérard Gaston an »Leander« durch (stimmführenden) »Guillaume«.

Gez. D. Kühn

* * *

Na, das war mir klar, von vornherein, daß du gleich noch mehr hören willst von deinem ami. Also, wie das seine Zeilen schon andeuten: Wir haben deinen warmen Bruder aus dem »Kamin« geholt, haben ihn pfleglich behandelt. Daß wir ihn erst mal hart anpacken mußten, dich ja auch, das ergab sich ganz einfach aus der Situation. Aber nun ist es wirklich so, wie es im Brieflein steht: hat ein Zimmer für sich, und es ist dafür gesorgt, daß er weder verhungert noch verdurstet. Du wirst aber Verständnis dafür haben, daß wir ihn vorläufig nicht freilassen können. Sehr viel wird natürlich davon abhängen, wie du uns zuarbeitest. Sollte das generell nicht klappen, ist es umgehend aus mit der neuen Freundlichkeit, dann wird er wieder in den »Kamin« gesteckt, und für dich denken wir uns was besonders Feines aus. Soweit die Spielregeln unserer Partie.

Jetzt erst mal ein kleiner Zwischenbericht. Wir haben bei deinem ami auf den Busch geklopft, haben ihm auf den Zahn gefühlt – wollten dich über ihn ja etwas näher kennenlernen. Dabei haben wir denn auch einiges in Erfahrung gebracht. Vor allem: er weiß nicht so recht, woran er bei dir ist. Ihm ist zum Beispiel aufgefallen: Du hättest wenig Lust gezeigt, über Fortifikationen zu plaudern – lieber über Kuppeln und Minarette im fernen Samarkand … Dein Gérard hat allerdings den Eindruck, zuweilen, du redest über Samarkand oder sonstwas, weil du nicht über dich selber reden willst. Er hat das Gefühl, er kommt in gewisser Weise – nur in gewisser Weise, nicht im direkten Zugriff –, da kommt er nicht so recht an dich heran, du wirkst verschlossen, weichst aus. Warum, wieso, weshalb – er weiß es nicht. Schlußfolgerung unsrerseits: Du hältst dich an die Diskretionsregeln, auch gegenüber einer nahestehenden oder eher: naheliegenden Person. Das erscheint uns positiv mit Blick auf unsre anlaufende Kooperation.

So, und da wollen wir doch gleich mal, an dein Freundchen denkend, einen ersten Blick auf England werfen. Gibt es irgendwelche Anzeichen dafür, daß Truppen bereitgestellt oder in Marsch gesetzt werden, Richtung Ostküste? Vorzugsweise im Raum Dover?

Wie soll ich das wissen? Ich bin doch nicht durch alle Grafschaften gezogen und hab die Soldaten abgezählt.

Alle Grafschaften? Es geht also nicht nur um die Grafschaft Dover? Komm, mach schon: erste Fingerübung! Sonst treiben wir deinem ami brennende Holzspäne unter die Fingernägel. Also zier dich nicht. In eurem sogenannten Geheimdienst wird einem ja schon mal was zu Ohren kommen.

Ich kann nur sagen, daß Militär einquartiert ist in verschiedenen Ortschaften entlang der Themse, speziell zwischen Mündung und London. Eine Schlagader – muß ja geschützt werden.

Versteht sich. Und darüber hinaus?

Soweit ich weiß, verteilt sich unser Militär auf sämtliche Grafschaften. Von Bewegungen oder Konzentrationen kann die Rede nicht sein. Schließlich soll verhindert werden, daß es zu gewalttätigen Auseinandersetzungen zwischen Katholiken und Protestanten kommt, womöglich zu einem Bürgerkrieg. Es ist nun mal recht neu, daß der Protestantismus offizielle Religion ist; beim Vater unsrer Königin war es noch Katholizismus. Das sorgt in etlichen Köpfen für Verwirrung. Also besteht Gefahr, daß etwas hochkocht, hochgeht. Weil man nicht weiß, wo erste Unruhen ausbrechen können, bleibt das Militär gleichmäßig verteilt.

Es deutet also nichts darauf hin, daß Truppen zusammengezogen und in Marsch gesetzt werden, Richtung Küste?

Ich sagte doch, wir brauchen die Soldaten eher zur Absicherung nach innen.

Na, da hätten wir auch gleich einen hübschen Auftrag parat, für den nächsten Aufenthalt in der Heimat. Ein Militär-Architekt zieht doch sicherlich viel durch die Lande, dabei könnten sich Einblicke ergeben, ergiebige Gespräche entwickeln. Wir wüßten halt gern Genaueres über die Verteilung von Militär in diversen Grafschaften, wir bräuchten da Zahlen, Zahlen, Zahlen! Mal sehn, ob wir unter diesem Aspekt, in dieser Perspektive deine Rückkehr ein wenig beschleunigen können, indirekt.

50

Aktueller Bericht. Schwerpunkt diesmal: Bau von Kriegsschiffen. Wie ich über meine Gewährsleute (vor allem »Compère«) erfahre, hat der gelegentlich konsultierte Marineoffizier aus Calais eine neue Entwicklung skizziert.

Demnach scheint die französische Marineführung von unserem Sieg über die Armada gelernt und sich in der Planung umgestellt zu haben: man setzt auf kleinere Schiffe, niedriger gebaut und mit verschlanktem Rumpf. Die schweren spanischen Galeonen mit ihren hohen Heckaufbauten sind zwar günstig für Enterangriffe, verlieren mit der stetigen Verbesserung weitreichender Schiffsartillerie jedoch an Bedeutung.

Ich bin nun in der glücklichen Lage, von einer weiterführenden Neuentwicklung berichten zu können, über die ich aus zuverlässiger Quelle informiert wurde. Demnach ist Folgendes im Gespräch: Da vor allem Schiffsflanken dem Beschuß von Kanonendecks (in Breitseite) ausgesetzt sind, soll ein Seekampfgerät entwickelt werden, das überhaupt keine Flanke mehr aufweist. Und zwar soll mit langem Tauwerk von großen Schiffen (Flaggschiffe) jeweils ein Floß in Schlepp genommen werden, auf dem Geschütze hinter Blenden aufgestellt werden, die vor dem Abschuß weggeklappt werden. Solch eine gleitende Geschütz-Plattform knapp über dem Wasserspiegel dürfte schwer zu treffen sein, wohingegen von einem Schleppfloß gezieltes Feuer in drei Richtungen möglich ist.

Ich schreibe dies nieder nach einem mündlichen Bericht. Ich hoffe, es wird mir gelingen, in den Besitz einer maßstabgerechten Zeichnung dieser Neuentwicklung zu gelangen. Näheres demnächst.

Leander

51

Bericht, den »Leander« an »Nephew« schickte, auch diesmal mit den Vermerken »persönlich« und »streng vertraulich«, somit weitere Verbreitung ausschließend.

Jer.

* * *

Unter Hinweis auf mein erstes diesbezügliches Schreiben an Ihren Herrn Vorgänger sowie auf mein zweites, an Sie gerichtetes (vertrauliches!) Schreiben muß ich einen erneuten Vorgang, eher Vorfall zur Meldung bringen, der in höchstem Grade ein Gefühl der Unsicherheit erzeugte und hinterläßt.

Zum Ablauf, kurzgefaßt. Ich übte an einem Billardtisch des Restaurants »Zum dicken Pierre«, und zwar zu einer Tageszeit, in der ich theoretisch hätte allein sein können im Raum. Ich wurde jedoch angesprochen von Jemandem mit spanischem Akzent: Ein junger Mann würde mich gern kennenlernen. Einer gewissen Erwartung folgend, ließ ich mich darauf ein. Mich erwartete in der Tat ein junger Mann, jedoch maskiert. Der Vermittler erklärte, sein Begleiter unterhalte Verbindungen zum Alcázar, zum Escorial, besäße Kenntnisse von gewissen höchst relevanten Plänen, gegen unser Land gerichtet. Besagte Person drückte sich in halbdunklem Winkel des Raums herum, hätte am liebsten wohl noch mit dem Gesicht (mit der Maske) zur Wand gesprochen. Behauptete nun gleichfalls, er hätte wichtige Nachrichten aus Spanien.

Meine Frage, scharf: Wie kommt ihr überhaupt darauf, daß mich so was interessieren könnte?! Darauf die Antwort: Wir vertrauen nicht dem Zufall.

Aus ersten Äußerungen des Maskierten war zu schließen, daß er vom Fach war. Nur deshalb ließ ich mich weiter darauf ein, statt umgehend den Raum zu verlassen: ein Fehler meinerseits, offen eingestanden. Der Vermittler schlug vor, man solle sich erneut treffen, gegen Zahlung von 100 Gold-Dublonen würden mir sodann geheime Nachrichten übermittelt. Brandheiße Nachrichten aus dem Escorial, direkt aus dem Arbeitszimmer von König Philipp dem Finsteren, womöglich aus dem hintersten Geheimfach in seinem Schreibsekretär? Kein Sinn für Ironie, weiteres Beharren auf finanzieller Forderung, zu erfüllen bei nächstem Treff. Ich fragte den Maskierten, ob er etwas Schriftliches dabeihätte, Notizen oder Skizzen, doch er war mit leeren Händen erschienen. Wiederholung der Konditionen: Bevor er den Mund aufmacht, hält er die Hand auf. Beziehungsweise beide Hände – eingehöhlt wie eine Opferschale? Hundert Dublonen – also mehr als ein Pfund Feingold, gemünzt! Hätte ich mir das aus den Rippen schneiden sollen? Und dafür würde mir irgendwas aufgetischt, frisch aus dem Escorial? Ich bezeichnete es als Zumutung, so was glauben zu sollen, der maskierte Bursche konnte ein Mime sein, Darsteller von Nebenrollen, und dem wurde vorher eingeblasen, was er von sich geben soll, etwa über eine neue Kriegslist des Königs von Spanien. Wir sind oft Täuscher vom Dienst, doch am Rande des Spielfelds lauern die Betrüger. Erbost sagte ich dem Vermittler, er solle diesen Scheißer wieder mit nach Hause nehmen, auf so was ließe ich mich nicht ein, der sei keinen Penny wert. Vermittler fing wieder an, von der phantastischen Bedeutung des Mannes zu sprechen – der bestimmt schon hinter der Maske zu schwitzen begann. Doch für mich war das Spielchen gelaufen, grußlos verließ ich den Raum, das Gasthaus, marschierte zur Seine-Wiese bei der Abtei. Und wurde von Angst eingeholt: Wie war man auf die Idee gekommen, mich könnten geheime

Nachrichten interessieren? Entlarvung durch den Feind …? Agent provocateur …? Das Gefühl, der Boden trägt nicht mehr. Bitte um Führungsanweisung.

Leander

52

Folgt ein Schreiben von »Secretary« an »Leander«. Auch dieser Brief wurde mit Blick auf eine zu erwartende Prüfung durch den französischen Dienst inhaltlich getarnt.

J.

* * *

Dear Mister O'Donnell, unser Kreis ist hoch erfreut über die Fortschritte, die Sie beim Studium machen. Ihr Vater im fernen Westen Irlands wird allerdings – nach allem, was Sie über ihn erzählt haben – auch unter diesen erfreulichen Vorzeichen kaum bereit sein, Ihnen weiterhin die Mittel zukommen zu lassen, die ein fortgesetztes Studium in Paris ermöglichen. Wir sehen dennoch erfreuliche Perspektiven für Sie: Ein Grüppchen honoriger Gentlemen will die zusätzlichen Mittel aufbringen, die eine Verlängerung des Studiums bis zum Abschluß ermöglichen. Wir alle setzen große Hoffnungen in Sie, sehen wir in Ihnen doch schon den führenden Baumeister in Irland. Der bereits erwähnte, aus Dublin stammende Lord Charlemont, der über Sie nur Rühmliches vernommen hat, scheint geneigt zu sein, Ihnen einen ersten großen Auftrag zu erteilen. Wie wir inoffiziell erfahren, scheint Ihro Lordschaft das finstere, feuchte Castle durch eine Villa ersetzen zu wollen, für die er in Italien ein Vorbild sucht, eine Villa mit angrenzendem mäuse- und rattensicheren Speicher für Maiskolben, eine Villa in einem Garten, der von beschußfester Außenmauer umgeben sein soll, überragt von einem Turm, der Überblick gewährt über seine Ländereien und von dem aus heranrückende Feinde mit englischen Feldzeichen rechtzeitig erspäht werden können. Da der Lord in recht absehbarer Zeit seine Reise fortzusetzen gedenkt, mit der ersten Station Genua, wäre für beide Seiten förderlich, wenn Sie das Schiff »Nouvelle aventure« nehmen könnten, das voraussichtlich am 18. dieses Monats in Calais ablegen wird.

Sie könnten Ihrem künftigen Bauherrn und Gönner eine große Freude bereiten und ihn nachdrücklicher zur Auftragsvergabe motivieren, wenn Sie ihm eine ähnliche, auf kniehoher Säule stehende Figur mitbrächten, wie er sie im Haus unseres mittlerweile recht knickebeinigen Jubilars neidvoll erblickt hat. Es wird Ihrem Pariser Kunsttischler sicherlich möglich sein, ein entsprechendes Werk fristgerecht herzustellen. Passend wäre etwa eine geschnitzte, auf eine Säule gestellte Göttin Flora mit Füllhorn. Solch eine Figur würde Lord Charlemont wohl zusätzlich einstimmen auf die Italienreise.

Und damit: Eine halbwegs erträgliche Postkutschenfahrt nach Calais, eine ruhige Überfahrt wünscht Ihnen der wachsende Kreis von Freunden.

Sincerely yours, Secretary I. F.

(53)

Wiedergabe der von Marlowe niedergeschriebenen Rekonstruktion eines Gesprächs vor der Fahrt von Dover nach London.

Gez. Kühn (»Writer«)

* * *

Oho, Ingram Fraser persönlich! Hätt ich nicht mit gerechnet, daß du mich abholst!

Wir wollen nicht, daß du im Hochgefühl deiner Erfolge hier schon auf Abwege gerätst. Selbst im Zolldienst gibt es hübschen Nachwuchs, das könnte dich fürs erste in Dover und Umgebung festhalten. Mister Garrison will dich aber endlich mal persönlich kennenlernen, schwenkt womöglich schon einen Orden – wenn auch nicht als Hosenband.

Wie pflegt man in solch einem Fall zu sagen? Ich diene in aller Loyalität meinem Land und unserer Königin.

Bravo. So eine Bekundung bringt eventuell einen Zuschlag. Einen Zuschlag zum Bonus. Und jetzt verstau dein Bündel.

Sieht sehr nach gehobener Kutschenkategorie aus … Und gleich zwei Mann auf dem Bock! Zuviel der Ehre …

Wir haben leider mal wieder die Pest in der Stadt. Greift verdammt rasch um sich. Wenn einer der beiden vom Bock sackt, ist immer noch der andre in der Lage, die Kutsche zu lenken.

Dein Humor ist reichlich schwarz geworden.

Durchaus angemessen unter dem Zeichen des Schwarzen Todes …

Wenn das wirklich so schlimm ist – wir kommen doch sowieso durch Deptford, warum da nicht Halt machen und die weitre Entwicklung abwarten? Falls die Pest sich noch mehr ausbreitet – in Deptford käme man am ehesten weg, da liegen ständig Schiffe vor Anker, die wären rasch gelichtet ... Also?

Die hohen Herren werden wissen, was zu tun und was zu lassen ist. Sie haben die Anweisung erteilt, die wird befolgt, da gibt es keine Diskussion. Wo kämen wir sonst hin?

Vielleicht in Teufels Küche!

Es wird nichts so heiß gegessen ... Vergiß Deptford.

Aber wie wär's, wenn wir wenigstens in Canterbury Halt machen würden? Liegt doch genau auf dem Weg. Ich würd gern mal kurz bei den Eltern reinschaun.

Grundsätzlich nette Idee. Nur vergißt du, nach all deinem Paris, Paris, Paris, daß du offiziell im Tower einsitzt. Da kannst du nicht eben mal rausspringen. Dich darf keiner sehn unterwegs. Warum glaubst du wohl, haben wir diesen geschlossenen Wagen angeheuert?

Merde! Aber laßt uns wenigstens mal am Haus vorbeifahren, ich zeig euch den Weg. Ich steig auch bestimmt nicht aus. Nur einen Blick aufs Haus werfen. Vielleicht kommt dann grade jemand von der Familie raus ... Nur ein Minütchen ...

Kommt nicht in die Tüte!

Red nicht so einen Scheiß!

Was ist denn plötzlich los?!

Ah, ist schon gut ... War nur so eine Erinnerung ... Hat nichts mit dir zu tun.

Dann können wir so langsam ja mal einsteigen. Aber vielleicht schenkst du zuvor unsrem zweiten Kutscher einen kurzen Blick.

Da muß man aber genau hingucken! Was sitzt der so krumm? Warum hat er die Hutkrempe so tief in die Stirn gezogen?

Weil mittendrauf eine wunderschöne Pestbeule prangt!

Aber dir zu Ehren richtet er sich gerne auf, nimmt den Hut ab und protzt mit der Beule.

He, Poley, du bist's ja! Und tatsächlich eine Beule!

Aber garantiert keine Pestbeule. Ehrenhaft zugezogen bei Körpereinsatz im Dienst. Laß dich also ohne Pesthauch begrüßen, kurz und bündig. Wir werden unser Wiedersehn in London noch in Saus und Braus feiern, aber jetzt müssen wir wirklich los. Sonst ist man ungehalten an höherer Stelle, so was wollen wir lieber vermeiden. »Nephew« ist ein Wolf im Schafspelz.

54

In Anbetracht der außergewöhnlichen Umstände, die von diesem Zeitpunkt an den Vorgang Marlowe begleiteten, sehe ich mich genötigt, der folgenden Abschrift des von mir geführten Protokolls einige Anmerkungen voranzustellen.

Die Vernehmung fand statt zu einer Zeit, da London vom Schwarzen Tod beherrscht wurde, in fast allen Kirchensprengeln. Verschiedene (plötzlich verständliche) Vorzeichen (vor allem der Komet!) hatten das Unheil angekündigt. Mit einem Schiff, von Indien nach Antwerpen zurückkehrend, soll die Pest an Land gekommen sein: nur Sterbende und Tote an Bord, keiner mehr am Steuer, das Schiff wurde von der Flut an Land getrieben, lief auf, und Ratten, nur noch Ratten verließen das Wrack, huschten scharenweise in die Stadt, schienen zugleich aus Kellern, Schuppen, Verliesen hervorzuqellen, Ratten mit Krusten an den Augen, Schorf an den Ohren, Blut an Nase und Maul, mit kahlen Stellen im stumpfen Fell; räudige Mutterratten trugen nackten Nachwuchs im Maul. Und Jung-Ratten fiepend, Alt-Ratten niesend – wenn man sie nachts beobachtet, belauscht, so hört man auch ihren rasselnden, beinah knakkenden Atem, der schließlich stockt, und wieder liegt da eine tote Ratte, liegt mit Sicherheit neben einer weiteren toten Ratte, liegt zwischen vielen toten Ratten. Und weiter huschen Ratten durch Straßen und Gassen, Ratten, die fett, ja feist werden vom Fleisch und Fett der Leichen. Sie bringen Tod und Verderben, diese Ratten, sie feiern Tod und Verderben, manche tanzend, andre sich im Kreise drehend, und gleich darauf liegen sie dahingestreckt, ihre Raff- und Reißzähnchen bleckend im Todesgrinsen. Zuweilen kriechen anschließend, abschließend Würmchen hinten aus den Kadavern.

Die Vorvernehmung des Christopher Marlowe findet denn statt zu einer Zeit, in der jedermann (auch im Kollegenkreis!) sich ständig selbst beobachtet, und schon bei gelegentlichem Unwohlsein, erst recht bei Schmerzen in Kopf und Rücken, bei Erbrechen und Fieber sieht man sogleich Vorzeichen der Pestbeulen, die meist in Achseln und Lenden wuchern. Die Vernehmung findet statt zu einer Zeit, da sich kaum noch jemand draußen aufhält – außer gelegentlich einem Leichenprüfer mit Weidenrute, auf umherliegende Körper einschlagend: wo sich nichts mehr rührt, wird für den Abtransport markiert. Allenthalben vernimmt man aus Häusern lautes Beten, noch lauteres Klagen. Es ist die Zeit, da Wanderprediger und Quacksalber ihre Stimmen erheben, die einen, um den Schwarzen Tod als Gottes gerechte Strafe für die allgemeine Sündhaftigkeit darzustellen, die anderen, um wirkungslose Wundermittel anzupreisen. Es ist die Zeit, da Leichen von Balkonen oder aus Fenstern mit Seilen herabgelassen werden, um von Totenträgern des Nachts auf den Schindanger, aufs Pestfeld gefahren zu werden – von Männern, die aus ohnehin überfüllten Gefängnissen geholt wurden und die, unter Bewachung, jeweils einen Karren schieben. Ihre Bewacher können allerdings kaum verhindern, daß Häftlinge Leichen durchsuchen, ja ihnen Kleidungsstücke abstreifen – es soll schon so weit gekommen sein, daß sich Wächter an der Leichenfledderei beteiligen. Nicht nur dies: immer öfter geschieht es, daß Bewacher wie Totenträger Karren mit Leichen unterwegs einfach stehnlassen und sich davonmachen. Wenn die Pest noch länger anhält, sich noch weiter ausbreitet, wird alles zum Erliegen kommen, Gras wird sich auf Straßen und Plätzen ausbreiten, Schilf wird in die Themse hineinwachsen.

Ich könnte die Begleitumstände noch deutlicher herausarbeiten, die bisherigen Hinweise aber dürften genügen, um den hohen Grad an Pflichterfüllung in unserem Hause angemessen hervorzuheben.

Damit zum Ablauf der Voruntersuchung im Auftrag des Court of the Star Chamber. Anwesend, sich jedoch im Hintergrund aufhaltend, Sir William Walsingham, begleitet von ranghohem Besucher im Schutz einer venezianischen Maske. Die Verhandlungsführung lag bei Michael Garrison (»Miner«). Weiter anwesend meine Wenigkeit als Protokollführer sowie Robert Poley (»Charon«) als Wahrer der hausinternen Ordnung.

Gez. Richard »Jeremy« Wilkinson

* * *

Setzen Sie sich, Mister Marlowe. Jeremy, Sie sind bereit? Charon – in Ausgangsstellung? Gut, fangen wir an.

Sir, ich gebe meinen entschiedenen Protest zu Protokoll. Gleich nach der Ankunft wurde ich brutal in den Griff genommen und eingesperrt. Was für ein Geist oder eher Ungeist ist hier eingezogen? Sollte sich auf diese Weise etwa ein neuer Führungsstil abzeichnen?

Worüber hier gesprochen wird, und in welchem Stil, das wird an diesem Tisch bestimmt. Wir treten in die Verhandlung ein.

Und die Herren in der Ecke? Wer ist der Maskierte?!

Sie haben keine weiteren Fragen zu stellen, Sie sind hier, um Fragen zu beantworten.

Ich beantworte keine einzige Frage, eh ich nicht weiß, wer jener Herr ist. Und warum er diese venezianische Maske trägt. Ich hasse maskierte Herren!

Als Mann des Theaters hätten Sie sich längst an Existenz und Gebrauch von Masken gewöhnen müssen. Also machen Sie keine Szene!

Ich bestehe darauf, zu erfahren, wer dieser Herr mit Maske ist! Irgendwie kommt mir die Erscheinung bekannt vor. Ist schon einige Zeit her, aber trotzdem. Bevor ich nicht weiß, um wen es sich handelt, sage ich kein Wort! Sage ich kein einziges Wort!

Spielen Sie sich nicht so auf, Mister Marlowe.

Ich heiße O'Donnell, Red Hugh O'Donnell. Ich habe mich mittlerweile daran gewöhnt. Von dieser Gewohnheit möchte ich nicht lassen.

Sie werden sich den Gebrauch dieses Namens abgewöhnen müssen, spätestens nach dieser Verhandlung. Damit zur Sache.

Ich will erst wissen, wer dieser Herr ist! Hockt da in der Ecke mit dieser verdammten Maske. Ich hasse solche Masken, ich hasse Maskenträger, ich –

Charon, walten Sie Ihres Amtes.

Faß mich nicht an! – Er soll loslassen, der Robert, verdammt nochmal, er soll loslassen! Du tust mir weh!

Das ist noch das mindeste, was er tun kann – falls Sie sich nicht endlich angemessen aufführen. Damit zum Prozedere. Sie befinden sich noch nicht vor dem Court of the Star Chamber – da wären wir noch stärker besetzt. Es handelt sich um ein erstes Verhör im Rahmen der Voruntersuchung. Aber auch hier müssen wir auf gebührendem Verhalten bestehn. Sonst tritt Charon noch entschiedener in Aktion, auch sogenannten Freunden gegenüber. – Sie können den Griff lockern, Charon, der Angeklagte will einen hoffentlich vernünftigen Beitrag leisten.

Ich bin unter falschen Vorzeichen hergelockt worden. Unter Vortäuschung falscher Tatsachen!

Wir mußten eine bewährte Methode anwenden, um Sie möglichst rasch hierher zu holen. Damit gleich zum ersten Punkt. Man hat inzwischen weitere Erkenntnisse über Sie gewinnen müssen. So haben Sie zu Raleighs »School of

Night« gehört, in der alles in Frage gestellt wird – von Köpfen, die sich nicht an unsere Königin, nicht an unser Land, nicht an unsere protestantische Kirche gebunden fühlen, die ständig alles in Zweifel ziehn, Atheisten, allesamt Atheisten. In Ihrem speziellen Fall ist das bezeugt durch Aussprüche wie: Man solle ein Sakrament getrost in seine Tabakspfeife stopfen … Oder: Der alleinige Zweck der Religion sei es, die Menschen einzuschüchtern … Wer so was verlauten läßt, Mister Marlowe, der hat alle Rechte, alle ihm noch verbliebenen Rechte verwirkt.

Ich habe solche Sätze nicht geschrieben, die werden mir zugeschrieben!

Ja, zugeschrieben, nachdem sie ausgesprochen waren, von Ihnen.

Ich kann mich mit diesen Sätzen nicht identifizieren. Und den Vorwurf, Atheist zu sein, den weise ich entschieden zurück. Wer Fragen zu Gott stellt, der stellt Gott noch nicht in Frage.

Ah ja, das ist wohl eine Ihrer bekannt spitzfindigen Formulierungen. Derlei Spitzfindigkeiten sind jedoch stumpf, völlig stumpf geworden. Machen Sie eine klare Aussage, bevor Ihnen das, abzüglich einiger Zähne, in der Artikulation schwerfällt: Bekennen Sie sich zu Ihrem Atheismus.

Ich bin kein Atheist! Ich bin und bin kein Atheist!

Ich vermute, Sie können etwas mehr zu diesem Thema beitragen als dieses überaus schlichte Sätzlein. Unser aussageförderndes Verfahren würde Ihre Aussprache allerdings erheblich verschlechtern, also reden Sie lieber Klartext.

Ich vermute, es müßte eher von einem gewissen Zuträger die Rede sein, der sich auffallend pünktlich zu Wort gemeldet hat. Als ich zum ersten Mal vor dem Tisch hier stand, damals noch vor Mister »Monty«, da war jedenfalls mit keiner Silbe die Rede von derartigen Vorwürfen.

Vielleicht hatte man Ihrer religiösen Haltung zum damaligen Zeitpunkt noch nicht hinreichend Bedeutung beigemessen. Oder anderes erschien vordringlich.

Klingt wenig überzeugend, Sir. Ich habe den Eindruck, daß sich diese sogenannten Zitate allzu fristgerecht eingefunden haben.

Behalten Sie diesen Eindruck getrost für sich. Ich komme zum zweiten Punkt. Aus Paris wurde gemeldet, Sie hätten Kontakt aufgenommen mit einem Zirkel katholischer Theologiestudenten. Was ja wohl nichts mit Festungsbau zu tun haben dürfte. Diese Verbindung konnte also nicht entstanden sein über gemeinsames Studium, der Kontakt wurde von Ihnen gesucht. Sie haben über diesen Zirkel jedoch mit keiner Zeile Ihrer schreibseligen Elaborate berichtet. Das läßt an Hinweise denken, Sie stünden in Kontakt mit dem katholischen Untergrund. Mit welchem Ziel wurden diese Kontakte ausgebaut? Die Antwort auf diese Frage wird auch von unseren ranghohen Zuhörern mit besonderem Interesse erwartet.

Dazu muß ich erst eine allgemeine Erklärung abgeben. Die Legende vom Studium der Fortifikationslehre hat mich – also, ich will nicht gleich sagen: eingemauert, aber doch eingeengt, und zwar erheblich. Ich hatte mit Vorurteilen zu kämpfen bei neuen Begegnungen: Mit einem Adepten militärischer Einrichtungen kommt man wohl kaum ins Gespräch, dachte man, dem traut man andere, weiterführende Interessen nicht zu, also hielt man sich zurück, mir gegenüber. So war ich denn froh, daß ich in diesem Colloquium Aufnahme fand – was ich dort aber erst mal ausführlich begründen mußte. Ich bin dann, wenn Sie so wollen, zuweilen in diesen Kreis, ja: geflohen. Daß ich Architectura militaris studiert habe, auf diese Idee wär ich ja nie von selbst gekommen, das ist mir auferlegt, aufgebürdet worden, um mir Zugang zu einem Kreis zu verschaffen, in dem ich abschöpfen sollte. Von Zeit zu Zeit wollte ich aber nichts mehr von Bastionsohren, zum Beispiel von Bastionsohren hören, egal, ob rund oder eckig, ich wollte meine Ohren wieder öffnen für die Sprache von Philosophen und Dichtern, wollte wieder Latein im Ohr haben. Wollte hier wieder mal ganz Ohr sein. Wollte wieder mal rote Ohren kriegen. Der Umgang mit Wörtern ist mir entschieden wichtiger als der Umgang mit Steinquadern von Fortifikationen, meine Leidenschaft gilt der Sprache. Und weil ich in Paris nicht die Sprache unserer englischen Dichter feiern konnte, von C. Marlowe bis K. Marlowe, habe ich meine Resonanz gefördert für die Sprache, die fast zu meiner zweiten Sprache geworden ist – nicht als Lingua securitatis, sondern als Lingua philosophorum: Bene disserere est finis logicis. Und wie sehr wächst der Sprachklang an in metrisch gebundener Sprache: Ecce mihi lacerae dictant scribenda Camenae … Im übrigen: Sie können sicher sein, meine Herren, daß ich mich in diesem Colloquium vor Diskussionen über Kirchenfragen gehütet habe, da hätte ich leicht einen Fehler begehen können, aber das Feld der Philosophie und der Theologie ist weit, sehr weit, wir haben zum Beispiel Dispute geführt über das »Summum bonum« und das »Summum malum«. Da fühlte ich mich wieder in meinem Element!

Nach soeben übermitteltem Handzeichen eines der hohen Herren lasse ich diesen Punkt vorerst offen und gehe über zum nächsten Stichwort. Uns ist von einem höchst merkwürdigen Vorgang berichtet worden, aus zuverlässiger Quelle, und doch fällt es schwer, das zu glauben: Sie hätten am vorigen Jahrestag der Hinrichtung der Stuart einen Umzug in Ihrem Stadtviertel veranstaltet, Sie voran mit einer sogenannten Klagetrommel. So was geht über fortgeführte Tarnung im Rahmen der Personenlegende entschieden hinaus, hier sind Sie uns eine Erklärung schuldig. Also, reden Sie schon: Wieso haben Sie ein Trauerkondukt angeführt für die Schottenhure?

Ich kann über diesen Punkt und über meine inneren Beweggründe nicht reden, solange sich einer dieser beiden Herren im Raum befindet. Bei einem von ihnen lassen der dunkle Teint, das schwarze Haar, die schwarze Kleidung bestimmte Rückschlüsse zu, passend zu einem gewissen Tarnnamen. Falls ich mit meiner Vermutung richtig liege, dürfte ich mich von jetzt an eigentlich, im Rahmen der Hausordnung, zum Kreis der engeren Mitarbeiter zählen, denen gegenüber offenes Visier gezeigt wird. Der andere Herr aber ist und bleibt für mich ein italienisch aufgetakelter, venezianisch maskierter Fremdkörper. Wäre nicht denkbar, daß Sie ihn dazu animieren, ein wenig zu flanieren, im Pest-Ambiente?

Wir sind nicht dazu verpflichtet, Ihnen Näheres über unseren hohen Gast mitzuteilen. Nur dies: Seine Anwesenheit sollte Sie eher dazu ermutigen, sich offen zu äußern. Zwar ist unser Gast nicht hier als Ohr der Königin, er hat jedoch das Ohr der Königin. Mehr muß ich dazu nicht sagen. Nun haben Sie wieder das Wort.

Da muß ich gleich sagen, daß ich trotz Ihres beruhigenden Zuspruchs die folgende Aussage gern vermeiden würde, aber ich komme um dieses Eingeständnis wohl nicht mehr herum, obwohl wir es zum ersten Mal miteinander, direkt miteinander zu tun haben, Mister Garrison. Die Sache ist ganz einfach die: ich hatte Angst. Die Angst, ich würde mich irgendwie verraten, am ehesten in der Kneipe. Vor allem: mir könnte so was, nun ja, im Suff passieren. Daß mir etwa herausrutscht: Ich bleib bei meinen Leisten, mein Vater ist Schuster ... Daß ich mich sonstwie verheddre. Und dann hatte ich die Vorstellung – nein, eigentlich war es eher die Erfahrung –, daß ich beobachtet, beschattet wurde. Sir, ich hatte dem Ressort diesbezüglich dreimal Bericht erstattet, aber viel Hilfe ist mir nicht zuteil geworden, die Führungsanweisung blieb verdammt allgemein. So habe ich die

Angst weiter ausgebrütet. Das reichte bis in die Träume. Zuweilen bin ich aus dem Schlaf hochgeschreckt, schweißnaß, und ich konnte die Angst im Nacken so rasch nicht wieder abschütteln. Wenn ich mich irgendwie verraten hätte, ich wäre völlig verloren gewesen, hunderte Meilen entfernt von England, von London, noch dazu all das Wasser dazwischen – wer hätte mir helfen können, falls ich in Not geraten wäre? Ich wünschte mir immer öfter, ich wär diese Aufgabe endlich los. Aber es wurden ja nun die Berichte erwartet, für die mußte ich Stoff sammeln, sonst wäre der Faden gekappt worden. Aber dieser Faden blieb – ja, und so fühlte ich mich in Paris manchmal wie eine Marionette an der Strippe. Und diese Marionette spielte die irische Partie. Damit war ich fast schon ausgeliefert: eine falsche Regung, ein falscher Satz, ein falsches Wort und die Falle schnappt zu. Und man könnte mich verschwinden lassen, spurlos. In so einem Fall wird man meist totgeschlagen, ganz einfach totgeschlagen. Ergo mußte ich mich absichern. Mußte etwas unternehmen, das mich vor zudringlichen Fragen schützte. Ich wollte, daß jeder Zweifel an mir abprallt. Keinen Schwachpunkt zeigen und damit: keinerlei Ansatzpunkt! So ist mir die Sache mit der Klagetrommel eingefallen. Auf diese Weise habe ich mir Luft verschafft, Luft, die sich leichter atmen ließ. Ich konnte mich in der Rolle des Red Hugh O'Donnell wieder einigermaßen sicher fühlen. Mal ganz abgesehn davon: über diese Aktion kam ich mit vielen Menschen ins Gespräch, mit Personen außerhalb der Universität, außerhalb der Kneipe – einfach mit Leuten von der Straße. Deren Äußerungen, vor allem nach dem Klagemarsch, haben mir so einiges von dem verraten, was in den Herzen und Köpfen vieler Franzosen vorgeht, sobald sie den Namen Maria Stuart hören. Ich habe feststellen müssen: Die Wunden sind noch nicht vernarbt. Und damit: Rachegefühle sind lebendig geblieben. Rache an England! Rache an der englischen Königin! Keiner weiß in Frankreich, daß unsere Königin lange gezögert hat, die Hinrichtung zu genehmigen, daß sie in so klarer Form den Befehl letztlich nie erteilt hat, daß sich alles irgendwie von selbst entwickelt hat. Für Franzosen hingegen ist die Sache ganz einfach: Die protestantische Engländerin hat die katholische Schottin aus dem Weg räumen lassen, und diese »Bluttat« muß blutig gerächt werden …

Sie reden erstaunlicherweise von Angst. Laut Protokoll der Einstellungsgespräche muß man den Eindruck gewinnen, Sie wären ziemlich begeistert gewesen vom Auftrag, der Ihnen vermittelt wurde.

Na schön, da war so was wie, ja, wie Bubenlust: sich in feindliche Reihen einschleichen … Rauskriegen, was der böse Feind will oder womöglich schon unternimmt … Ich wollte alles gründlich machen und damit gut dastehn. Daran war mir sehr gelegen! Daß die Zeichnung mit der Riesenmole hierher gelangte, das hat mich mit Stolz erfüllt. Und kürzlich mein Bericht über das Kanonenfloß im Schlepp des Admiralschiffs – das ist ja nun wirklich eine brandneue Entwicklung!

Glauben Sie tatsächlich, Sie hätten uns damit eine fulminante Novität vermittelt?

Sir, wir haben nach dem Sieg über die Armada ständig Einzelheiten zu lesen bekommen. Eins der Worte, das in Berichten und Kommentaren wiederholt auftauchte, war: Breitseiten. Wenn nach der blutigen Lektion im Ärmelkanal die Spanier sich ebenfalls auf Artillerieschiffe umstellen, wenn demnächst oder irgendwann mal Artillerieschiffe parallel zueinander liegen und sich mit vollen Breitseiten unter Beschuß nehmen, aus zwei, drei Kanonendecks, das kann bei Freund und Feind nur gleichermaßen zum Desaster führen! Nun aber ein Wassergefährt zu entwickeln, das keine Breitseite aufweist, auf dem man aber zielsicher feuern kann, das ist doch eine auf Anhieb überzeugende Idee! Bei manchen Ideen fragt man sich, wieso man nicht längst darauf gekommen ist.

Dieses Kanonenfloß, Mister Marlowe, es ist, mit Verlaub: Nonsense.

Aber ich habe doch im Holz-Säulchen die Zeichnung mitgebracht. Wo ist die eigentlich? Warum liegt die nicht auf dem Tisch?

Ist abgeheftet, abgelegt. Ad acta.

Ich besteh aber darauf, daß diese Zeichnung –

Sie bestehen auf gar nichts mehr! Ich beende die Debatte über diese sogenannte Erfindung. Und an Sie, Charon, ergeht die dringliche Bitte: Lassen Sie nicht andauernd die Fingergelenke knacken! Falten Sie die Hände, statt dauernd an den Fingern zu ziehen bis zum Gehtnichtmehr. Und Sie wiederum, Sie wollten noch was sagen, Mister Marlowe?

Sie dürfen nicht einfach über eine so wichtige Meldung hinweggehn! Man sollte einen Experten heranziehen von der Royal Navy.

Genau das haben wir gestern abend getan. Wir haben damit homerisches Gelächter ausgelöst. Wenn so ein Kanonenfloß wirklich machbar, wirklich praktikabel wäre, so hätte das die Navy längst entwickelt und zum Einsatz gebracht! Die Royal Navy hat aber mit guten Gründen auf Entwicklung, Erprobung und Einsatz dieser Kuriosität verzichtet. Dieses Kanonenfloß ist eine Schnapsidee, so was kann einfach nicht funktionieren. Kurzum: diese Zeichnung ist »Spielmaterial«, speziell für Sie präpariertes Feindmaterial. Damit kommen wir zum nächsten Punkt. An diese Zeichnung sind Sie nicht mit Ihrer sonst üblichen Methode gekommen, diese Zeichnung ist Ihnen zugespielt worden.

Was soll das denn jetzt heißen?!

Sind einfache und klare Aussagen neuerdings kommentarbedürftig? Ich habe gesagt, ich wiederhole: Die Zeichnung ist Ihnen zugespielt worden. Ich ergänze: Um Ihnen so etwas wie Flankenschutz zu gewähren in der neuen Situation. Kurzum, es handelt sich um eine originale Fälschung des französischen Geheimdienstes. Sie sind hierher zitiert worden, wenn auch unter anderem Stichwort, weil Sie begonnen haben, mit der Sûreté Générale zu kooperieren.

Das ist eine ungeheuerliche Unterstellung!

Als Schriftsteller sollten Sie Ihre Worte sorgsamer wählen.

Was Sie da sagen, das stimmt nicht. Das stimmt ganz einfach nicht! Das ist eine Lüge! Eine infame Lüge! Ich lasse mir so was nicht –

Ja, Mitarbeiter Charon kennt genau den Punkt, an dem er eingreifen muß. Er wird Sie noch ein Weilchen im Griff behalten, bis Sie mit einem deutlichen Zeichen zu erkennen geben, daß Sie zur Vernunft gekommen sind. Mister Marlowe, Sie sind des schwersten Verbrechens angeklagt, das vor dem Court of the Star Chamber zur Verhandlung kommen kann: Sie haben sich »umdrehen« lassen, haben die Rolle des Doppelagenten übernommen. So was können wir, ja, auf den Tod nicht ausstehn! Nun zappeln Sie nicht so rum – Charon, verstärken Sie den Druck. Marlowe, wir haben eindeutige Beweise dafür, daß Sie mit dem französischen Geheimdienst in Verbindung getreten sind. Oder in Verbindung getreten wurden. Wie es zu diesem traurigen Ergebnis kam, das kann uns letztlich aber gleichgültig sein. Sie hätten sich dem Druck schließlich auch durch Flucht entziehen können. Flucht erst mal aufs Land und dann, auf Umwegen, zurück zu uns. Sie sind jedoch in Paris geblieben, in Ihrer nun doppelten Funktion. Haben sich mit einem Subjekt unter dem Decknamen »Guillaume« zweimal zu einer sogenannten Billardpartie getroffen. Dabei haben Sie gefährlich über die Bande gespielt! Bereits die zweite Partie fand in einem »Salon particulier« statt. Dabei haben Sie den beiden

Agenten interne Informationen zugespielt, sozusagen als Einstand. – Charon, lassen Sie locker.

Ich weiß nicht, wovon Sie reden.

Sie sind bemerkenswert begriffsstutzig. Oder bilden Sie sich etwa ein, Sie könnten uns mit simpelsten Leugnungsversuchen kommen? Ihnen ist offenbar noch immer nicht in vollem Ausmaß bewußt, was hier ansteht. Wenn man draußen vom Geheimgericht der Sternkammer hört, setzt das große Zittern ein. Und Sie plustern sich auf und glauben, Sie könnten frechweg leugnen und kämen auf diese Weise ungeschoren davon. Ich sage noch einmal, mit Betonung: Sie haben den Herren interne Informationen zugespielt.

Da wüßte ich mal gern, welche »Informationen« das gewesen sein sollen …

Sie sind in der Dialogführung nicht sehr gut heute. In so einer Verfassung könnten Sie kaum an einem Ihrer Stücke arbeiten. Mister Marlowe, Sie haben sich nicht gescheut und nicht geschämt, bei der zweiten Billardpartie eins unserer best gehüteten Geheimnisse zu verraten: Nämlich, wer hier im Hause der Chef ist. Sie haben den Klarnamen genannt: Sir William Walsingham. Haben Aufschluß gegeben über seine Ausbildung. Haben sogar über seine vormalige Tätigkeit im Jesuitenkolleg von Padua gesprochen – übrigens ein genialer Ansatz, um unter Vorspiegelung katholischer Konfessionalität an Informationen aus diesen für uns besonders gefährlichen Kreisen zu kommen. Sie haben schließlich sogar versucht, Sir Walsingham in ein falsches Licht zu rücken, indem Sie auf seine zusätzlichen Einkünfte durch Zolleinnahmen hinwiesen sowie auf eine geschäftliche Nebentätigkeit, Stichwort Bier-Export. Sie haben Ihre Findigkeit an einem falschen Objekt erprobt. Wir haben es gar nicht gern, wenn im eigenen Haus herumgeschnüffelt wird. Wir können so was auf den Tod nicht leiden.

Und ich kann es auf den Tod nicht ausstehn, wenn mir etwas in die Schuhe geschoben wird, mit dem ich nichts, aber auch rein gar nichts zu tun habe! Ich protestiere dagegen, daß mir derart infame –

Ja, Charon sorgt für Ruhe, sobald es darauf ankommt. Marlowe, Sie sind sich der Ungeheuerlichkeit Ihres Verrats, Ihres Landesverrats offenbar noch immer nicht bewußt! Wenn sich angesichts eines drohenden Religionskrieges oder eher: eines angesagten, nur noch nicht offen geführten Religionskrieges zwei Nationen belauern, so werden vorrangig diejenigen Personen observiert, deren Kenntnisse die Entscheidungen ihrer Regierung beeinflussen können, wie auch immer. Solche Personen will die Gegenseite ausschalten. Oder will, was noch wirksamer wäre, ihrer habhaft werden. Konsequente Tarnung der Identität ist hiergegen der beste Schutz, wie eine bestimmte Erfahrung lehrt. Mit dem Verrat des Klarnamens haben Sie diesen Schutz durchbrochen. Jetzt kann jederzeit ein französischer Agent auf ihn angesetzt werden, und es wird in einem unerwarteten Moment eine Musketenkugel abgefeuert. Ebenso ist denkbar, daß im Schutz der Dunkelheit eine Bande in unser Land geschleust wird, und die entführt Sir Walsingham nach Frankreich, verbringt ihn an einen uns unbekannten Ort. Damit würde für die hohe Geisel eine äußerst unangenehme Zeit beginnen und für den Royal Secret Service ebenfalls. Angesichts solcher Gefahren bleibt nach Ihrem Verrat nur eins: Die unmittelbar bedrohte Person muß den Namen ändern, auch für Frau und Töchter, muß den Wohnsitz wechseln samt Familie – sonst könnte beispielsweise eine Tochter entführt werden, zwecks Nötigung. Selbst in einer neuen Behausung würde die Familie angehalten zu äußerster Wachsamkeit und Verschwiegenheit – und das wird erfahrungsgemäß auf Dauer zur enormen Belastung. Kurzum, der verratenen Persönlichkeit wird eine Lebensform aufgezwungen, die ihrer absolut nicht würdig ist. Und Sie muten so was Sir William zu? Das bürden Sie ihm auf?! Wird Ihnen endlich bewußt, welch eklatante Form von Verrat Sie begangen haben? Dabei dürften Sie längst wissen, wie man hierzulande mit Verrätern, erst recht mit Landesverrätern umgeht. – So, dürfen wieder lockerlassen, Poley. – Sie sollten diese kleine Erleichterung nutzen, Marlowe, um endlich zu erklären, daß Sie sich auf Grund meiner Ausführungen und Vorhaltungen des Tatbestandes Landesverrat vollauf bewußt geworden sind und daß Sie Ihrem potentiellen Opfer gegenüber Ihr Bedauern ausdrücken.

Sir, ich kann nur wieder versichern, hoch und heilig, daß ich den Klarnamen nicht verraten habe. Im Gegenteil: ich habe in Paris zum ersten Mal erfahren, daß Sir Walsingham unseren Geheimen Dienst leitet. Vorher habe ich nur seinen Tarnnamen gekannt: »Mohr.« Ich kann das beschwören: Ich habe in Paris zum ersten Mal erfahren, Mister Garrison, wer Ihr unmittelbarer Vorgesetzter ist.

Wollen Sie sich noch eine Anklage wegen Meineid aufhalsen?!

Ich kann Ihnen nur mit vollem Ernst versichern: Ich habe den Namen dort zum ersten Mal erfahren! Ich konnte den also nicht verraten!

Wiederholen Sie sich nicht, das bringt Sie nicht weiter.

Wenn sich der Vorwurf wiederholt, muß ich meine Aussage wiederholen. Ich kann Ihnen auf Ehr und Gewissen versichern, daß mir all dies von »Guillaume« mitgeteilt wurde. Vorher habe ich nichts dergleichen gewußt. Wie hätte ich das auch herausfinden sollen? Kaum hatte ich die Verpflichtungserklärung unterschrieben, ging es ab nach Frankreich. Weil ich pünktlich vor Ort sein mußte zum neuen Semester.

Auch in einer kurzen Zwischenzeit kann man, mit einigem Glück und Geschick, eine Quelle ausfindig machen. Und diese Interna haben Sie weitergegeben!

Ich habe hier im Hause schnell die Spielregeln gelernt. Eine davon lautet nun mal: Keiner soll mehr wissen, als er für seine Tätigkeit unmittelbar braucht. Das habe ich auch in diesem Fall respektiert. Ich habe beim sogenannten Billardtermin allgemein gehaltene Vermutungen geäußert über die zukünftige Politik Londons gegenüber Schottland. Das gebe ich zu. Aber es waren pure Vermutungen; in diese Materie hatte ich mich in der Kürze der Zeit nicht einarbeiten können. Was aber Sir Walsingham betrifft, so habe ich die beiden Agenten nicht informiert, über Sir Walsingham bin ich von denen informiert worden! Offenbar wollte man mich von der Leistungsfähigkeit des französischen Geheimdienstes überzeugen.

Jeremy, notieren Sie: Gelächter in der Sitzung. Fügen Sie hinzu: Anhaltendes Gelächter. Poley, sorgen Sie dafür, daß meine folgenden Ausführungen nicht unterbrochen werden. Recht so … Marlowe, wir haben allen Grund zu sagen: So gut wären die gern, die Hanseln vom französischen Geheimdienst, daß die solche Interna herausfinden. Ist aber keineswegs der Fall. Wir besitzen ja nun auch unsere Erkenntnisse! Die Sûreté ist vorwiegend mit sich selbst beschäftigt. An der Spitze: interne Auseinandersetzungen diverser Herren. An der Basis: stinkende Selbstzufriedenheit, mangelnde Selbstkritik. Die sogenannten Erkenntnisse: nichts als vage Andeutungen, windige Beschuldigungen; dem Verdacht folgt stets der Irrtum auf dem Fuße. Der Grundirrtum: die bringen nur, was die Regierung hören will. Trotzdem hört die Regierung nicht auf sie, modelt sich vielmehr alles so zurecht, wie es als Vorwand für aktuelle Politik gerade nützlich ist. Nein, die sind ganz einfach nicht in der Lage, sich in den Besitz solcher Interna zu bringen. Das ist ein desolater Verein, dem höchstens Teilergebnisse gelingen, etwa Ihnen gegenüber. Ansonsten aber: Lähmungserscheinungen, Inkompetenz. Denen nehmen wir hochrangige Erkenntnisse nicht ab! Zwingende Schlußfolgerung: Sie haben gegen alle Spielregeln vor Ihrer Abreise nach Paris rasch noch herausbaldowert, was höchster Geheimhaltung unterliegt, zum Schutz unseres Dienstes. Wahrscheinlich haben Sie das in irgendeinem Bett rausgekriegt und dann als Nachricht verkauft, um Ihren neuen Status in Paris zu sichern. Auf diese Art Zuträgerei würde unsere Majestät, die Königin, mit äußerstem Abscheu reagieren – doch wir werden sie damit verschonen, wir regeln das intern, nach klar vorgegebenen Richtlinien. Was für unser Land förderlich ist, wird gefördert, was für unser Land schädlich ist, wird aus dem Weg geräumt. – Charon, Sie können den Griff etwas lockern, der Angeklagte scheint zu erschlaffen. Falls er gleich den Boden unter den Füßen verliert, fangen Sie ihn auf. Wir verplempern hier nur Zeit, für die anwesenden Persönlichkeiten höchst kostbare Zeit, sofern wir uns auf Gegendarstellungen Ihrerseits einlassen. Die Fakten sprechen für sich und gegen Sie. Leugnungsversuche sind zwecklos, bleiben sinnlos. Sie werden das umgehend realisieren, wenn ich Ihnen folgende Mitteilung mache: Was den arroganten Acteurs drüben als Erfolg erscheinen mochte, nämlich, daß man Sie umgedreht hat, das praktizieren wir längst, mit anhaltendem Erfolg. Will sagen, und das gebe ich mit höchster Zustimmung kund: Wir haben einen französischen Agenten in die Pflicht genommen; von besagtem Doppelagenten sind wir über Ihre Kollaboration informiert worden. – Sie wollen was sagen? – Lassen Sie mal locker, Poley.

Ha, das war Le Moulin! Das kann nur Moulin gewesen sein! Dieser Bastard! Dieser Hundsfott! Diese elende Kreatur! I'll put, I'll push him through the mill!

Ja, und so weiter. Ereifern Sie sich nicht. Holen Sie mal lieber Luft und sagen Sie uns was zu diesem Decknamen.

Na, ist doch klar: Dieser Hitzkopf aus der finstersten Provence hat mächtig mit den Armen gefuchtelt und gerudert, wenn er in Rage geriet – sah halt aus wie Windmühlenflügel. Aber ich vermute, er heißt eher so, weil er sich wie die Mühle auf dem Bock dreht, je nach Windrichtung. Und da hat er sich gegen mich gewendet. Ich kann mir auch denken, weshalb. Er wollte unsere sogenannte Zusammenarbeit auf eine eher kameradschaftliche Ebene bringen, und so haben wir beiden – auf seine Anregung hin – bei einem dritten, betont privaten Treffen Billard gespielt. Dabei wurden einige Schoten aus dem Agentenleben über die Spielplatte gereicht – wie er mal eine Gewehrkugel schlucken mußte, in die eine wichtige Botschaft eingeritzt war, wie am Ziel diese Kugel mit starkem Abführmittel herausgeholt wurde, und Männer rings umher zählten die begleitenden Fürze mit. Diese Kugel hätte man ihm lieber ins Hirn jagen sollen! Aber zur damaligen Situation: Natürlich haben wir reichlich gebechert, ich war schließlich sturzbetrunken. Ergo habe ich mich ihm gegenüber nicht von der freundlichsten Seite gezeigt. Es kam so weit, daß ich ihm auf den Billardtisch gekotzt habe. Nicht einmal das hat ihn zurückschrekken, auf Distanz gehen lassen. Auf den Billardtisch gekotzt – Sir, es ist schon ein Graus, wenn mit dem Queue ein Loch oder Löchlein in das grüne Tuch gestoßen wird – und nun: eruptive Ausbreitung einer Mahlzeit zwischen Kugel und Queue … Moulin hat ein dickes Trinkgeld berappt, hat bei mir eingehakt, hat mich zu seiner Wohnung gelotst, und nochmal Wein und wieder Wein, der hat ihn noch mehr aus sich herausgehn lassen, er hat alle Instruktionen vergessen, die bestimmt auch bei der Sûreté erfolgen, von wegen Schweigepflicht, da mußte weg, raus, weg, raus, was ihm auf der Zunge lag, auf den Nägeln brannte, er stand vor mir, mit seinen langen Armen fuchtelnd, er wollte, mußte sich ausschleimen, private Probleme, irgendwas mit einem Bruder, ging natürlich um Geld, und irgendwas mit einer

Schwester, Stichwort Ehre, und natürlich irgendwas mit seiner Frau, so gut wie für ihn gestorben – er wollte das alles quitt werden, sozusagen von Mensch zu Mensch, aber das interessierte mich überhaupt nicht, ich soff weiter, und er salbaderte, sein Mitteilungsdrang, sein Redeschwall war stärker als alle Diskretionsregeln, das hat mich grundsätzlich gestört, außerdem ging mir dieses Familiengeseire ungeheuer auf die Nerven. Stellen Sie sich vor: ein Agent mit Tränen in den Augen, Tränen der Wut, Tränen des Selbstmitleids – wenn es nicht zuvor schon passiert wäre, ich hätte das große Kotzen gekriegt, aber das lief dann anders, im Suff, ich betone: im Suff, Cognac stand genug bereit, ich bin da etwas ausfällig geworden, habe ihm gesagt, er hätte Schrott, nichts als Schrott im Maul. Hat er mir sehr verübelt. Dabei stimmt das in doppelter Hinsicht. Erst mal wegen seiner Zähne. Ein Schneidezahn stand derart auf der Kippe, hoffentlich nach einem wohlverdienten Fausthieb, daß der per Silberdraht mit den beiden Nebenzähnen verzurrt war. Und in übertragenem Sinne: Wenn der sein faulig stinkendes Maul aufmachte, kam nichts als Schrott heraus, in diesem Fall Familienschrott. Das habe ich ihm in angemessener Form bedeutet. Da wurde es gleich noch lauter, und ich soff noch schneller, weil das alles nicht zum Aushalten war. Statt Familienschrott sagte ich schließlich: Familienkacke. Gebrüll, Gebrüll, Gebrüll. Ich war zuletzt derart voll, ich bin nur noch herumgetorkelt, und zwischendurch hab ich blindlings auf sein Bett gepißt, in Höhe des Kopfkissens. Als er angetobt kam, hatte ich noch einen Reststrahl für ihn übrig. Seither war der Ofen aus. Aber dann, natürlich, hat er den wieder gestocht, hat sein Denunziations-Süppchen gekocht, und zuletzt ein Klatsch süßer Rache. Dieser Sudelkoch, dieser Hundsfott, dieser Ober-Hundsfott, dieser –

Danke, Charon. Sie verkürzen auf diese Weise tatkräftig die Verhandlungsführung. – Ich muß Ihnen jetzt mal was

Grundsätzliches sagen, Marlowe – wo Sie so hartnäckig glauben, Sie hätten mit Moulin eine heiße Spur entdeckt. Sie gehören doch mittlerweile lang genug zum Club, um zu wissen, daß wir unsere Mitarbeiter schützen, selbst vor anderen Mitarbeitern. Wir prunken gern mit unserm Wissen, aber Quellen werden nicht gefährdet, Quellen bleiben geschützt! Ich kann also nur das eine sagen, und zwar mit Bestimmtheit: Wir haben zuverlässige Nachricht über Ihre Tätigkeit im Dienst der Sûreté Générale. Ein völlig eindeutiger Fall von Landesverrat! Sie dürften mittlerweile wissen, was auf Landesverrat steht, so sicher wie das Amen in unserer Kirche.

Dazu kann ich nicht Ja und Amen sagen! Man kann mir nicht vorwerfen, ich hätte Landesverrat begangen! Ich bin meinem Land und der Königin gegenüber loyal geblieben. Ich habe keinen Schaden angerichtet. Ganz im Gegenteil: Ich habe weiterhin Erkenntnisse gewinnen können, die unserem Land von Nutzen sein dürften. Und was ich den Burschen als Gegengabe vermittelt habe, das können die sich an den Hut stecken. Falls Sie es genau wissen wollen –

Wir bestehen darauf!

Wär netter gewesen, Sie hätten gesagt: Wir bitten darum. Aber wenn sich erst mal gewisse Vorurteile eingestellt haben ... Also, ich habe der betreffenden Erscheinung – nicht »Moulin«, sondern »Guillaume« –, ihm habe ich bei einer separaten Billardpartie zugespielt, unsere militärischen Kräfte im Land wären gebunden. Was ja auch ein bißchen stimmt, zumindest weiß ich das von Surrey, die nahe Themse ist nun mal eine empfindliche Wasserschlagader – irgendwas Nachprüfbares muß ja dran sein, sonst fliegt alles sofort auf. Ich habe in diesem Zusammenhang aber vertuscht, daß diese militärische Präsenz nicht für andere Provinzen gilt, daß Truppen also durchaus zusammengetrommelt und auf Schiffe verfrachtet werden können. Also generell: Daß unser Militär ans Land gebunden ist, damit habe ich denen einen Bären aufgebunden. Es kann für uns nur förderlich sein, wenn der Gegner derart in die Irre geführt wird …

Mit diesem kleinen Schlenker reißen Sie nichts mehr aus dem Feuer! Marlowe, Sie sind eindeutig zum Landesverräter geworden. Für solche Erscheinungen öffnet sich nur eine einzige Pforte: The Traitor's Gate. Verräter, die dieses Tor im Tower durchschreiten, beziehungsweise: die hier durchgeschleift werden, die kommen nie wieder ans Tageslicht. Und schon gar nicht Verräter, die sich zusätzlich der abscheulichen Sünde der Sodomie schuldig gemacht haben, und zwar fortgesetzt. Sie wissen, auch darauf steht die Todesstrafe. Und zusätzlich der Einzug des Vermögens.

Da ist bei mir nicht viel zu holen … Aber wieso rücken Sie jetzt erst mit dieser haltlosen Unterstellung heraus?

Ich denke, ich hätte das bereits angedeutet: Man war im Hause über Ihre widernatürlichen Praktiken informiert, selbstverständlich, hat das aber durchgehn lassen, weil dies unter Umständen von Nutzen sein konnte beim Erschließen und Abschöpfen neuer Quellen. Man ist in solchen Belangen halt pragmatisch. In Verbindung jedoch mit einem Kapitalverbrechen läßt sich das nicht mehr hinnehmen. Es konnte auch für Sie ein Holzpflock bereitliegen, der Ihnen – versteht sich: ungeölt – mit kräftigen Hammerschlägen in den Arsch getrieben wird. So was übersteht keiner, das lehrt die Historie. Den mit Ihnen kooperierenden Theatern wird anschließend oder abschließend mitgeteilt, daß Sie in Frankreich bei einer Ihrer notorischen Kneipenquerelen erstochen worden sind. Das würde anstandslos akzeptiert, und Ihre Truppe besetzt die Rolle des kooperierenden Stükkeschreibers neu. Sie haben auch in dieser Hinsicht für sich den Schlußpunkt gesetzt. Aber wir wahren die Form: Sie haben trotz alledem die Möglichkeit, ein kurzes Schlußwort zu sprechen.

Ich bitte erst um ein Glas Wasser.

Das Wasser steht Ihnen doch bis zum Hals, bis zur Unterlippe – bedienen Sie sich.

Ich bitte um einen Schluck Wasser.

Ich erhalte einen gnädigen Wink, dies gleich doppelt – Poley, holen Sie einen Becher Wasser.

Ich muß bei dieser Gelegenheit wieder was Grundsätzliches sagen – das geht auch noch mit trocknem Hals. Mir kommt die ganze Veranstaltung hier völlig absurd vor. Eine Farce! Hier wird debattiert, während allenthalben Pestfeuer qualmen und Karren voller Pestleichen aufs Pestfeld hinausfahren. Wenn Sie trotzdem die Verhandlung führen wollen über meine sogenannten Vergehen – warum fahren wir nicht weg von hier, rauf nach Wembley oder rüber nach Deptford? Da wären wir fürs erste ein Stück entfernt vom Zentrum des Schwarzen Todes.

Mister Marlowe, wo wir die Verhandlung führen, das müssen Sie schon uns überlassen. Wir Engländer halten eine Stellung, auch wenn sie hart attackiert wird.

Na gut, wenn man weiß, woher der Feind kommt. Aber das wissen wir doch gar nicht in diesem Zusammenhang. Womöglich ist schon ein Pesthauch hier ins Zimmer gedrungen – wie wollen Sie da eine Stellung halten?! Sir, meine Herren, ich finde das wirklich abstrus! Ich schlage mit allem Nachdruck vor, auch in Ihrem eigenen Interesse, daß die weitere Verhandlung –

Die Verhandlungsführung liegt einzig und allein bei uns. Je schneller wir fertig sind, desto näher die Chance, auf Auswege zu sinnen. Sie müssen sich diesbezüglich nicht weiter Sorgen um uns machen. Und sich selbst können Sie in dem Zusammenhang getrost vergessen: ob Sie verenden oder ob Sie hingerichtet werden, das kann für Sie letztlich keine Rolle mehr spielen. Mit der einen Todesart würde ein Urteil vollstreckt, mit der anderen ein Gottesurteil entschieden. Zeigen Sie also etwas mehr Gelassenheit im Angesicht Ihres sicheren Todes. Sie haben im Verlauf des Studiums ja auch Philosophen lesen müssen, hatten teil am »Trost der Philosophie« – lassen Sie sich mal vom einen oder anderen Satz unter die Arme greifen.

Diese Hilfssätze waren nicht für den Fall vorgesehen, daß man in solch eine Maschinerie gerät.

Nun stilisieren Sie sich nicht zum Opfer. Sie haben Ihr Schicksal selbst verschuldet, in einer Form der Selbstverblendung, die unweigerlich zum Fall führt, wie die Historie lehrt. Ich stell Ihnen jetzt mal, im Gefolg eines Zettels, der mir von den beiden hohen Herren zugesteckt wurde, eine persönliche Frage: Warum sind Sie nicht abgehauen aus Paris? Warum haben Sie sich nicht abgesetzt? Darauf sind Sie speziell hingewiesen worden bei der Instruktion: Agenten, die auffliegen, »verbrannte« Agenten setzen sich schleunigst ab!

Es war eine Bindung, die sich für mich völlig überraschend entwickelt hat. Ich bin 29 Jahre alt, ich hätte so was nicht mehr erwartet oder erhofft. In dem von Ihnen so abfällig beurteilten Bereich ist rasche Ablösung oder Abfolge oder wie man das nennen will – so was ist jedenfalls weithin üblich. Entschuldigung, mir fällt das Sprechen etwas schwer, so mit trocknem Mund und überhaupt in dieser Lage. Ich wußte, daß sich der ami in Gefahr befand, in Lebensgefahr. Das wurde mir auf krasseste Weise klargemacht. Das ist es – also diese Erfahrung ist es, die mir den Boden unter den Füßen wegreißt. – Danke, Robert. Ich hab einen richtig trocknen Mund gekriegt. Danke, vielen Dank.

You're welcome …

Sie können nun wohl bequem Platz nehmen, Poley. Und Jeremy, Sie protokollieren weiter. Fahren Sie fort, Marlowe.

Meine Herren, ich sehe ja letztlich ein, daß ich nach den

Regeln des Royal Secret Service einen Fehler begangen habe.

Ein Verbrechen begangen habe, müßten Sie eher sagen, ein Kapitalverbrechen. In dieser Form nehmen wir das auch zu Protokoll. Reden Sie weiter.

Wenn hier von Verbrechen die Rede ist, muß auch gesagt werden, daß ich brutal dazu gezwungen worden bin, nach der Geiselnahme des ami. Offenbar bin ich, aus Ihrer Perspektive, nicht zum rechten Zeitpunkt abgesprungen, habe mich nicht, wie Sie dankenswerterweise soufflierten, davongemacht, davongestohlen, das hätte einen Menschen das Leben kosten können, der mir sehr nah war. Mir immer noch nah ist, innerlich nah –

Ersparen Sie sich und uns die Tränchen, reden Sie weiter.

Ich muß erst – muß erst wieder meine Fassung – Sie erlauben, daß ich noch einen Schluck …

Interessant, zu beobachten, wie ein Mann, der sich erst mächtig aufspielt, in kürzester Zeit zu einem Häufchen Elend schrumpfen kann.

Ganz so weit ist es mit mir noch nicht gekommen … Ein Schluck Wasser, und ich bin wieder an Deck! Und da will ich zu meiner Entlastung doch mal erwähnen, daß ich nach einem Billard-Termin von einem Mitarbeiter der spanischen Botschaft angesprochen wurde. Um kurz zu machen, was sich recht umständlich entwickelt hat: er wollte Näheres erfahren über die Haltung gewisser französischer Kreise – so allgemein hat er sich ausgedrückt. Es war aber bald schon klar, daß er auf Informationen aus war über meine »Mitspieler«.

Und was hat man im Gegenzug angeboten?

Das blieb nebulös. Ich hätte es so deuten können, daß man sich für meinen Freund einsetzen wollte – offenbar war man über die Geiselnahme, die Entführung informiert.

Und wie sind Sie verblieben?

Ehrlich gesagt, ich hatte ein mulmiges Gefühl. Also habe ich abgewiegelt.

Na, das wohl mit Recht. Als Dreifachagent hätten Sie mit Sicherheit den Kopf verloren, so oder so. Aber Sie können uns glaubwürdig versichern, daß Sie sich wenigstens auf diese Option nicht eingelassen haben?

Das kam für mich nicht in Frage. Da hat mich meine innere Stimme entschieden gewarnt.

Die hätte Sie eigentlich schon vorher warnen müssen.

Bei dieser Nötigung, wie Sie sagen würden, ging es derart laut zu, ich habe meine innere Stimme nicht mehr vernommen. Die hätte mir auch nichts Hilfreiches sagen können, ich steckte total in der Klemme. Was mir jetzt zum Vorwurf gemacht wird, dazu habe ich mich nicht freiwillig entschieden, das ist mir mit aller Härte aufgezwungen worden. Und ich will einfach nicht glauben, daß Sie dafür letztlich das Todesurteil verhängen wollen.

Ihre Befürchtung, wir könnten die Todesstrafe über Sie verhängen, ist absolut fehl am Platz! Wir sind Geheimer Dienst, nicht Geheime Polizei. Wir halten uns an Vorgaben und Gesetze, und zwar strikt. Damit Sie klar sehen: Wir unterliegen der Kontrolle des Privy Council. Wir handeln einerseits im Auftrag, andererseits in eigener Vollmacht, sind dabei im einzelnen nicht beweispflichtig; Todesstrafen jedoch können wir nicht verhängen. Im sogenannten Freudenzimmer ist so mancher Schrei laut geworden, aber noch nie ein Todesschrei. Das wollen wir doch mal festhalten! Wir haben allerdings die eine oder andere Option. Wir können den Fall Marlowe einem Gericht des Common Law übergeben, und das wird unweigerlich die Todesstrafe verhängen, auch im Sinne diverser Maßnahmen zum Schutz der inneren Sicherheit, angesichts der religiösen Differenzen im Lande und der Bedrohungen von außen. Im übrigen können wir die Lösung des Problems Marlowe auf verkürztem Dienstweg ebenso außer Haus erfolgen lassen … Sie haben also keinerlei Anlaß, in mir Ihren Henker zu sehen, das muß ich doch mal mit allem Nachdruck klarstellen.

Dann möchte aber auch ich – also, ich kriege das jetzt nicht mehr so – ich bitte um eine Verhandlungspause. Bei all dem, ich muß mich erst zurechtfinden. Ich muß einfach – ich muß Gelegenheit haben, nachzudenken – also wie ich in dieser Lage, in dieser wirklich nicht verschuldeten Notlage – wo doch diese Geiselnahme stattgefunden hat, diese brutale Geiselnahme – ich hab mich ja nicht freiwillig oder aus gewandelter Überzeugung zu dieser Doppel – also, ich brauch wirklich ein paar Stündchen – bitte –

Ich erhalte soeben ein Zeichen: Ihrem Antrag wird stattgegeben. Poley, führen Sie ihn ab. Wir schicken Ihnen ein Häppchen aufs Zimmer. Vielleicht finden Sie dann eher ein passendes Schlußwort. Dann aber: rasch! Wir haben schließlich noch andres zu tun.

(55)

Rekonstruktion des Einspruchs, den Sir Walsingham einlegte im Anschluß an die Vorverhandlung der Sternkammer.

Gez. D. K.

* * *

Hören Sie, Garrison, diesen Passus in Verbindung mit meinem Namen, den lassen wir besser weg. Jeremy wirkt etwas angeschlagen, Sie übernehmen die Verantwortung. Tilgen, löschen. Legen Sie mir morgen früh zum Abzeichnen die revidierte Reinschrift vor.

Wird pünktlich und zuverlässig geschehen, Sir.

Das setze ich voraus. Aber ich sehe Ihnen an, Sie warten auf eine Erklärung. Unseren hohen Besucher wird das sicherlich ebenfalls interessieren. Ich setze Sie davon in Kenntnis, selbstverständlich vertraulich, daß ich letzthin beim Empfang für die französische Delegation den Kollegen aus Paris kennengelernt habe. Er hat, über seinen Adlatus, zwei Flaschen Château de Berteau mitgebracht, die wir in einem stillen Winkel der Residenz fast vollständig geleert haben. Ein beinah freundschaftliches Gespräch – ohne Masken, versteht sich. Es ging vor allem um unsere gemeinsame Leidenschaft des Angelns. Er an der Seine, ich an der Themse. Jeweils oberhalb unserer Städte, versteht sich, bevor sich die Kloaken öffnen … Wir haben, by the way und en passant, auch über unsere Organisationen gesprochen, den inneren Abrieb, möchte ich mal sagen, infolge konkurrierender Eitelkeiten. Bei derartigen Allgemeinheiten ist es selbstverständlich geblieben. Ich will zum Fall Marlowe in diesem Zusammenhang nur anmerken: Die

Angaben zu meiner Person können durchaus von oben her durchgesickert sein. Insofern scheint mir die Aussage von Marlowe glaubwürdig. Und was die Zeichnung mit dem sogenannten Kanonenfloß angeht, die sollte man nochmal prüfen. Das Ganze scheint nicht unbedingt aus der Luft gegriffen – womöglich wollte die Securité der welschen Marine einen kleinen Aderlaß verpassen, zu gewissen Animositäten gibt es ja durchaus Parallelen. Unabhängig von möglicher Durchstecherei – das Projekt hat einige Logik: Dem Feind, bei eigener Feuerkraft, möglichst wenig Fläche zum Beschuß bieten. Auch unter diesem Aspekt – wir sollten diesen »Verrat« nicht unnötig hochspielen. – Und damit, die Herren: Gönnen auch Sie sich eine Pause. Wir sehen uns morgen um zehn.

Das Protokoll wird Ihnen pünktlich vorgelegt, Sir. – Und Sie, Jeremy, was gucken Sie so betrübt aus der Wäsche? Wollen Sie eine Jeremiade anstimmen? Zu oft verschrieben ...? Erregungsbedingte Tintenkleckse im Protokoll ...?

Mister Garrison, ich kann nur sagen: Dieses Rauhbein hat kein Mitleid verdient. Aber mich bedrückt der Gedanke, daß mit seiner Beseitigung auch die Fortsetzung eines großen Werkes beendet wird.

So, Sie interessieren sich nebenbei fürs Theater?

Nach allem, was man von Kennern so hört, sind seine Stücke mit das Beste, was bisher in unserer Sprache hervorgebracht wurde. Bei diesem Mann läßt sich annehmen, daß er weitere Werke von höchstem Rang verfassen wird – verfassen würde. Die könnten jetzt eins nach dem andren im Keim erstickt werden.

56

Eigenständige Ergänzung, ebenfalls in meiner Rekonstruktion – die hier anschließenden Ausführungen habe ich selbstverständlich nicht mitprotokolliert.

Jeremy

(Von Richard J. Wilkinson aus dem Dossier wieder entfernt, im getarnten Faszikel versteckt, von mir erneut eingefügt. Kühn)

* * *

Ich erwähnte Mister Garrison gegenüber, daß ich vernommen hätte, Marlowe arbeite an einem Schauspiel über Doktor Faustus. Solange es noch nicht aufgeführt ist, ließe sich also durchaus die eine oder andre Szene hinzufügen und einbauen. Mit meiner Neigung zum Erfinden von Legenden könnte ich mir beispielsweise folgende Ergänzung vorstellen: Mephisto zieht die Schuhe aus, um Doktor Faustus zu demonstrieren, daß er keinen Klumpfuß aufzuweisen hat, weder rechts noch links – der Gelehrte darf zum Beweis Mephistos Füße abtasten. Und es bestätigt sich auch hier die zweckdienliche Unauffälligkeit eines Mephisto. Diese Tarnung könnte zusätzlich gesichert werden durch die Kleidung: elegant, aber nicht modisch. Sodann durch Umgangsformen: höflich, aber keineswegs beflissen. Alles in allem: Balance zwischen betonter Sichtbarkeit und erwünschter Unsichtbarkeit.

Und Doktor Faustus? Der könnte sein Erscheinungsbild von Auftritt zu Auftritt verändern – schließlich befindet er sich mehr oder weniger auf der Flucht, sei es vor Gläubigern nach kostspieligen Anschaffungen für das Labor, sei es vor einer betrogenen Geliebten, sei es vor sich selbst. Zur Tarnung könnte etwa eine Brille beitragen, die einem Faustus ohnehin gut zu Gesicht stehen würde – in diesem Fall dürfte gewöhnliches Glas ausreichen. Sodann könnte nachgeholfen werden durch Perücken. Oder durch Falschbärte in verschiedenen Grundformen von Bartaufbau und Knüpfrichtungen. Weiter: durch Modelliermasse in Hautfarbe könnten Gesichtszüge verändert werden – sei es glättend für das Erscheinungsbild »jung« oder tief einfurchend für das Erscheinungsbild »alt« …

57

Fortsetzung der Vorverhandlung im Geheimgericht der Sternkammer, in gleicher Besetzung wie zuvor, als Beobachter wiederum »Mohr« und »Fortunatus«. Weiterhin protokollführend der Unterzeichnende.

R. »J.« W.

* * *

Auch in diesem Forum – als Angeklagtem steht Ihnen, wie bereits vermerkt, ein vorläufiges Schlußwort zu. Es wäre nach der gewährten Bedenkzeit angemessen, es mit einem klaren Schuldbekenntnis einzuleiten, das sich zu Protokoll nehmen und der Hauptverhandlung des Court of the Star Chamber zugrunde legen läßt.

Moment noch, bitte. Über mein ungewolltes Verschulden haben Sie sich hinreichend geäußert. Ich muß aber noch einmal betonen: Ich habe nicht freiwillig die Front gewechselt, ich wurde Opfer einer brutalen Aktion. Und ein weiterer Punkt: Gleich beim zweiten Treff, Stichwort Billard, habe ich versucht, durch eine weitere Falschmeldung meinem Land eher zu nützen als zu schaden.

Und was wollen Sie denen untergejubelt haben?

Ich habe denen etwas vorgeflunkert von unserer Entwicklung einer neuen Kanone.

Wie kommen ausgerechnet Sie auf Kanonen?

Mir imponieren große Rohre.

Na, dann schießen Sie mal los.

Nun also, ich dachte mir, es muß etwas her, das auf Franzosen eine abschreckende Wirkung ausüben kann. So habe ich erzählt, bei uns würde mit »Roaring Lion« eine neuartige Schiffskanone entwickelt von derartigem Kaliber, daß sie nicht mehr in ein Kanonendeck paßt, sondern oben auf Deck stehen muß, wo auch mehr Platz für die Geschützmannschaft ist. Dieser »Roaring Lion«, eine Feldschlange von etwa fünf Metern Länge, könnte Kugeln von dreißig Pfund über unvergleichlich große Distanzen hinweg zielsicher abfeuern. Bei einem Volltreffer würden sodann aus einem Riesenloch in der Schiffsflanke die Körperteile nur so herauspurzeln, Köpfe ohne Rumpf, Rümpfe, die den Kopf verloren haben. Zugleich würde ausreichend Wasser einströmen, womit alles Lenzen der vorläufig Überlebenden vergeblich bliebe, das getroffene Schiff wäre dem sicheren Untergang geweiht.

Na schön, als Fingerübung der Verwirrungstechnik könnte so was durchgehn, das ändert jedoch nichts am Gesamturteil. Sie haben einen Grundsatz unserer Arbeit mißachtet. Sie hätten sich, wie bereits hinlänglich betont, dem Zugriff des französischen Dienstes durch vorläufige Flucht entziehen müssen. Sie haben es jedoch unterlassen, mit Blick auf eine gewisse private Beziehung. Die übrigens gleichfalls strafwürdig ist. Es gibt also keine Alternative: Sie müssen von der Bildfläche verschwinden.

Und wenn das bloß zum Schein geschähe …?

Wie sollte das bitteschön vor sich gehn?

Ich habe in der Zwischenzeit intensiv darüber nachgedacht. Ich könnte mir durchaus vorstellen, daß ich untertauche. Daß ich offiziell zwar abgemeldet werde, mit einer anderen Personenlegende aber weiterlebe und somit meinem Land und meiner Königin weiterhin diene, loyal.

Mir wird hier ein Zettel überreicht von unserem hohen Besucher mit der Weisung, Sie kurz mal ausführen zu lassen, was eben so nebulös anklang …

Nun, also, ich könnte mir folgenden Ablauf vorstellen: Ich bleibe, ganz »offiziell«, noch weitere Jahre im Tower. Daran könnte noch mal erinnert werden, indem bekanntgemacht wird, im »Daily Universal Register«, ein erneutes Gnadengesuch meinerseits wäre von höchster Stelle abgelehnt worden. Derart abgeschirmt würde ich mich jedoch nach Irland begeben. Mittlerweile fühle ich mich Irland fast schon zugehörig. Als Red Hugh O'Donnell dürfte ich allerdings nicht mehr auftreten, da sollte mir eine neue Identität zugeschrieben werden, mit entsprechendem Paß, meinetwegen als Pierre Charlemont. Schließlich wäre es für mich am einfachsten, auch von den Sprachkenntnissen her, wenn ich als Franzose in Irland einreisen würde, etwa in Gestalt eines Münzhändlers – ein katholischer Händler aus Frankreich würde in Irland kaum Mißtrauen erwecken, schon gar nicht in einer abgelegenen Provinz.

Und wohin soll es dort gehen? Theoretisch, rein theoretisch?

Mein Ziel wäre der äußerste Westen – ungefähr die Gegend, aus der ich als O'Donnell stammen soll. Zur Begründung: Ich habe in Paris einen Landsmann kennengelernt, der mir privat sehr verbunden, ja verpflichtet ist. Er hat ein verlockendes Angebot gemacht. Im Lake Melvin gibt es, in Ufernähe, ein winziges Castle: ein zweistöckiger Wohnturm auf einem Inselchen, das keinen Schritt größer ist als der Grundriß des Turms. Eine Flucht- und Jagdburg, seit einiger Zeit nicht mehr genutzt. Als charakteristisches Detail darf ich erwähnen, daß unter dem Wasserspiegel Trittsteine angelegt sind, die nicht geradenwegs vom Schilfufer zum Turm führen, sondern in einer komplizierten Schritt- und Sprungfolge, die ich mir genau einprägen müßte, falls ich nicht ein Ruderboot benutze – für unerwünschte Besucher stünde ein Boot hingegen kaum zur Verfügung, und die vertrackte Reihenfolge der Trittsteine würde sich ihnen nicht erschließen. Ich könnte von diesem Refugium aus gelegentlich zu einem Städtchen namens Sligo reiten, um formell meinem Beruf oder Ruf als Münzhändler nachzukommen, der einen sehr speziellen Wohnsitz gewählt hat, um seine Schätze sicher unterbringen zu können, römische Münzen in Silber, spanische Dublonen in Gold. In Fortsetzung meiner Verkaufsgespräche könnten sich Erkenntnisse ergeben, die ich dem Secret Service verschlüsselt übermitteln würde. Schließlich dürften auch im sehr katholischen Westen Irlands kriegerische Handlungen gegen unser Land geplant werden, zumindest gegen unsere Landsleute, die sich in der Region Dublin niedergelassen haben. Außerdem – ich könnte dort im Westen so etwas wie eine Küstenwache bilden. Unsere Herren schlachten die Insel ja eher im Osten aus, wo der Abtransport leichter ist, in den Westen hingegen will keiner so recht. Das könnte ich dann übernehmen, selbstlos und ein bißchen im eigenen Interesse. Der mir in Aussicht gestellte Wohnturm im See befindet sich schließlich in der Nähe des Atlantik, dort ließe sich leichthin registrieren, wenn spanische Schiffe aufkreuzen – Irland könnte wieder mal zum Hintertürchen werden für eindringende papistische Spanier oder spanische Papisten. Die haben das ja schon mal versucht mit jener Truppe, die wohl vom Papst persönlich losgeschickt wurde, mit allerlei leeren Versprechen, schätze ich, und bei Sme-, bei Smi-, also mir fällt der Name grade nicht ein, jedenfalls dort haben die Unsrigen diese Bande ja niedergemacht, aufgrund rechtzeitiger Meldung. Nach dieser Pleite wird man in Rom und Madrid diesbezügliche Pläne aber nicht aufgeben, das wissen wir doch alle, die wollen das garantiert nochmal über Irland versuchen. Und dann haben wir sie im Nacken, im Rücken, und dort würden wir sie so rasch nicht los, papistische Spanier im Verein mit papistischen Iren, eine Hand taucht die andre in unser Blut – durch meine rechtzeitige Beobachtung und Meldung könnte so was denn verhindert werden.

Ich schätze, von einem Türmchen im See wird man Schiffe auf dem Atlantik wohl kaum zu sehen kriegen …

Nein, aber ich könnte Leute finden, die ihre Augen offenhalten – Schafhirten auf Küstenhügeln, Fischer, vor allem Fischer.

Und Fischerbuben …?

Hauptsache, die Augen sind klar! Beim Auslegen und Hochziehen der Netze – immer mal wieder ein Seitenblick südwärts. Und gegebenenfalls gleich zu mir mit der Meldung, und ich gebe die weiter. Dann müßte eine Kurierstaffette auf den Weg geschickt werden. Noch besser, man könnte eine Brieftaube Richtung Osten flattern lassen, dorthin, wo die Unsrigen auf Einsätze warten. Und sofort ein paar Gewaltmärsche, der Feind wird gestellt, und die Parole lautet mal wieder: Squish 'em in the mud!

Und wenn es vorerst doch ruhig bleibt im irischen Westen – falls Sie nicht Münzen nachzählen im Wohnturm, was wollen Sie die ganze Zeit treiben? Fischerbuben angeln?

Ich würde schreiben, würde endlich wieder in Ruhe schreiben! Ich habe schon eine ziemlich genaue Vorstellung davon, welches Stück ich als erstes ausführen würde. Es wäre eine Arbeit, mit der ich mich vom Makel befreien könnte, der auf mir lastet. Ich habe bereits ein Stück über Edward den Zweiten geschrieben, dem könnte sich ein Schauspiel über seinen Nachfolger anschließen, Edward den Dritten. Ich könnte die moralische und militärische Überlegenheit Englands über Frankreich gebührend oder über Gebühr herausstellen, indem ich das Geschehen auf Edwards Feldzug gegen Frankreich konzentriere. Mein Schauspiel würde den englischen König als unbesiegbar, würde den Adel als geschlossen darstellen, würde hervorheben, daß beim Kampf um Calais etwa tausend Engländer fielen, während es auf französischer Seite 30 000 Gefallene waren oder gewesen sein sollen, darunter viele der Besten und Höchsten im Heere. Wo auch immer man nach diesem siegreichen Feldzug englische Heerfahnen sieht, wird man spornstreichs zum Rückzug blasen. Dies zum Tenor des Stücks. Und: Von Spanien bis hinüber zur Türkei soll man die englische Vormachtstellung zitternd anerkennen. – Solch ein Schauspiel würde gerade in dieser Zeit der erneuten Spannungen mit Frankreich allergrößtes Interesse finden, solch ein Stück könnte auch von der Königin akzeptiert werden. Zwar bin ich nicht rechtzeitig aus Frankreich geflohen, das muß ich nach Ihren Vorhaltungen zugeben, aber innerlich bin ich stets in England geblieben. Diese letztlich unwandelbare Treue zu unserem Land ist es denn auch, die mich dazu bewegt, ein Stück zu verfassen, mit dem Englands Position gestärkt werden könnte, indem das Selbstgefühl der Zuschauer und Leser gestärkt wird. Dies ist mein Angebot, und ich bitte, es ernst zu nehmen und anzunehmen.

Nur mal angenommen, theoretisch, rein theoretisch, wir würden darauf eingehen – wie stellen Sie sich da Ihre weitere Zukunft vor?

Ich könnte im Turm im Lake Melvin letztlich die gesamte Chronik von Holinshed abarbeiten, Stück um Stück: Chronicle Plays … Das Ambiente wäre höchst förderlich für solch ein gewaltiges Unternehmen: stilles Wasser um mich her, hoher Himmel über mir, dies vor allem in sturmfreien, sternklaren Nächten – da kann doch nur Großes heranwachsen! Und später, wenn von der Nachwelt die verborgenen Zusammenhänge doch mal aufgedeckt werden, da wird man Ihnen, Sir Walsingham, wird man Ihnen, Mister Garrison, dafür dankbar sein, daß mir der Weg in den Westen eröffnet wurde und damit mein Weg in die Zukunft. Gleichsam als Gegengabe werde ich unserem Haus mit Informationen über eventuelle Umtriebe irischer Katholiken danken und meinem Land mit Theaterstücken, in denen sich unsere Sprache allen anderen Sprachen gegenüber als überlegen erweisen wird.

Das kann ich Ihnen versichern! Das kann ich Ihnen hoch und heilig versprechen!

Nun werden Sie offiziell ja weiter in einem der Verliese des Tower sitzen – wie wollen Sie da Stücke auf die Bühnen bringen?

Über einen Mittelsmann. Der erhält natürlich Provision dafür, daß er seinen Namen hergibt, auch für Druckausgaben.

Interessante Aspekte … Ich frage mich nur: Wozu solche Transaktionen – theoretisch, rein theoretisch?

Alles, was ich bisher für den Secret Service geleistet habe, geschah mit Blick auf solch eine Zukunft. Deshalb kann meine Antwort ganz einfach auch so lauten: Ich möchte, ich will, ich muß weiter fürs Theater schreiben. Auf diesem winzigsten aller bewohnbaren Inselchen wird es von Figuren bald nur so wimmeln! Menschen, die längst verstummt sind, sie bringe ich dort wieder zum Sprechen. Schattenbeschwörung, große Schattenbeschwörung …! Figur um Figur werde ich wieder Leben einhauchen, werde meine »dramatis personae« agieren lassen, daß die Bühnenbretter knacken, daß sich die Bühnenbalken biegen, daß der Theaterdonner von selbst zu dröhnen beginnt. Zum Beispiel bei König Edwards Eroberung von Calais. Um gleich bei ihm zu bleiben: Edward ist seit mehr als zwei Jahrhunderten verstummt, aber ich, sehen Sie, ich wurde ihn wieder zum Leben erwecken, und er tritt auf möglichst vielen Bühnen auf, jeweils anders verkörpert. Aber all die Darsteller werden aussprechen, was ich Edward auf den Leib schreibe. Überall wird gestorben, wird gemordet und gemetzelt, ich aber kann Wunder vollbringen, wahre Wunder, wenn man mich nur gewähren läßt: Daß Menschen, die lange schon tot sind, daß Menschen, die ich hinzuerfinde, daß sie alle sprechen, was ich schreibe. Und diese meine Sätze werden nicht nur ein einziges Mal gesprochen wie im sogenannten Leben, sondern dutzendfach, und wenn das Stück gut läuft, hundertfach, und wenn es sehr gut läuft, vielhundertfach. Meine Worte, meine Worte: liegen schon bereit in mir, hier unter der Schädeldecke, fehlt nur noch die Gelegenheit, die Möglichkeit, sie freizugeben. Lassen Sie mich verschwinden, ohne daß man mich um die Ecke bringt, lassen Sie mich mit gefälschtem Paß nach Irland reisen, ich werde schon meinen Weg zum Lake Melvin finden, zum Wohnturm im Wasser, und auf kleinstem Raum werden große Werke entstehen. Ah, ich hab alles schon genau vor Augen, in den Ohren, im Kopf. Ich höre Wind, ich höre Sturm, ich höre Schlippen von Wasser, Klatschen von Wellen, höre Raubvögel und ferne Schafe oder Kühe, höre Glockenschlag von weit her, höre Knistern, Krachen von Feuer, das mich wärmt, höre in Deckenbalken das Knacken von Holz in der Hitze, die in Irland freilich selten ist, höre das Trippeln von Mäusen, das Rumoren von Mardern, höre in der Windstille das Springen von Fischen, höre Rascheln im Schilf, breitflächiges Aufrauschen bei Windböen, höre am Ufer Männer sprechen in ihrem Idiom, das ich nicht verstehe, gälische Urlaute, saindán und saincherdd … Und ich sehe mich ein Lichtzeichen setzen in der Nacht, als Feuer auf der Dachterrasse – Zeichen für Schiffe, die hier nicht fahren, Zeichen, das man auf dem Meer nicht wahrnehmen kann, ich setze es dennoch, und Anrainer sehen: der Turmbewohner ist da. Und es glüht in mir auf, Sprache im Tiegel, geläutert, geläutert, flüssiges Gold, das man trinkt und trinkt, das sich in den Adern ausbreitet und im Kopf, flüssiges Gold, gewonnen im Turm im Lake Melvin. Ja, mein Laboratorium über dem Wasserspiegel, da wird Rohstoff der Chroniken kalziniert, rektifiziert, sublimiert, purifiziert, die rote Sonne vereint sich mit dem weißen Mond, Festes wird flüchtig, Flüchtiges fest, chaotische Masse findet die Matrix: große Transformation, aus Sprachblei wird Sprachgold.

Sinn für die Entwicklung eines Handlungsablaufs läßt sich Ihnen nicht absprechen … Was auch, wie Sie bemerkt haben werden, von unserem hohen Gast soeben mit Kopfnicken bestätigt wurde, nun erneut bestätigt wird. Sie haben Argumente vorgetragen, die bedacht werden müssen, zum Teil auch schon höheren Ortes vorbedacht worden sind. Mit entsprechender, vorher selbstverständlich eingeholter Legitimierung kann ich Sie denn auf Widerruf wie folgt bescheiden: Bis zur Hauptverhandlung vor dem Geheimgericht erhalten Sie Freigang, selbstverständlich gegen Hinterlegung einer Kaution. Freigang in doppelter Hinsicht: für Sie – intern – als Agent und für Sie – extern – in Ihrer quasi echten Identität als Theaterautor, der wegen Mord im Tower einsitzt. Häftling Marlowe würde also zwischendurch mal an die nicht mehr so ganz frische Luft gelassen – wobei für kritische Beobachter getrost der Gedanke mitspielen könnte, wir lassen die Pest erledigen, woran wir uns die Hände nicht schmutzig machen wollen. Zur Kaution, die Sie selbstredend nicht begleichen können: die Zahlung wird freundlicherweise von einer dem Hause nahestehenden Persönlichkeit übernommen. Eine zweckdienliche Notiz wird im Daily Universal Register veröffentlicht. Weiter: Sie melden sich an der Pforte des Towers täglich zur Stelle – der Cerberus dort wird rechtzeitig informiert.

Ich werd mich punktlich zur Stelle melden, ich steh fur alles grade!

Na schön. Und nun erholen Sie sich erst mal ein bißchen. Gehen Sie was trinken mit Ihren Freunden Fraser und Poley – ja, auch mit Poley, er befindet sich hiermit nicht mehr im Dienst. Trinken Sie einen, aber trinken Sie nicht über den Durst – keine neuen Scherereien!

58

Ich lege eine weitere schriftliche Stellungnahme vor zum Fall Marlowe, erarbeitet durch Ressortleiter Garrison, zur Vorlage bestimmt bei Sir Walsingham.

J.

* * *

Mitarbeiter »Leander«, Klarname: Christopher Marlowe. Inkriminierte Person scheint sich von nun an vorrangig der literarischen Profilierung widmen zu wollen. Dies ist nach meiner Einschätzung allerdings nicht auf völlige Wandlung seiner Grundhaltung zurückzuführen, so daß beim Entstehen einer veränderten oder kritischen Situation, sowie unter dem möglichen Einfluß feindlicher Kräfte, mit einer potentiellen Handlungsbereitschaft im Sinne unserer Gegner gerechnet werden kann. Ausgehend von dieser Einschätzung schlage ich deshalb vor:

(Entwurf bricht an dieser Stelle ab! K.)

59

Bericht zur weiteren Entwicklung im Fall Marlowe. Eine Rettungsmöglichkeit eröffnete sich durch das hausinterne Plädoyer des ranghohen Besuchers »Fortunatus«, der weiterhin auf Wahrung seiner Anonymität besteht. Erwähnt werden sollen hier dennoch persönliche Bindungen und Beziehungen – auch dies mit Blick auf eventuelle Überprüfung des Falles Marlowe zu späterem Zeitpunkt.

Fortunatus hat bereits mit zwölf seinen Vater verloren; die Vormundschaft übernahm Sir Walsingham, damals bereits von unserer verehrten Königin ausersehen als Leiter unseres Dienstes. Das Ehrenamt hat dem Vormund allerdings nicht viel Freude bereitet, es kam zu häßlichen Zwischenfällen. Am gravierendsten: Der Pflegesohn hat mit 17 im Hause Walsingham in einem Anfall von Jähzorn einen Diener erstochen. Eigentlich hätte Fortunatus vor Gericht gehört, Sir Walsingham hat jedoch seine Verbindungen spielen lassen und seinen Zögling aus der Gefahrenzone herausgehalten. Mit Vorwürfen wegen seiner launischen und unbeherrschten Art aber soll er Fortunatus gegenüber nicht eben gespart haben. Trotz aller Belastungen: vier Jahre später war Fortunatus verheiratet mit Anne, einer der beiden Töchter Walsinghams. Durch diese doppelte Bindung glaubte Fortunatus einen gewissen Einfluß ausüben zu können auf Vorgänge in unserem Hause, insbesondere im Fall Marlowe. In seiner Anonymität geschützt durch eine Maske hat er an der letzten Verhandlung als Zuhörer teilgenommen und anschließend ein Konzept entwickelt.

Generell wurde auch von ihm akzeptiert, daß hinter Marlowes Agententätigkeit ein Schlußpunkt gesetzt werden müsse. Intern jedoch solle man Marlowe, mit Blick auf seine herausragenden Fähigkeiten als Schriftsteller, ein »Hintertürchen« in eine bessere Zukunft eröffnen. Mit diesem Vorschlag wurde Anteilnahme zur Parteinahme, im Namen einer bisher verborgen gehaltenen Kollegialität. Denn: unter dem Decknamen Fortunatus hat Ihro Lordschaft Gedichte veröffentlicht. Hat zudem, vor der Öffentlichkeit vertreten durch Strohmann George Gascoigne (»Unser englischer Terenz«…) mehrere Theaterstücke auf unsere Bühnen gebracht – durchweg von Erfolg gekrönte Arbeiten! Getragen von diesen Erfolgen sieht Fortunatus in Marlowe weniger einen Konkurrenten als einen Kollegen. Dies bestimmte seine Einstellung wie seinen Vorschlag.

Die neue Lebensform könne indes nur eingeleitet werden durch das Löschen der bisherigen Legende und die Schaffung einer neuen Legende. Dies lasse sich am leichtesten und sichersten realisieren über einen realitätsnah vorgetäuschten Mord an Freigänger Marlowe. Dieser »Mord« in einem Ambiente, in dem Totschlag aus Affekt keine Seltenheit sei. Eine stellvertretende Leiche sei leicht beizubringen – tödliche Auseinandersetzungen unter Seeleuten seien recht häufig.

Zum Fortunatus-Konzept im einzelnen: Marlowe (dies nun wirklich als Christopher Marlowe, in seiner Rolle als »Freigänger«) wird nach Deptford verbracht, zu einem Gasthaus, wenn möglich etwas abgelegen. In einem Hinterzimmer der Taverne wird ein Streit vom Zaun gebrochen, der (vor Ohrenzeugen) damit endet, daß Marlowe zum Schein ermordet wird. Sogleich wird die frische Leiche eines Seemanns, wie sie an den Ufern der Themse wiederholt zu finden sind (notfalls auf Bestellung), durch ein Hinterfenster ins Gasthaus geschmuggelt, ihr werden Marlowes Kleidungsstücke übergestreift, die so eingekleidete Leiche wird auf den Boden gelegt, Gesicht nach unten. Marlowe verläßt indes diskret das Gasthaus, in den Klamotten des verblichenen Seemanns. Sodann wird (Achtung: unter Umgehung und Ausschluß des Sheriffs von Surrey!) ein Mitarbeiter der Polizei gerufen, zwecks Protokollierung – tunlichst ein Sergeant, der Marlowe zuvor nie gesehen hat, der somit, allein angewiesen auf die Aussagen der Anwesenden, die Identität des Toten als Marlowe bestätigen wird, schriftlich. Der stellvertretende Leichnam wird so rasch wie möglich eingesargt und als »Christopher Marlowe« beerdigt. Zu dieser Zeit wird sich Marlowe bereits an Bord eines Frachtseglers mit Kurs auf Genua befinden, in der Tasche ein neuer Paß, ausgestellt von einer bewährten Kraft des Hauses. Mit dieser Legende ausgestattet wird Marlowe in Venedig die neue Existenz aufbauen, etwa als Münzhändler – auch dies mit geheimer Protektion des Fortunatus. Sobald er sich eingelebt hat, soll Marlowe erneut das Schreiben von Schauspielen aufnehmen. Die jeweils folgende Vermittlung an Drukkereien und Bühnen wird Fortunatus diskret ausführen (lassen).

Entgegen diesem Konzept und Votum hat das Geschehen dann allerdings eine unerwartete Wendung, einen unvorhergesehenen Verlauf genommen. Robert Poley hat dazu einen Bericht verfaßt, den ich anschließend und abschließend ins Dossier aufnehme. Es darf nicht verschwiegen werden, daß im Hause Stimmen laut (oder eher: halblaut) wurden, Poleys Bericht sei bestellt worden, um den Übergang Marlowes in eine wiederum neue Identität abzusichern. Ich will das, als Protokollführer und Fachreferent Legenden, nicht weiter kommentieren, schließe das Konvolut nunmehr ab mit der schriftlichen Stellungnahme, die Mitarbeiter »Charon« vorgelegt hat.

Gez. Richard »Jeremy« Wilkinson

60

Da Ingram Fraser zur Zeit nicht in der Lage ist, einen Bericht über den Tathergang zu verfassen, übernehme ich, Robert Poley, diese Aufgabe, obwohl ich nicht in allen Punkten mit völliger Zuverlässigkeit aussagen kann. Fraser steht unter Schock, er hat sich in seinen Wohnsitz geflüchtet, will einen Geistlichen aufsuchen, erhofft Zuspruch und neue Orientierung.

Damit zum Ablauf des Geschehens. Wir, Robert Poley und Ingram Fraser, begleiteten Christopher Marlowe nach dem vorläufigen Abschluß der Verhandlung in eine Kneipe in Deptford. Dies mit der ausdrücklichen Genehmigung von Mister Garrison, ja, von ihm gefördert – anfallende Ausgaben wurden großzügig vorgestreckt. Auch wurde von ihm ein bestimmtes Lokal empfohlen.

Einen weiteren, wichtigen Punkt allerdings ließ er offen. Er hielt Ingram noch im Flur an und sagte, er wisse ja wohl, wie er sich zu verhalten habe. Da dies ein Schlüsselsatz sein könnte, wiederhole ich in direkter Rede, was ich gehört habe: »Du weißt, wie du dich zu verhalten hast.« Es hieß nicht, das möchte ich ausdrücklich betonen: Ihr wißt, wie ihr euch zu verhalten habt. Die Weisung war eindeutig an Ingram ergangen. Ich erinnere mich noch, wie er umgehend fragte, wie das bitte zu verstehen sei, ob etwa eine bestimmte Person »hochgehn« solle. Darauf wurde von Mister Garrison lediglich wiederholt: »Du weißt, wie du dich zu verhalten hast.« Ich schaltete mich ein und erkundigte mich, wie Ingram das auslegen solle. Wir erhielten keine weitere Auskunft, Mister Garrison verabschiedete sich mit knappem Gruß, verwies auf anstehende Arbeit und verschwand.

Dies alles entzog sich der Wahrnehmung von Marlowe. Er war, wie man so sagt: aufgekratzt. Er fühlte sich plötzlich, oder wie er sagte: urplötzlich erleichtert. Mit der (vorläufigen) Freilassung – wenn auch mit der Auflage täglicher Meldepflicht – hatte er nicht gerechnet. Er schob die glückliche Wendung seiner rhetorischen Begabung zu. Er hatte, wie er sagte, die Schlinge bereits um den Hals gespürt, beziehungsweise den Pflock im Arsch. Auf dem Weg zur Themse ging er nicht nur neben uns her, er tänzelte gleichsam, schien die Pestfeuer, Pestzeichen, Pestleichen nicht wahrzunehmen, hörte weder Gebetsgeleier noch Verzweiflungsschreie aus angrenzenden Häusern. »Raus aus der Falle, ich bin raus aus der Falle!« – einer der Ausrufe, die sich wiederholten.

Auf hauseigenem Boot sind wir themseabwärts nach Deptford gefahren. Damit wurden in Marlowe wilde Hoffnungen geweckt: Im dortigen Hafen der Aufbruch in ein anderes Land?! Warum sonst Deptford? Genug Kneipen, Tavernen in der Nähe unseres Dienstsitzes, da hätten wir nicht erst zum Werft- und Hafenquartier fahren müssen …! Deptford, ja, das bedeutete für ihn Aufbruch: Dort war Frobisher zur Suche nach der Nordwest-Passage, war Drake zu seinem Gold-Beutezug in Südamerika aufgebrochen, dort mußte also auch sein Aufbruch erfolgen! Ja, er war nochmal davonkommen, wurde nicht gehängt, gepfählt …! War der Stadt des Schwarzen Todes entflohen – nichts wie weg von den Pestfeuern, den Toten vor den Häusern, den stehngelassenen Leichenkarren …! Aufatmen, tief, tief durchatmen auf dem Fluß, dem Strom, so befreiend weit! »Sweet Thames run softly till I end my song« … In seinem Überschwang winkte Marlowe jedem Schiff zu, jedem Boot, winkte hinauf zu den Häusern, die sich auf der London Bridge reihen, winkte sogar hinauf zu einem dort aufgepfählten Kopf eines Hingerichteten, stellte aber dann immerhin die Frage, wieso man noch Leute köpfe, während die Pest im Lande tobe. Er wurde hingewiesen auf die weitere Gültigkeit von Law and Order. Damit war der Fall für ihn erledigt. Und er setzte das Winken fort, winkte jedem der fast zahllosen Kirchtürme nordwärts zu, winkte hinüber zur Southwark Cathedral, dann zum Rundbau des Theaters der Bankside, glaubte sogleich Theaterluft zu schnuppern, zählte auf, was auch dort in der Requisitenkammer lag, womöglich für seine Stücke: Lanzen und Schilde … Bett und Käfig … Globus und Zepter … Löwenfell und Bärenfell … Tennisschläger und Lorbeerbaum … Regenbogen, Höllentor … In seiner fast überschäumenden Laune wäre er, am Bug balancierend, fast in den Fluß gefallen. Thamesis fluvius, jubelte er, als ströme ihm die andere Sprache wieder zu, und aus Deptford wurde wieder Vadum profundum. Er begann zu zitieren, was wir nicht verstanden, auch hier purer Überschwang: Weg vom Blutgerüst, raus aus der Peststadt – plötzlich schien alles wieder möglich! Er winkte dem Rumpf des Kanonenschiffs zu, auf dem Royal Navy Dockyard von zahllosen Stützen senkrecht gehalten; von Teeröfen stiegen Rauchschwaden auf – die Arbeiten waren also nicht eingestellt. Marlowe winkte ankernden Schiffen zu, winkte zu Schiffen am Kai, erwartete in seiner Hochstimmung womöglich, daß von einem der Schiffe zurückgewinkt wurde: Sir, es steht eine Koje für Sie zur Verfügung, wir legen bald ab zum Ziel Ihrer Wünsche! Und er sah den Anker schon gelichtet … Also: wozu sonst Deptford?!

Die Eindrücke, die uns dort erwarteten, waren allerdings so düster wie in der Londoner Innenstadt. Da die Taverne aus verschiedenen Gründen eher am Rand von Deptford liegt, an eine Lohnkutsche bei der allgemeinen Flucht nicht zu kommen war, konfiszierte Fraser mit vorgehaltener Waffe kurzerhand eine Kalesche, erklärte der Familie, wo sie ihr Gefährt wieder abholen könnte, und wir fuhren los. Die wenn auch offene Kutsche gewährte uns ein wenig Distanz zum bedrängenden Geschehen. In kleinen Trupps, in großen Scharen hockten, lagen, zogen, lungerten Seemänner und Matrosen herum. Nach ihrem Landgang hatten ihnen die Kapitäne in Anbetracht der alarmierenden Meldungen über die Ausbreitung der Pest die Rückkehr an Bord untersagt; bewaffnete Wachen sorgten für strikte Einhaltung der Befehle, es sollen Schüsse gefallen sein. Die Männer waren mittlerweile hungrig, durstig, manche von ihnen waren sichtlich krank, andere wurden rabiat, plünderten Läden. Und es kam zu einem unangenehmen Zwischenfall: Einer dieser Männer schwang sich aufs Trittbrett, beugte sich vor über den Wagenschlag, gab eine Wolke von fauligstem Mundgeruch von sich, schrie: Pesthauch, haha, Pesthauch! Fraser reagierte blitzschnell, drehte sich zur Seite, warf sich auf den Rücken, kam auf Marlowes Oberschenkeln zu liegen, trat dem Matrosen mit voller Wucht ins Gesicht, der kippte weg mit einem Schrei. Kommentar Marlowe: »He, hast mir ein' Zwiebel zerquetscht!« Wir versprachen ihm eine heiße Breipackung, und alles schien wieder im Lot. Auch bei der weiteren Fahrt: keins der düsteren Bilder konnte Christophers Stimmung trüben, er blieb auf fast überbordende Weise heiter, als hätte er allerstärksten Johannisblüten-Extrakt zu sich genommen.

Wieder tänzelnd betrat er die Taverne, stieß saufende Dockarbeiter in die Rippen, grüßte besoffene Seemänner, Matrosen mit Schulterschlag. Wir bezogen einen separaten Raum, Bier und Gin wurden herangeschafft. Und Marlowe wiederholte seine Trinksprüche; der Umtrunk in einer Kneipe von Deptford konnte wirklich nur bedeuten: sein Aufbruch stand bevor. Er begann, über Pläne zu sprechen. Selbstverständlich werde er untertauchen, nichts wie weg aus London, und diesmal wirklich nach Irland, weit, ganz weit in den Westen, zu einem kleinen Wohnturm in einem der Seen: »Da kann ich einstimmen in das Gebrüll des Sturms, und keiner wird es registrieren, da kann ich die Sterne anpöbeln, und niemand wird das vermerken, da kann ich mich in Traurigkeit versacken lassen, und keiner spürt mich auf, da werde ich schreiben, schreiben, schreiben, und keiner stört mich dabei.« Das wäre denn gleich als erstes ein Stück über König Edward III. »Und du, Ingram, holst es ab, überbringst beim nächsten Besuch das Geld, das mein Stück einspielt, übernimmst gleich wieder ein neues Manuskript …«

Christopher, Ingram und ich sprachen fleißig dem von »Miner« spendierten Bier zu, ließen auch die Flasche Gin kreisen, waren bald in bester Stimmung. Für Christopher schien ein Bann gebrochen, ein finsterer oder wie er sagte: saturnischer Bann. Er ging aus sich heraus, stand schließlich auf einem Stuhl, sang eins der Lieder, die zu seinem Repertoire gehören: Cock, the cock … at half cock, at full cock … cock-a-doodle-doo … Anschließend spielten wir einige Partien Whist. Da es diesmal nicht um Geld ging, geschah alles in bestem Einvernehmen.

Dann aber kippte die Stimmung. Als Marlowe erneut erwähnte, er werde erst mal von der Bildfläche verschwinden und sein Edward-Drama schreiben, da stellte Ingram eine »alte Forderung« in Rechnung. Dies in einem Zusammenhang, der sich mir nicht erschloß. Unter welchem Vorzeichen auch immer: Er, Ingram, sei zweimal hinausgefahren nach Wembley, hätte finanzielle Aufwendungen gehabt, hätte etliche Zeit verloren, die er lieber anderweitig verbracht hätte, Christopher hätte ihm Erstattung eines angemessenen Betrages in Aussicht gestellt, nun sei der Zeitpunkt nicht nur nähergekommen, er sei unwiderruflich da: »Die Rechnung ist noch offen!«

Daraus entwickelte sich eine Auseinandersetzung, die immer hitziger wurde – wozu sicherlich der Alkohol beitrug. Christopher erklärte, er sei im Moment nicht zahlungsfähig; abgesehn davon hätte er die Ankündigung der Zahlung eher symbolisch verstanden, unter Kumpeln sei so was nicht üblich, Ingram hätte ihm sicherlich einen Freundschaftsdienst erweisen wollen.

Doch Fraser sah alles ganz anders. Ihm sei eine verbindliche Zusage gemacht worden zur Erstattung zumindest der Unkosten, Stichwort Wembley. Er lasse sich nicht auf einen unbestimmten Zahlungstermin vertrösten. Wenn Christopher »abtauche«, würde er wohl nie was von dem Geld zu sehen kriegen, das ihm zustehe. Nun sei die beste Gelegenheit, das abschließend zu regeln. Falls er das nötige Geld nicht dabei habe, solle Christopher einen Schuldschein ausstellen. »Du kommst hier aus dem Zimmer nicht raus, eh das geregelt ist« – einer der Sätze, die sich wiederholten.

Marlowe, selbst in dieser Phase der Erleichterung, der Befreiungsgefühle leicht reizbar, vor allem nach dem zügigen Umtrunk, erteilte Fraser ruppige Antworten, die wiederum lautstarke Wiederholungen der Geldforderung nach sich zogen. Marlowe war wütend, weil ihm von Ingram die Feier verdorben wurde, er hätte wirklich keine Lust auf Streit, die letzten Stunden seien hart genug gewesen, »ich will's mir einfach mal gutgehn lassen, dazu hab ich wohl allen Grund«. Darauf ging Ingram mit keiner Silbe ein, geriet seinerseits immer mehr in Zorn, oder, um es vorsichtiger zu formulieren: Er schien immer mehr in Zorn zu geraten. So sehe ich mich denn auch nicht in der Lage, verläßliche Aussagen über den unmittelbaren oder mittelbaren Anlaß der Tat zu machen, sprich: Ob Ingram aus spontaner Wut, ja im Jähzorn, oder aus kalter Berechnung zugestoßen hat.

Wie auch immer – in ständigen Wiederholungen schrie er auf Christopher ein: »Du schuldest mir noch was. Verdammt nochmal, die Rechnung ist noch offen. Du kommst hier nicht raus, eh das geklärt ist. Und wenn du nicht berappen kannst, schreib einen Zettel, daß du mir den Betrag schuldest. Ich werd es mir dann schon holen, notfalls bei deinen Eltern.« Und so weiter. Marlowe konterte: »Überall, ringsumher krepieren die Leute, wer weiß, ob sich bei uns nicht auch bald Pestbeulen zeigen, da sollten wir uns nicht die Zeit vertreiben mit Streitereien, wir sollten uns freuen, daß wir überhaupt noch leben, darauf sollten wir gemeinsam einen trinken, verdammt nochmal!« Doch Ingram wollte partout nicht locker lassen. Als Ohrenzeuge fühle ich mich verpflichtet, der Wahrheit verpflichtet, auch folgende Repliken wiederzugeben. So lautete einer der aggressiven Sätze Marlowes kurz vor dem Eklat: »Wer in Bücher scheißt, kann bei mir lange aufs Geld warten!« Darauf Frasers Antwort, in äußerst erregtem Tonfall: »Dir ham se wohl ins Hirn geschissen!« Marlowe wiederum: »Scheiß in deinen Hut, setz ihn auf und geh!« Schon ein Doppelschrei, in diesem Schrei der Todesstoß.

Der Übergriff geschah für mich völlig überraschend. Vom Streit angewidert, hatte ich mich abgewendet, um eine zweite Flasche Gin zu öffnen, auf der Fensterbank. In dem Moment war es geschehn: Fraser stieß Marlowe den Dolch ins rechte Auge, die Spitze drang tief ins Hirn, Marlowe fiel hin wie vom Blitz getroffen. Um das gleich zu betonen: Ich sah das nicht, hörte nur den dumpfen Aufprall des Körpers.

Ich muß hier klarstellen, und zwar mit Entschiedenheit, daß ich an dieser tödlich endenden Auseinandersetzung nicht direkt beteiligt war. Ich habe also nicht, wie von gewisser Seite behauptet wurde, »eingegriffen« oder gar »mitgemischt«. Schon gar nicht habe ich Marlowe gepackt, von hinten her, ihm zugleich den Mund zupressend, auf diese Weise Schreie unterdrückend, hätte es dergestalt Fraser ermöglicht oder erleichtert, den Dolch ins Auge zu stoßen. Schon gar nicht habe ich selbst ihm den Dolch ins Hirn gebohrt – das alles geht weit an der Realität vorbei! Noch einmal also: Ich war bei jenem Vorgang zwar anwesend, nicht aber daran beteiligt. Der sich rasch steigernde Streit führte zum Übergriff in einem Moment, in dem ich, am Fenster zum Hinterhof, eine weitere Flasche Gin öffnete, die beiden Streithähne im Rücken, und es muß bei Fraser zu einer jähen Armbewegung aufwärts gekommen sein, Dolch in der Hand, und das ging dann ins Auge, ins rechte. Ich hörte den Doppelschrei, drehte mich um und sah das weit aufgerissne linke Auge. Dieser Todesblick hat sich mir gleichsam eingebrannt. Nur am Rande nahm ich wahr, wie Ingram den Dolch auf den Tisch legte. Dort blieb der auch liegen – wie ein Beweisstück.

Wir waren beide erst einmal unfähig zu jeder Form von Äußerung und Handlung. Was Ingram nach einigen Minuten von sich gab, war äußerst wirr, erschien mir zumindest wirr. Auch ich befand mich in einem Zustand größter Verstörung, die noch immer nicht völlig abgeklungen ist.

Wir haben nicht weiter gesprochen, wir setzten uns ab – nicht ohne beim Verlassen der Kneipe den Wirt aufzufordern, ins Hinterzimmer zu gehen und das Notwendige zu veranlassen. Soweit ich Ingram recht verstanden habe, wollte er sich »erst mal ins Gebüsch verkriechen«, sich später aber dem Geheimgericht der Sternkammer stellen.

In diesem Zusammenhang erkläre ich mich vorab bereit, als Zeuge aufzutreten – falls die Erörterung dieser Angelegenheit nicht niedergeschlagen wird. Ich weise aber jetzt schon darauf hin, daß ich vor den Schranken des Geheimgerichts kaum mehr aussagen kann, als ich in diesem Bericht niederlege und per Bote überbringen lasse. Was mich letztlich zu dieser ausführlichen Stellungnahme bewogen hat, ist der Ausdruck abgrundtiefen Erschreckens in Christophers weit aufgerissnem Auge. Ich habe es sanft geschlossen.

Dieter Kühn

Clara Schumann, Klavier

Ein Lebensbuch

Erweiterte Neufassung

Band 14203

Clara Schumanns Lebensgeschichte ist Legende geworden. Ihre entsagungsreiche Kindheit, ihr außergewöhnliches Talent, die frühe, gegen den Vater durchgesetzte Liebe zu Robert Schumann und die Erziehung von sieben Kindern geben genug Stoff für Mythen und Klischees ab. Clara Schumann gilt seither als musikalisches Wunderkind, Idol romantisch-verklärter Liebesvorstellungen, vorbildliche Mutter und oft verkannte Komponistin.
Dieter Kühn zeichnet, halb als Roman, halb als Biographie, den Lebensweg von Clara Schumann jenseits der tradierten Vorurteile nach, horcht auf feine Zwischentöne und entdeckt oftmals überraschende Disharmonien. Angeregt durch neueste Forschungsergebnisse gelingt es Kühn in dieser erweiterten Neufassung erstmalig, auch die Zeit nach Robert Schumanns Tod genauer zu beleuchten und so das Porträt einer hochsensiblen und selbstbewußten Frau zu vervollständigen, in deren Leben sich das 19. Jahrhundert aufs genaueste widerspiegelt.

Fischer Taschenbuch Verlag

fi 1008 / 7

Dieter Kühn

Portraitstudien schwarz auf weiß

Band 15050

Ein einzigartiges historisches Lesebuch. Dieter Kühn beleuchtet das Leben von Künstlern, Naturwissenschaftlern und Politikern vom Ende des 18. Jahrhunderts bis zur Gegenwart. Von Fouché über Gauß, Musil, Schillings, Goerdeler bis hin zu Albert Speer. Er erzählt aus der öffentlichen Biographie Josephine Bakers und portraitiert zum ersten Mal Annemarie Böll, die so aktive, selbstbewußte Frau an der Seite des Nobelpreisträgers.

»Kühn ist einer *der* Biografen
der deutschsprachigen Gegenwartsliteratur.«
Der Standard

Fischer Taschenbuch Verlag

fi 15050 / 2

Dieter Kühn

N

Band 16546

War er nicht von Anfang an zum Mathematiker bestimmt?
Warum ist er nicht Geistlicher geworden?
Wieso wird N an einem frühen Morgen nicht an einen
Baum gebunden, erschossen und verscharrt?

Dieter Kühn erzählt das Leben Napoleon Bonapartes – von der Geburt bis zur Machtübernahme des 18. Brumaire. Er fragt nach Zufall, nach Notwendigkeit, nach Glück, nach Ehrgeiz und Bestimmung. Historisch genau inszeniert Dieter Kühn ein spannendes literarisches Spiel, in dem er Alternativen zu Napoleons beispiellosem Aufstieg an die Macht entwirft. Ein Meisterwerk historischen Erzählens.

»Ich schreibe eigentlich Bücher
über Themen und Figuren der Vergangenheit nur, um
mich auf diesem Umweg, auf diesem scheinbaren Umweg,
besser in meiner Gegenwart zurechtzufinden.«
Dieter Kühn

Fischer Taschenbuch Verlag

fi 16546 / 1

Dieter Kühn

Frau Merian!

Eine Lebensgeschichte

660 Seiten. Gebunden

Maria Sibylla Merian gehört zu den großen Frauengestalten der deutschen Kulturgeschichte. Ihre Aquarelle und Kupferstiche sind berühmt, die Geschichte ihres Lebens ist einzigartig. Dieter Kühn setzt mit dieser Biographie Maßstäbe, er zeichnet anhand bislang unbeachteter Quellen ein neues Bild von Frau Merian. Kenntnisreich entfaltet er ein lebendiges Panorama des 17. Jahrhunderts und stellt eine außergewöhnliche Frau vor, die sich selbst stets nur als Liebhaberin der Natur sah, aber Mutter, Malerin, Unternehmerin, Naturkundlerin und eine wagemutige Reisende zugleich war.